KB093936

벼랑 끝에서
한 걸음 더

이주혁 수필집

벼랑 끝에서
한 걸음 더

문학의식

책머리에

많이도 망설였습니다.

식구, 친척, 친구 몇몇만이 관심을 가져줄 터인데, 통나무 한 그루를 쓰레기로 만들어야 하는가 싶어서 주저했습니다.

2011년에 은퇴하고 65세의 나이에 취미로 시작한 글쓰기는 새로운 삶의 시작이었습니다. 문우들의 격려와 응원 속에서 글쓰기의 매력을 조금씩 알아가면서, 방송대학 문창과에 등록까지 하며 열을 올렸습니다.

육십 한평생 글쓰기와는 거리가 멀었고, 과학과 기술에만 익숙한 삶을 살아온 나에게는 생각을 묘사와 상상과 공상의 감성으로 담아내기가 쉽지 않았습니다. 잘 써보려는 욕심이 앞서서인지 더 이상 글이 써지지 않았습니다. 칠순 기념으로 자서전을 출판해 보려던 꿈도 접어야 했습니다.

나탈리 골드버그 작가의 『뼛속까지 내려가서 써라』를 읽으면서, 다시 힘을 얻어 나의 삶을 글로 쓰기 시작하였습니다.

그동안 사정이 생겨 다시 일자리로 돌아가야 했고. 엎치락뒤치락 시간만 낭비했습니다.

'한 됫박 소출밖에 얻지 못할 줄을 뻔히 알면서도 그 한 됫박을 위하여 척박한 땅에 씨를 뿌리는, 그가 진정한 농민이다.'라고 쓴 정찬열 선생님의 글을 읽고 진정한 농민이, 아니 진정한 작가가 되어보기로 다시 마음먹었습니다.

'내가 붙들고 씨름한 한 줄의 글이 어느 한 사람의 마음을 다독거리고 위로해 줄 수 있다면, 나는 헛된 일을 하지 않았다.'는 에밀리 디킨슨의 시구를 생각하며, 13년 만에 팔순을 바라보며 내 부끄러움을 세상 앞에 드러냅니다.

한 걸음씩 아슬아슬한 경계를 넘었습니다. 그때마다 함께하여 주신 하나님의 손길에 감사하며 쓰러졌다가도 일어났습니다. 이 생생한 삶의 이야기가, '그래! 나도 다시 한 번 해 보자'하며 독자들에게 작은 디딤돌이 되기를 기대합니다.

오천 리 바닷길을 돌고 돌아서, 자신이 낳은 곳으로 알을 낳으려고 다시 헤엄쳐 돌아오는 거북이 한 마리를 떠올립니다. 100여 개의 알을 낳고 한 알 한 알이 새끼로 부화합니다. 이들이 엉금거리며 비틀대며 포식자가 배회하는 모래사장을 기어 바다로 향합니다.

내 새끼 한 마리 한 마리를 세상 밖으로 내보냅니다. 독자들의 관심과 사랑을 받으며, 몇 마리라도 살아남기를 바라면서요.

포기하려 할 때 격려해준 사랑스런 아내가 고맙습니다. 함께해 준 문우님들, 그리고 끝까지 독려해 주시고 도움을 주신 정찬열 선생님께 감사의 말씀을 올립니다.

2024년 4월 5일

이주혁

차례

3부 살 수만 있다면 어디든 가다

4부 세상 속에서 길을 찾다

일러두기

책에 쓰인 인명, 지명 등은 외래어표기법에 따랐으며 일부(사투리/방언 포함)는
저자의 의도를 반영해 예외로 두었다.

1부

한 발자욱씩 경계를 넘어서

오줌싸개

　어릴 때 내 별명은 '오줌싸개'였다. 초등학교에 입학한 지 얼마 되지 않아 야외 수업이 있었다. 담임 선생님이 절대 자리를 떠나서는 안 된다고 특별히 주의를 주었던 모양이다. 어린 마음에 그 말씀을 충실히 따르느라 그냥 실례를 하고 말았다. 선생님이 끈으로 매어준 바지를 덜렁덜렁 들고 집에까지 왔더란다. 한국을 방문하여 식구들이 모였을 때 어머니가 오랫동안 간직한 비밀(?)을 털어놓아서 모두 깔깔대며 웃었다.

　이야기가 꼬리를 물었다. 그 일이 있고 난 뒤, 반 아이들을 비롯하여 동네 아이들까지 나를 오줌싸개로 부르며 놀렸단다. 엄마는 동네 아이들을 불러 모아 사탕이나 엿을 나누어주고, 학용품을 주면서 그들을 달랬다고 한다. 나를 놀리지 않도록, 요즘 말로 '왕따' 당하지 않도록 애를 썼다고 한다. 엄마 마음이 얼마나 쓰리고, 아팠을지 짐작이 간다.

　그런데 정작 놀림을 받은 나는 그때의 기억이 전혀 나지 않는다. 지금도 특별한 일 외에는 지난 일을 잘 기억하지 못하는 '기억맹'이긴 하다. 하지만, 그런 일이라면 엄청난 감정의 변화를 일으켰을 법한 대형 사건이다. 마음의 상처가 컸을 터인데 기억이 없다.

생각해 보면, 당시, 어떠한 부끄러움도 못 느끼고 아이들의 놀림에도 별다른 자극을 받지 않았나 보다. 나이에 비하여 왜소하고 감정적으로 미숙하였는지도 모르겠다. 왜 그랬을까. 나름대로 어머니의 말씀을 통하여 나의 과거를 더듬어 보았다.

해방 다음 해, 나는 강원도 양양군 작은 시골, 바닷가 부근 북분리에서 태어났다. 첫돌이 되기 전에 지금의 '동해'인 '묵호'로 이사했다. 당시 엄마는 젖을 짜서 젖병을 물려놓고, 나 혼자 방에 남겨둔 채 온종일 보따리 장사를 다녔다고 한다. 응고된 젖병을 빨며 배고파서 울다 지치면 혼자 잠이 들면서 그렇게 자랐다고 한다.

그런 때문이었는지 세 살이 되어도 몇 마디 말밖에는 할 수 없었다. 기차가 지나가면, "어치코, 어치코"하는 것이 전부였다고, 그때 이웃이었던 아주머니가 어쩌다 만나면 나를 놀리곤 한다.

아버지는 당신 나이 18세에 나를 낳았다. 그 나이에 아버지 노릇을 제대로 할 수 있었을까. 나름대로 짐작이 간다. 일본 의용군에 끌려가다가 압록강을 건너기 전에 기차에서 뛰어내려 고향으로 도망해 와서 숨어 지냈다고 한다. 그 후, 8·15 광복과 6·25 사변을 겪으며 사상 문제로 시달리면서 강퍅해지셨나 보다. 내가 철이 들면서, '차렷', '원산폭격' 같은 군대식 벌칙으로 나를 엄하게 다루었던 기억만이 어렴풋이 생각난다.

돌이켜보면, 나는 책가방 하나 달랑 들고 강원도 시골 양양에서 상경하여, 스무 번 이상 거처를 옮기며 대학 생활을 했다. 밤늦게까지 알바하며 칼날 위를 걷는 아슬아슬한 삶을 견디었다. 싸늘한 한강 난간을 몇 번씩 기웃거리면서도 살아남았다.

일찍 아버지를 여의고 부모의 경제적 도움 없이 고학으로 대학 4년을 마칠 수 있었던 것. 온갖 수모에도 상처받지 않고 견딜 수 있었던 것. 이런 것들은 젖병 하나 들고 혼자 방을 헤매며 아무에게도 호소할 수 없었던 무딘(?) 감정 덕분이 아니었을까. 사력을 다해 살아남으려던 저력 때문에, 이 모든 것을 이겨내고 오늘의 내가 존재하고 있지 않나 생각해 본다.

시키면 그대로 따라야 하는 아버지의 엄한 군대식 교육 때문에 오줌싸개가 되었지만, 그것 때문에 험한 길에도 요령 부리거나 옆길로 빠지지 않고 이 자리까지 오지 않았을까. 그 덕분에 지금, 이 순간을 누릴 수 있지 않을까 하는 생각마저 든다.

요즈음, 손자 손녀 녀석들 자라는 것을 지켜본다. 태교부터 시작하여 육아 교육에 이르기까지 조금이라도 빈틈이 있을세라 부모들이 안절부절못한다. 그렇게 하지 않거나 그런 과정을 거치지 못하면 제구실을 할 수 없는 아이로 자라는 것으로 믿는 것 같다. 오늘을 사는 그들의 세계는 따로 있는 것일까.

나는 홀로 견디느라 말 배우기가 늦었어도 웅변대회에서 상을 받을 수도 있었다. 근근이 연명하며 따로 공부할 시간이 없었지만, 비좁은 버스에서 흔들리며 부대끼며 단어를 외웠다. 길을 걸어가면서 공부하고도 장학생으로 졸업할 수 있었다. 이것이 '꼰대의 호랑이 담배 피우던' 때의 부질없는 헛소리에 불과한가.

현대의 우주인(?)들이 보기에, 나는 초라한 지구인(?)에 불과할지 모른다. 금수저와 흙수저는 삶 자체가 다르다고 당연하게 말할지도 모른다. 그러나 지금도 어딘가에서 누군가는, 역경에 삼켜 먹히지 않고, 쓰라림에 울지 않고, 머리를 질끈 매고 정진해가는 사람이 있다. 가난하고 힘들지만, 그것을 더 나은 삶의 자양분으로 만들어 간다. 언젠가는 어려움이 지나갈 것이라 믿는다. 그리고 내일을 기약하며 살아남겠다고 다짐한다. 그러면서 살아가고 있으리라.

푸른 하늘에 뭉게구름이 환하게 미소 지으며 흘러간다. 억장이 무너지던 지나간 삶들이 고개를 살며시 내민다. 하늘은 많은 것을 말해준다. 칠순이 넘은 나이에는 아내 말을 따르는 것이 그저 상책이라는 말도 들려준다.

이대로 머리 숙이고 아내 시키는 대로만 따라 하다가는, 마지막에 침대 위에서 다시 '오줌싸개'가 되지 않을까 걱정이다. 그럴 바에는 이제라도 내 마음대로 한번 살아볼거나. 그래야 다시 오줌싸개가 되는 일은 면하지 않을까.

이런 내 계획을 아내에게 넌지시 얘기해 볼거나.

연날리기

　오래된 물건들을 정리하다가 둘둘 말아놓은 상장 뭉치를 폈다. 오래 묵은 종이가 바스러질 것 같아 조심스레 펴 본다. 색이 누르스름하게 바랬다. 퀴퀴한 냄새가 풍기는 종이 속에서 지나간 기억들이 새록새록 떠오른다.

　여럿 중에 자그마한 상장 하나에 눈길이 멎었다. 4290년 2월 25일(당시는 단기를 사용함) 날짜가 적힌 초등학교 5학년 때 받은 연날리기 대회 '재주 부리기' 3등 상장에 옅은 미소가 지어진다.

　당시는 지금처럼 다양한 모양으로 만든 아름다운 색깔의 연이 없었다. 대나무를 얇게 쪼개어 가로 세로로 붙들어 매고, 그 위에 '문종이'라고 불리는 한지를 풀로 발라서 만들었다. 유리 조각을 주워 잘게 갈고 풀과 섞어서 연줄에 풀을 메겼다. 연싸움에서 상대방의 연줄을 끊기 위해서이다.

　연의 사각 모서리와 중앙을 연결하여 연줄을 메는데 그 각도와 간격이 성패를 좌우한다. 시골이라 시장에 상품화된 연이 없으므로, 각자가 나름대로 만들어 날렸다. 아버지가 대나무를 얇게 다듬어 주어서,

내 연은 가볍게 조절할 수 있었던 것 같았다. 연을 날릴 때는 연줄을 당기거나 늦추고 여러 각도로 흔들면서 달리며 풀어주고 감아 준다. 이렇게 하면, 공중의 연은 바람을 타고 재주를 부려주었다.

누군가 부모와 자식 간의 관계를 연에 빗대어 한 말이 기억난다. 한국의 부모는 자식과 연결된 연줄을 끝까지 놓지 않고, 심지어 결혼 후까지도 붙들고 조절한다. 하지만, 미국의 부모는 성인만 되면, 그 연줄을 끊어 버려 훌훌 홀로 날아가게 내 버려둔다고 했다.

자녀의 성장과 안전을 위해 그들을 품에 안고 자랑스럽게 키우는 일상이 한국 문화의 한 측면이다. 반면에 미국에서는 어릴 때부터 독립심과 자율성을 존중하여 성인이 되면 독립적인 존재로 인식하고 스스로 책임지고 배우며 경험할 수 있도록 자유롭게 놔두는 경향이 있다.

결국, 어떤 방식이 옳다고 말할 수는 없을 것이다. 연줄을 잡고 있으면, 안전하고 더 많은 재주를 부릴 수도 있고, 연줄을 끊으면 바람 따라 더 높이 마음대로 날아갈 수 있겠지만 많은 어려움이 따를 수도 있다. 중요한 것은 상호 존중과 이해를 바탕으로 부모 자녀 간의 소통과 조화가 아니겠는가.

예전에는, 연이 연줄에 매달려 있어도 바람의 변수에 따라 이리저리 멋대로 날아간다. 줄을 잡은 자의 의도대로 연을 조정하기 힘들다. 그러나 지금은, 드론으로 바뀐 세상이다. 부모는 더욱 정밀하고 엄격한 원격조정을 할 수 있게 되었다. 일상을 실시간으로 모니터링하고 필요할 때 개입할 수 있다. 이로써 자녀에게 중압감을 주거나 자율성을 제한 할 수도 있으며 서로의 갈등을 초래하게 된다.

간섭받지 않고 마음껏 뛰어놀던 옛날을 아이들에게 선사하고 싶다. 빵 한 쪽 입에 물고 학원으로 줄달음질 쳐 가는 저 가여운 아이들에게.

상장 앞에서, 당시의 느낌과 향수가 그리운 추억으로 내게 다가온다. 당시의 연날리기 대회, 그 속에 담겨있던 즐거움과 경쟁을 다시 한 번 상상해 본다. 연줄이 끊어져 나불나불 멀리 사라져가던 친구의 연. 울상이 된 그의 얼굴.

이것을 바라보며 껑충껑충 뛰었던 그 한때를 떠올려본다.

아사이찌

희끄무레하게 동이 트기 시작하면 부둣가는 소란해지기 시작한다. 오징어잡이 통통배들이 방파제 안으로 모습을 드러낸다. 검푸른 바다 물결을 헤치며 만선 깃발을 달고 하나둘 부두로 귀항하는 어선의 갑판 위에는 분주한 어부들의 모습이 어른거린다.

부두에는 먼저 도착한 배들은 정박하느라 분주하고, 어부들은 제각기 하선하느라 어수선하다. 공판장에서는 오늘의 시세가 오르락내리락하며 경매가 시작된다. 시시각각 변하는 그 시간의 날씨, 도착하는 배에 실려 온 오징어의 공급량, 구매하려는 자의 수요량, 전날의 시세 등등 여러 가지 요소가 뒤섞여 가격의 등락이 이루어진다. 가격을 저울질하는 장사꾼들이 가격이 적힌 팻말을 치켜들고 "100원이요, 100원" 하면 "110원, 110원" 하며 또 다른 팻말이 올라간다. 경매 현장은 주식시장의 요란함을 방불케 하는 삶의 현장이다.

20마리를 한 두름으로 하여 100원으로 거래하던 가격이 먹구름이 몰려오기 시작하면 80원, 70원으로, 빗방울이라도 한두 방울 떨어지면 반값 이하로 곤두박질친다. 그러다가 햇빛이라도 반짝하면 다시

90, 100으로 올라가기 시작한다. 빗방울을 맞으며 50원에 산 사람은 운반하기도 전에 2배의 이익을 얻으며 희희낙락한다. 냉장 냉동 시설이 변변하지 못했던 시절의 풍경이다.

어부들은 자신의 몫으로 허락된 몇 마리씩을 망태기에 메고 부두를 걸어가고, 부지런 떨며 눈 비비고 나온 고객들과 더불어 흥정이 붙는다. 집에 가지고 가서 식구들과 어울려 먹을 정도의 소량이다. 그러나 푼돈이 필요하다. 졸망졸망한 아이들에게 장난감도 사주어야 하고, 마누라에게 터진 손에 바를 로션이라도 사다주고 싶다. 담배도 한 갑 사야 한다. 노동으로 받는 시간당 수당 외에 쌈짓돈으로 꼬깃꼬깃 몇 푼을 챙길 수 있어 흐뭇해하는 미소가 그들에게는 '아사이찌'의 값이다.

어제저녁 해질녘에 출항하여 백열등을 밝혀놓고 밤새도록 오징어를 끌어 올렸다. 당시는 배에 냉장 시설이 되어있지 않아서, 다음 날 아침이면, 전날 저녁에 잡은 오징어는 검붉던 색깔이 퇴색되어 하얗게 되고, 싱싱한 육질도 물렁물렁해진다. 그러나 조업을 마치기 직전에 잡은 것들은 한두 시간 정도밖에 지나지 않았으므로 신선도가 그대로 유지되어 거무칙칙하면서도 옅은 붉은 빛이 돈다.

그들은 이것을 '아사이찌'라고 불렀다. 조시(朝市)란 뜻인지 조일(朝一)이란 뜻인지 확실히 알 수 없으나, 일본 북해도, '하코다테'에서 아침 시장[朝市(조시)]에 나온 살아있는 싱싱한 오징어를 일컫는 말이라고 한다. 요즈음은 냉동하지 않은 살아있는 오징어를 반쯤 건조한 '반건조 오징어'를 '아사이찌'라 부른다고 하니 어릴 때의 정취가 세월 따라 사라지는 아쉬움이다.

아침에 갓 잡은 것이다. 물속에 넣으면 그냥 살아 헤엄칠 것만 같다. 바다의 기억이 아직은 생생하게 남아 있는 놈들이다. 이것의 껍질을 벗기고 회를 쳐서 고추장에 찍어 먹던 그 야들야들한 맛은 입맛 자체가 다르다. 아마도 어부의 흐뭇한 미소가 담겨 있어서일까, 수족관에서 꺼내 요리한 것과는 다른 맛이다.

이제 늙어서 저세상에 가는 날, 하룻밤을 지새우고 축 늘어진 오징어 모습이 아니라, 바다의 기억을 생생하게 간직한 '아사이찌'로서 파닥거리며 떠날 수 있도록 준비하고 싶다.

나를 끄집어낸 아코디언

모임으로 학교 선배 집에 갔다. 그가 가진 '아코디언'을 보았다. 어릴 때 농촌봉사활동을 하던 추억이 가슴 가득히 밀려왔다. 50년 만에 손 끝에 닿는 건반의 부드러운 촉감, 왼손에 느껴지는 주름상자의 압력, 그리고 그 특이한 음색이 가슴 깊이 메아리쳤다. 그 음향이 나를 이곳 미국에서 내 시골 고향, 양양으로 데려갔다.

양양은 38선 이북의 자그마한 면(面) 소재지였다. 아버지는 속초로 전근해 오면서도, 조용한 농촌 분위기가 좋다고, 나와 2살 아래 여동생을 양양에서 학교에 다니도록 했다. 할머니가 우리를 돌보아 주었다.

생각해 보면, 초등학교 시절 나는 공부만 하는 내성적인 성격이었다. 더구나, 5학년 초에 '동해초등학교'에서 '양양초등학교'로 전학을 오면서, 친구를 사귀지도 못하고 따돌림을 당하며 홀로 외롭게 지냈다.

그해 크리스마스 때였다. 아버지가 가져다준 커다란 선물 상자를 열었다. 상아색 테두리에 자색 무늬가 새겨진 2옥타브의 작은 손풍금이었다. 아버지는 이것을 어깨에 걸머메고, 언제 배웠는지 띄엄띄엄 서툴게 '황성 옛터'를 연주했다. 오른손으로 건반을 누르면서 왼손으로 주름상자를 당겼다 폈다 하며, 악기를 다루며 소리 내는 기본 방법을 가르쳐 주었다. 그때 나는 처음 아코디언을 보았다. 당시 소리를 내어 본 악기라고는 수학여행에서 사 온 피리나 친구의 하모니카 정도였다. 알려 준 대로 주름상자에 바람을 넣다 뺐다 하며 그런대로 소리를 낼 수 있었다.

그 후 시간만 나면, '삑삑' 대며 학교에서 배운 음계를 바탕으로 아는 노래부터 한 곡씩 혼자 연습해 봤다. 동생은 시끄럽다고 아우성쳤다. 할머니는 소리가 곱다고 더 해보라고 재촉하시며 동생을 나무랐다.

할머니의 웃음에 힘입어 그런대로 '아리랑', '고향 생각', '오빠 생각' 등을 연주할 수 있게 되었다. 물론, 제대로 박자를 배운 것이 아니었다. 내가 알고 있는 노래 박자 그대로 따라 하는 것이지만, 어쨌든 한 곡씩을 끝까지 할 수 있다는 것이 흐뭇했다.

그러던 중, 학교 밴드부에 가입했다. 트럼펫, 트롬본, 클라리넷, 소북, 대북, 심벌즈 등으로 구성되어 있었다. 바이올린, 비올라 첼로 등 현악기가 없는 소규모 밴드였다. 학교 행사 때마다 앞장서곤 했다.

방학 기간에는 30~40호가 모여 사는 농촌 동네를 이곳저곳 순회하며 조촐한 공연도 했다. 이를테면 농촌 봉사 활동이었다. 변변한 놀이라고는 없는 농촌이었다. 농사일에 지친 사람들에게 한바탕 웃음을 선사할 수 있던 신명 나는 시간이었다.

이러는 사이에, 나도 모르게 수줍음이 가시고 다른 사람들 앞에 서게 되었다. 아코디언 독주도 하면서 많은 사람 앞에 나서는 두려움이 차츰 사라져갔다. 어쩌면, 아코디언이야말로 굴속에 움츠린 나를 끄집어내어 햇빛 아래 설 수 있게 한, 귀한 도구였다는 생각이 든다.

초등학교 시절 시골 학교 밴드부에서 어울렸던 일은 나에게 많은 것을 가져다주었다. 트럼펫의 맑고 화려한 소리를 생각하며 삶의 팡파르를 울리기도 했고, 밀고 당기므로 부드러운 화음을 구성하는 트롬본처럼 생활의 긴장을 조절했다. 때로는 소북 대북을 두드리는 가슴 뛰는 일을 겪었고, 어쩌다 심벌로 악센트를 주는 흥분된 시간도 있었다. 리드하고 받쳐 주고 화음을 이루며 부원으로서 각자 맡은 역할을 담당하며 하나의 팀으로 살아가는 길을 배웠다.

그 선배로부터 아코디언을 샀다. 그때의 추억을 되살려보고 싶었다. 어깨에 메고 '아리랑', '노들강변', '도라지타령'을 메들리로 연주해 봤다. 자주 잘못 건반을 누르기는 하지만 기억이 되살아났다. 가슴으로 끌어안고 호흡을 가다듬으며 바람을 조절했다. 건반이 물결치며 애달프고 구슬픈 음색이 울려 퍼졌다. 내 몸이 흐느끼는 울음이었다.

사오십 명의 마을 사람들이, 수천 명의 청중으로 바뀌어 무대 위에 있는 나를 쳐다본다. 나는 멜로디를 타고 그 위로 훨훨 날아간다.

장엄한 설악산, 끝없이 펼쳐진 동해안 수평선, 그 위로 솟아오르는 힘찬 태양을 바라보며 청운의 꿈을 키웠다. 가파른 흙먼지 길, '미시령'을 굽이굽이 넘어 완행버스를 타고 서울로 향하던 외로운 청년, 태평양을 건너 LA 공항에서 서성거리던 서글픈 이민자, 화씨 영하 60도 눈보라 속을 달리던 인턴 시절. 기나긴 시간을 한 바퀴 돌며 마지막음을 길게 눌러 본다.

　고통 속에 절망하지 않고 한 줄기 꿈을 안고 희망을 찾아 매달려온 세월이었다. 퍼져나가는 아코디언의 여음이 어둠을 타고 밤하늘에 흩어져 간다.

한 마디 훈수

고등학교 3학년 마지막 여름방학이었다. 입시 준비로 가장 알찬 시간을 보내야 했다. 부모와 떨어져 할머니와 함께 생활하고 있었으므로 일단 공부할 책 몇 가지를 챙기고 속초 집으로 향했다.

그동안 혼자 양양에 떨어져 학교에 다니느라 동생들 사정을 생각할 겨를이 없었다. 세 살 아래 여동생은 다음 학기에 고등학교에 진학하고, 열두 살짜리 여동생은 중학교를 가야 했다. 그런데 그들의 학비를 마련하기가 어려운 형편이었다.

나는 중 고등학교 전 과정을 장학금으로 다녔으므로 학비에 대해 걱정해 본 적이 없었지만, 동생들은 수업료나 고지서가 나올 때마다 힘들었던 모양이다. 집안 형편이 말이 아닌데 장남인 나는 철없이 서울로 대학을 가겠다고 생각하고 있었던 것이 겸연쩍었다.

학교에서 전교 일 등을 유지하고 있었다. 작은 시골 학교이지만 서울 대학에 합격할 수 있다고 담임 선생님은 기대하고 있었다. 2년 전 선배 한 분이 서울 법대에 합격하여 온 마을이 떠들썩했던 선례도 있었으니까.

내가 대학에 가게 되면 동생 둘은 학교에 진학할 수 없는 형편이었다. 누가 무어라 하지 않아도 나 스스로 결정을 내릴 수밖에 없었다. 졸업 후 1년 동안 집에서 일하면서 동생들 뒷바라지를 하고 나서, 서울대에 도전해 볼 결심을 굳혔다.

그날부터 책을 접고 여름 방학 한 달 동안 돈 버는 일에 뛰어들었다. 오징어 철인지라 건조된 오징어를 일본에 수출하기 위해 포장하는 일을 시작했다. 잘 건조되어 분이 하얗게 나오고 발그스레한 색깔에 살이 두툼한 상급 오징어를 20마리씩 한 축으로 묶었다. 큰 상자에 50축씩 넣어 포장했다. 상표가 새겨진 원판에 잉크를 발라서 롤러로 문질러 상자에 인쇄하면, 한 제품이 완성됐다. 태생부터 약한 몸에 운동이라고는 해 보지 않은 터라 밤이면 끙끙 앓았다.

학기 말에 접어들었다. 진학하려는 친구들은 입학 원서 접수를 시작했다. 더러는 직접 상경하여 여러 사정을 조사하고 합격할 수 있는 학교를 선택하기도 했다. 진학을 준비하지 않는 나를 의아해하며 위로하는 척하는 친구들의 허튼 농담을 들어야 했다. 초조하고 답답한 심경으로 자신을 달랬다. 장학금 덕으로 고등학교를 무사히 졸업할 수 있는 것만으로도 감사하자고 했다.

그러던 어느 날, 담임 선생님이 뜻밖의 제안을 했다. 서울대에 합격하려면 많은 준비가 필요하니 경험 삼아 이번에 시험을 보면 어떻겠나는 말씀이었다. 그 경험을 살려 일 년 더 열심히 공부하면 좋을 거라는 의견이었다. 필요한 비용을 도와주겠노라며 내 의향을 물었다.

일단 맘속으로 올해 입시를 포기했지만, 속마음은 간절히 바라고 있었던 모양이다. 선생님 말씀을 따르기로 했다. 입시 준비에 몰두하기 시작했다. 벌써 원서 마감 날이 임박하여 입시 요금을 전신환으로 만들어서 속달로 부쳤다. 가까스로 서울 약대에 지원할 수 있었다. 몇 분의 도움으로 서울행 경비를 조달했다. 서울에 머무는 동안 태릉에 사는 이모님 신세를 졌다. 단칸방에 어린 조카 네 명과 함께 기거하며 마지막 남은 시간을 쪼갰다.

시험 날이었다. 시험지를 받아 들고 나서 학교 공부와 서울대 입시 사이에 커다란 장벽이 있다는 것을 알아차렸다. 정답이 생각나지 않는 것이 아니라 전혀 다른 언어로 느껴졌다. 가장 자신 있다는 수학에서도 듣지도 보지도 못한 문제들이었다. 실마리조차 풀 수가 없었다. 사립 학원이 번창하는 이유를 알 것 같았다.

이왕 서울에 올라왔으니 2차 대학 시험까지 보고 가기로 했다. 필요한 문제집들을 구입하고 도서관에서 살다시피 했다. 이제야 입시 준비하는 기분이 들었다. 1차 시험 발표와 상관없이 남은 시간 동안 최선을 다했다. 지난 몇 달 동안 하지 못한 공부를 벼락치기로 하는 기분이었다.

경희대 한의과에 관심이 많았지만, 처음 생겨서 정원 미달이었다, 어차피 경험해 보고 갈 것이라면 경쟁이 높은 쪽을 경험해 보고 싶었다. 2차 대학 중 경쟁률이 가장 높은 성균관대학교 약대를 지원했다.

시험을 끝내고 고향으로 돌아왔다. 새로 산 문제집과 1년만 싸우고 나면 무언가 이루어 낼 수 있다는 자신감이 생겼다. 한편으로는 '그래도 안 된다면'하는 두려움이 가슴을 눌렀다. 학원에서 공부하는 아이들처럼 공부에만 전념한다면 가능할지 몰라도 동생들 학비와 내 학비를 준비하며 일을 해야 하는 환경 속에서 과연 어떠한 결과가 나올 수 있을지 불안하기만 했다. 지금까지 살아온 그대로 주어진 현실에 충실하면서 결과는 행운의 여신에게 맡기기로 했다.

예상대로 서울대는 낙방했다. 운 좋게 성대에서는 합격 통지를 받았다. 서울대를 도전해 보고 싶었지만 여기서 포기한다면 지금 같은 사정으로는 서울대는커녕, 대학 진학 자체가 불가능할 수 있다는 생각이 들었다. 장남으로 가족의 생계를 돕기 위해 일을 시작하면, 내 삶은 거기에서 벗어나지 못할 것 같았다. 어떻게 해서든지 주어진 기회를 잡아 발돋움해 보고 싶었다.

초등학교 5학년부터 중고등학교 6년을 마칠 때까지 할머니와 함께 생활해 왔다. 부모의 간섭을 받지 않고 내 생각대로 살아온 터였다. 서울에서도 혼자의 삶을 만들어 갈 수 있으리라는 막연한 믿음이 나를 충동했다. 어떻게 해서든지 내가 먼저 경제적 기반을 마련하지 않으면 우리 집안은 영영 일어설 수 없을 것 같았다. 동생들이 마음에 걸렸지만 결국 모든 것은 내가 결정해야만 했다.

책가방 하나 꾸려서 상경을 했다. 태릉 이모 댁을 숙소로 정했다. 상황은 생각과는 너무도 달랐다. 이모부는 왼쪽 다리를 다쳐 절름발이가 되어 직장이 없었고, 이모가 능(陵)에 찾아오는 관광객을 상대로 과일을 머리에 이고 다니며 보따리 장사로 연명하고 있었다. 단칸방에서 4명의 이종형제와 함께 기숙했다. 큰 이종 동생은 아홉 살 난 계집아이이고 막내는 젖먹이로 이제 겨우 기어 다닐 때다. 거기다 셋째는 이제 네 살. 소아마비로 절룩거리며 힘들게 걸어 다녔다. 웃으면서 나를 받아준 이모와 이모부가 신선으로 보였다. '입주 가정교사'로 일자리를 구할 때까지는 어떤 방법도 생각할 여지가 없었다.

등록금을 납부하러 버스에 짐짝처럼 실려 두 시간이 넘어서야 명륜동 캠퍼스에 도착했다. 게시판에 합격자 명단을 확인하는 순간 소스라치게 놀랐다. 장학생으로 선발되다니! 내 눈을 의심했다. 분명히 '수험번호 149 이주혁'이었다. 하늘의 도움이었다. 감사했다. 그리고 다짐했다. '이제 새로운 시작이다. 결국 너는 이길 것이다.'라고.

학교가 시작되었다. 학교 분위기는 사뭇 달랐다. 성대는 2차 대학이므로 1차에 낙방하여 재수 3수로 입학한 학생이 많았다. 자신의 기대치를 이루지 못한 허전한 마음으로 학교에 다니면서 원하는 대학 입시 준비를 하는 학생도 더러 있었다. 대부분은 입시 스트레스에서 해방되어 자유를 만끽하는 듯했다.

그러나 나는 사정이 달랐다. 연습으로 시도한 1차 입시였다. 다행히도 2차에 합격하여 대학에 올 수 있는 것만으로도 황홀한데 학비까지 면제받았다. 다짐했다. 4년간 열심히 공부하여 졸업할 때는 서울 약대에 합격한 사람보다 더 나은 실력을 갖추기로 했다. 그러면 재수하여 서울대에 입학한 것과 무엇이 다르겠냐고 스스로를 격려했다.

나에게 기대를 걸었던 담임 선생님 얼굴이 떠올랐다. 연습 삼아 한 번 도전해 보라는 선생님 말씀이 아니었더라면 나는 지금 어디서 무엇을 하고 있을까. 속초 부둣가에서 허드렛일하며 수평선 너머로 멀어져가는 고깃배를 허망하게 바라보고 있으리라. 무력한 주먹만 쥐었다 폈다 하며 가슴을 쥐어짜리라. 흩어진 생선 창자를 쪼아 먹는 갈매기 속에서 '조나단 갈매기'의 자유로운 비상을 꿈꾸고 있을까. 선생님은 미리 알고 계셨을까. 주어진 기회를 놓치면 다시 잡기가 얼마나 힘든 것인지. 세상은 그리 쉽게 내 마음대로 되지 않는다는 것을.

학기 초, 성북동에 입주 가정교사 자리를 구했다. 책가방 하나 들고 올라왔던, 막막한 서울의 삶이 그렇게 자리를 잡아가기 시작했다. 어렵게 마련해 온 등록금을 어머니께 다시 보내드렸다. 나를 짓누르던 무거운 짐이 조금은 가벼워졌다. 가슴을 쓸어내리는 어머니의 모습과 환히 웃는 동생들의 얼굴이 스쳐 지나갔다. 책가방을 들고 친구들과 조잘거리며 새 학교에 입학하는 동생들의 모습을 떠올리며, 오랜만에 오빠 노릇을 한 듯싶어 마음이 뿌듯했다.

생각해 보면, 이 모든 일이 담임 선생님의 말씀으로부터 비롯된 것이었다. 필요한 때에 던져 준 선생님의 말씀 한마디가 내 인생을 바꾸어 놓았다. 바둑이나 장기를 둘 때 훈수 한 마디가 승패를 가르듯, 내 인생의 바둑은 선생님의 훈수 한방에 결정되어 버렸다. 하늘이 내려준 은총이었다.

조용한 시간에 생각해 본다. 내가 지금에 이른 것은 눈에 보이지 않는 많은 분들의 따뜻한 보살핌과 배려 때문이었다. 작은 조언부터 큰 도움까지 그들의 지혜와 관심은 나의 삶에 의미 있는 변화를 주었다. 나는 살아오면서 내가 받은 은혜의 십분의 일이라도 누구에게 베풀어 준 적이 있었던가. 이웃을 생각할 겨를도 없이 앞만 보고 살아오지는 않았는지, 뒤늦게 자성해 본다.

남은 인생이 얼마가 될지 알 수 없지만, 나의 조그만 손길이 그들의 감정을 어루만지고 그들을 이해해 주고 지지해 줄 때 그들은 더 강하게 이 세상을 이겨 나가며, 기쁨으로 함께 웃으며 살아가리라 믿어 본다.

담임 선생님의 안목

스승의 날을 맞아 초등학교 담임 선생님 모습이 떠오른다. 그분은 나를 지금의 나 되게 한 분이다.

5학년 2학기에 아버지의 전근으로 묵호(지금의 동해)로부터 양양으로 전학했다. 묵호 초등학교는 학생 수가 3,000명이 넘는데, 양양 초등학교는 조그만 시골 학교였다. 당시 학생 수가 1,000여 명 가량이었다. 그래도 인근 농촌 마을에 비하면, 20km 반경 내에 속초 초등학교 다음으로 큰 학교였다.

양양은 3·8선에서 10km 정도 북쪽으로 3·8선 이북이다. 6·25 전쟁 휴전 직전에는 북한군이 점령하고 있었다. 휴전선을 그으면서 동해안은 3·8선에서 북쪽으로 40km 이상 올라간, '거진'에서 남북 경계선이 그어졌다. 그래서 이 고장을 '수복 지구'라고 불렀다.

이곳에서는 많은 사람이 전쟁으로 죽고, 포로가 되어 납북되고, 부역으로 인민군에게 끌려갔다. 따라서 부모를 잃은 결손 가족이 많았다. 당시까지도 학용품 일부가 무상으로 배급될 정도로 취약 지구에 속해 있었다.

나는 묵호에서 공부하던 '학력 수련장', '학습 안내서' 등 몇 점의 참고서를 갖고 있었다. 호기심 많은 급우가 나 몰래 내 책상을 뒤졌다. 교과서 외에 자기들이 보지 못한 참고 서적들을 보고는 투덜댔다. 선생님이 가르치는 것을 미리 공부하고 있다고 시기하기 시작했다. 급기야는 또래 급우 2~3명이 나보다 서너 살 위인 거친 친구들과 합세하여 소위 나를 '왕따' 시키기 시작했다.

수복 지구라 그런지, 나이 들어서 늦게 입학한 학생들이 많이 있었다. 같은 5학년이라도 나이 차이가 커서 그들 앞에 서면 주눅이 들었다. 나는 키는 작고 몸집도 왜소하고 수줍음이 많고 소심한 터라 대항할 힘이 없었다. 때리면 반항도 못 하고 그저 얻어맞고 눈물만 짤 뿐이었다.

그들에게 잘못한 것도 없는데, 책가방을 검색 받아야 했고, 도시락이 발로 차이고, 책장이 찢어지고 필통이 쏟아져 땅바닥에 나뒹굴었다. 누구에게 이르면 보다 심하게 혼내준다는 엄포에 대항할 수도 없었다. 나의 연약한 속수무책에 자신에게 화가 나고 절망스럽고 불안감으로 떨었다.

부모님은 속초에 계시고, 나는 할머니와 함께 생활하고 있었다. 딱히 하소연할 사람도 없었다. 나름대로 혼자의 세계로 잠적하기 시작했다. 노트가 찢어지면 풀로 붙이고, 도시락이 쭈그러지면 망치로 펴고, 상처가 나면 혼자 싸매어야 했다. 책가방에는 교과서 외에는 아무것도 넣지 않았다.

요즈음에도 학교에서 왕따 당하는 경우가 자주 보도된다. 이런 일을 주위에서 모른 척하거나, 도움을 받지 못한 아이들은 자신의 존재가 무시당하며 절망과 불안에 떤다. 외면당하는 고독에 휩싸여 자신의 가치를 의심하고 부정하며 심한 우울증에 시달리기도 한다. 아픈 상처를 견디다 못해 심지어는 목숨까지 버리는 일이 생기지 않는가.

나는 운이 좋았다. 어떻게 눈치를 챘는지, 담임 선생님이 아이들을 불러 호되게 야단을 치고 혼을 냈다. 담임 선생님은 교육대학을 갓 졸업하고 처음 부임한 젊은 분이었다. 그래서인지 소명대로 교사다운 교사로서의 삶을 바치려는 열정이 있었다.

밤마다 가가호호 학생들을 방문했다. 시골 논두렁을 따라 4km 이상의 밤길을 걸었다. 방에 불이 켜져 있는지, 공부하고 있는지 확인하며 가정 방문을 하던 분이었다. 나의 성적이 마음에 들어서인지 주의 깊게 나를 보호하여 주었다.

그런 와중에 한번은 시험 보는 시간이었다. 내 뒤에 앉은 패거리 우두머리가 나를 쿡쿡 찔렀다. 시험 답안지를 살짝 보여주었다. 축구 선수로 연습하느라 공부할 시간이 없었던 모양이었다. 한데 평소보다 너무 좋은 성적으로 선생님의 의심을 받았단다. 재시험을 보고 야단을 맞았다고 나를 보고 씽긋 웃었다.

그 후로는 그도 함께 나를 감싸주기 시작했다. 시샘하던 급우들마저 모르는 문제를 나에게 물어보며 도움을 청하는 관계가 되면서 학교생활은 수월해져 갔다.

졸업한 후에 속초중학교로 진학하려 했다. 부모님과 함께 생활할 수 있고, 학교 시설도 더 좋고 규모도 훨씬 컸다. 그러나 담임 선생님의 권유로 양양 중학교로 진학하였다. 선생님이 부모님을 어떻게 설득하였는지 부모님도 허락하였다.

어떤 면에서는 속초 중학교에 입학했더라면, 더 큰 학교에서 실력이 좋은 학생들과 경쟁을 통하여 더욱 크게 성장할 기회가 있었을지도 모른다. 그러나 그런 환경 속에서는 경쟁 속에 시기하며 좌절하는 과정을 겪었을지도 모른다. 일반적으로 부모님들은 경쟁이 심한 학교, 실력이 높은 학교를 원한다. 주소를 변경해서라도 소위 좋은 학교에 보내려 한다. 그러나 나는 경쟁하지 않고 나의 수준을 지키기만 하면 상위를 유지할 수 있는 쪽을 택한 셈이다. 어찌 보면, 처지는 급우들을 도우면서 오히려 자족하는 삶을 유지할 수 있었던 것이 다행이었다 싶다.

더구나 동생들이 자라면서 가정환경은 경제적으로 점점 더 어려워졌다. 졸업 때까지 장학생으로 학비 혜택을 받을 수 있었던 것만으로도 만족이었다. 그렇지 않았으면 중도에 하차했을지도 모른다. 양양 중학교는 비록 규모나 실력으로 유명한 학교는 아니었지만, 경쟁하지 않고 최고를 누렸던 여유로운 삶은, 그 후에 닥쳐온 어려움을 극복하는 데 많은 힘이 되었다.

어떠한 상황 속에서도 자신감을 느끼도록 지켜 주었다. 동료와 경쟁하지 않고 협조하면서도 내가 해야 할 일에 전념할 수 있게 했다. 자기 성취에 만족하여 자족하는 마음으로 주위에 적을 만들지 않는 삶으로 나를 이끌어 주었다.

우물 안 개구리였는지 모르지만, '소꼬리보다 닭대가리'라고 했던가.

이제 보면, 투지력이 없고 소심하고 깨어지기 쉬운 나의 연약함을 미리 간파한 선생님의 깊은 안목이 아니었나 싶다.

초등학교 시절에 자기 능력과 잠재력을 인정해 주고 장점을 발견하고 격려하며 성장시켜 준, 선생님을 만난 일은 나의 일생에 행운 중의 행운이었다. 자신을 사랑하고 믿으며 받아들일 수 있는 역량을 키워 주고 지속적인 성장을 이끌어 주셨다. 내가 목소리 높여 자랑하고 싶은 나의 담임 선생님이다.

스승의 날을 맞이하여 나를 나답게 만들어 준 선생님께, 이제는 저 세상에 계신 선생님께, 제때 찾아뵙지도 못한, 못난 제자가 이렇게 넋두리합니다.

사랑했습니다. 선생님!
감사했습니다. 선생님!

'란제리' 에피소드

'메이시' 백화점에서 보낸 크리스마스 세일 카탈로그를 받았다. 이것 저것 뒤적거리다가 란제리 세일 광고에 눈이 멎었다. 매혹적인 모델 들이 멋있는 자세로 하늘하늘한 속옷들을 선전하고 있다. 싱긋 웃음 이 번지며 옛 생각이 떠올랐다.

도서관에서 약대 2학기말 시험 준비를 하고 있었다. 급우인 S가 짝 꿍 친구와 함께 나를 찾아왔다. S는 키는 작으나 이름처럼 선하고 예 쁘게 생겼다. 말수도 적고 얌전하여 눈길을 주던 터였다.

겨울을 알리는 매서운 바람이 4층 도서관 창문을 요란스럽게 흔들 어댔다. 그녀는 창틀에 기대서서 어렵게 뜨문뜨문 말문을 열었다.

"겨울 방학 동안 우리 집에 와서 지내며 내 동생 과외를 좀 부탁해도 될까요? 나는 내 동생을 가르칠 수가 없어서 그래요."

친구를 의지하여 말을 꺼낸 것을 생각하면 어렵게 결정한 제안인 것 같았다. 잠시 어리둥절했다. 뭔가 잘못 들은 것은 아닌가 싶었다. 마 음에 두고 있던 여학생 집에서 겨울 방학 동안 함께 지내다니, 꿈만 같았다. 이런저런 눈치를 살피고 체면을 차릴 때가 아니었다. 혼자되신 어머니와 동생들을 보고 싶지만, 당시 나는 한 푼이라도 벌어야 다음 학기를 버틸 수 있는 처지였다. 하늘이 내려준 행운 같았다.

그녀의 집은 반듯한 현대식 양옥으로 야산 낮은 언덕 위에 자리 잡고 있었다. 집 없이 떠도는 나에게는 큰 저택으로 보였다. 부모님께 인사드렸다. 어머님은 인자하고 자상했다. 초등학교 교사로 근무한다고 하시며, 이것저것 나의 신상에 대해 차근차근 물어보았다. 아버님은 부동산업을 겸하며 소규모 건축업을 하신다고 했다.

그 댁은, 사는 집 바로 위에 멋진 2층 양옥집 건축을 마무리하고 내부 장식을 하고 있었다. 겨울 동안 내가 혼자 지내며 학생을 가르칠 집이었다. 단칸 하숙집을 전전하거나, 입주하여 학생을 가르치며 살아가는 나에게는 골방도 감지 덕분 하던 때였다. 내 집을 마련한 듯 궁전같이 넓은 방이 황홀하기만 했다.

S는 남동생이 둘이었다. 큰아이는 고1로 성적이 괜찮은 편이고, 중2인 둘째는 공부에 별로 관심이 없단다. 자기가 가르쳐 보려고 시도했으나 싸움만 할 뿐 별 성과가 없어서 나에게 부탁한 것이었다. 그녀는 엄마 친구 아들, 중3 학생을 가르치러 다닌다고 했다.

식사 때는 안채로 내려가서 온 식구가 함께 둘러앉아 밥을 먹었다. 어느 날 저녁, 기온은 급강하고 밖에는 눈보라가 날렸다. 식구들이 다정히 모여 앉아 이야기꽃을 피웠다. 어머님은 국을 한 그릇씩 담아 건네주며, 어제부터 종일토록 고아낸 곰국이라며 오랜만에 먹는 귀한 음식으로 소개했다.

내가 보기에는 희뿌연 멀건 국물에 무 몇 조각이 둥둥 떠 있을 뿐이었다. 곰국이 무엇인지 먹어 보지 못한 나에게는 별다른 특별함이 없었다. S는 눈치를 챘는지 잘게 썬 새파란 파가 놓인 접시와 동그란 소금 항아리를 내게 건네주었다. 고맙다고 살짝 눈웃음 지으며 그들이 하는 대로 눈치껏 따랐다. 소금기가 풀어지자 느껴보지 못했던 구수한 맛이 입안에 맴돌았다. 말없이 마음 써 주는 그녀의 모습에 가슴이 두근거렸다.

생활이 조금씩 익숙해지면서 안채로 내려갈 때면 S를 만날 수 있는 기회를 엿보았다. 그녀는 좀처럼 기회를 주지 않았다. 한 번은 영어 다이제스트를 읽다가 'lingerie'란 단어를 몰라서 사전을 찾아보았다. '여성용품의 일종'이라고만 적혀 있었다. '다음'이나 '구글' 선생이 있는 때도 아니었으니, 무엇을 뜻하는지 궁금했다. 핑계 삼아 안채로 내려가서 그녀 방문을 노크하고 들어섰다. 쭈뼛쭈뼛하며 물어보았다. 친구는 안절부절못하며 얼굴을 붉혔다. 모른다고 잘라 말하며 돌아앉았다. 싸늘했다. 나는 어이없고 겸연쩍어서 어색한 분위기를 피하여 얼른 방을 나왔다.

나중에 그 뜻을 알고 보니 여자에 대해 숙맥이었던 내가 우스꽝스러웠다. 아마도 내가 일부러 무안을 주려고 그랬다고 생각한 듯싶었다. 그 후에도 나의 무지와 미안스러움을 영영 밝히지 못했다.

동료 여학생 집에 겨우내 2개월 이상 함께 기거한다는 일은 쉽게 있을 수 있는 인연이 아니다. 생각이 꼬리에 꼬리를 물었다. 무슨 의도로 동급생 남학생인 나를 불러들였을까. 부모님 허락도 쉽지는 않았을 터이다. 동생을 도와주고 싶은 누나의 마음이라면 꼭 내가 아니더라도 선택은 많지 않았을까. 혹여 나의 어려운 사정을 알고 도움을 주려는 갸륵한 마음이었을까. 친해 보고 싶어서 이런 기회를 만들었을 성격은 아니라는 생각도 들었다. 주말에 영화라도 함께 보자고 신청했지만 가까이 어울리는 것을 애써 피하는 눈치였으니까.

이런저런 어려운 사정을 감안하고도 나를 뽑은(?) 이유가 무엇일까. 아마도 내가 동생을 도와줄 수 있다는 그녀의 어떤 확신이 아니었을까. 시험이 끝난 후 문제풀이를 할 때나, 교수님 강의 후 이해 안 되는 부분을 내가 설명할 때 눈여겨보았는지도 모르겠다.

나를 신뢰하여 준 것만으로도 고맙고 행복했다. 그 이상 더 무엇을 바라겠는가. 어두운 밤하늘을 쳐다보며 반짝이는 별을 세어보기도 했다. 내별을 찾아보기도 했다. 내 처지와 분수를 알아야 했다. 가슴 두근거리던 여러 상상이 한낱 공상으로 달빛 속으로 흩날렸다. 그리워하던 생각, 아니 그리움을 만들려던 생각이 눈처럼 사르르 녹아내렸다.

봄이 오고 있다. 눈 속에 숨어 있던 쓰레기 더미가 질척질척 그 모습을 다시 드러내고 있다. 나도 일상으로 돌아가야 한다. 봄볕이 따사하다. 아지랑이 속에서 그녀가 손을 흔든다.

더 좋은 일로 채워지리라

그날은 비가 몹시 쏟아졌다. 가을 학기 첫 수업 시간이었다. 세찬 빗줄기가 교실 유리창을 계속 두드리고 있었다. 수업 중 노크 소리가 들렸다. 모두 그리로 눈을 돌렸다. 교수님이 전갈 쪽지를 받아 들고 나를 불렀다. '부친 사망', 쪽지에 적힌 넉 자였다.

약학 대학 1학년 봄 학기를 마치고 여름 방학에 고향 속초에 내려가서 아버지와 함께 지냈다. 개학하여 상경한 지 1주일도 채 안 되었다. 갑자기 무슨 일이 생겼단 말인가. 지병도 없었고 누워 계시지도 않았다. 우산을 쓸 생각도 없이 쏟아지는 비를 흠뻑 맞으며 걸었다. 어둠과 절망이 비처럼 덮쳤다. 아무런 예비도 없이 충격에 휩싸였다. 입주 가정교사 집 아주머니가 건네준 전보용지에는 분명히 '부친사망 급 귀향'이라고 적혀 있었다. 전화도 없던 때다. 여전히 현실감이 들지 않았다.

그날은 속초행 막차가 이미 떠난지라, 밤새 뒤척거리다가 다음 날 새벽 첫 버스에 몸을 실었다. 비는 계속 내렸다. 멍하니 앉아 차창에 세차게 부서져 허물어져 가는 빗방울을 바라보았다. 여동생이 셋이고 막내 남동생이 이제 초등학교 1학년이다. 이들은 아직 어린 나이인데,

이제는 아버지 없이 성장해야 한다. 엄마는 어떻게 이 모든 것을 견뎌 내고 우리를 끌어 나갈까. 그동안 행복했던 가정은 한순간에 부서져 버릴 것 같았다.

그 순간, 나는 절망과 무력함에 휩싸였다. 나는 장남으로서 가정의 책임을 맡아야 한다. 우리는 아무런 재산도 없었고 지금 살고 있는 집 또한 우리 소유가 아니다. 홀어머니를 모시며 어떻게 살아야 할지 막막하기만 했다. 어렵게 시작한 대학이다. 이제 첫 학기를 마치고 가을 학기에 접어들었는데, 이것으로 끝나는 건가 싶었다.

12시간 동안 덜컹거리는 완행버스 안에서 허공을 헤맸다. 속초에 도착하니 세찬 비는 멎었다. 촉촉한 옷에서 차가운 기운이 느껴졌다. 발걸음이 무겁다. 혹여나 잘못된 전보는 아니었을까. 내가 내려와야 할 무슨 다른 큰일로 동생이 엄마 몰래 저지른 일은 아니었을까. 자그만 희망을 떠올려도 봤다.

마당에는 낯선 사람들로 어수선했다. 두 살 어린 첫째 여동생이 나를 껴안고 울음을 터뜨렸다.

"오빠! 우린 이제 어떻게 살지?"

그녀의 울음소리에 더욱 깊은 슬픔이 내 마음을 울렸다. 급하게 쫓아 나온 엄마는 실성한 사람처럼 한참 동안 멍하니 나를 바라만 보았다. 내 손을 움켜잡고 안방으로 이끌었다.

휘장이 쳐 있고 그 안에 아버지가 누워 계셨다. 염을 끝내고 수의가 입혀 있었다. 고통스러웠었는지 얼굴이 일그러져 있었다. 내 양손으로 아버지 얼굴을 감싸 안았다. 싸늘한 살갗이 손바닥에 전해지면서 무거운 슬픔에 몸이 떨렸다. 손끝이 더 이상 움직이지 않았다. 피부의 차가움과 육체의 무게가 절망과 무력함으로 파고들었다. 흐르는 눈물을 어쩔 수 없이 아버지 가슴에 내 얼굴을 비볐다. 얼마를 흐느꼈는지 엄마가 나를 일으켰다. 눈물 젖은 흐릿한 시선으로 엄마를 끌어안았다.

엄마는 눈물도 말라버린 퀭한 눈으로 머리부터 발끝까지 나를 몇 번 훑어보았다. 내 양손을 꼭 잡고, "아범아! 우리 한번 살아보자. 내가 무슨 짓을 해서라도 동생들 굶기지는 않을 테니, 너는 계속 공부나 해라. 너를 도와주지 못해 미안하다."하며 치맛자락을 눈에 대고 부엌으로 나갔다.

당분간 학교를 쉬고 동생들 돌보며 살길을 마련해 보자, 라고 하시는 말보다도 더 무섭게 나를 후려쳤다. 올봄에 첫째는 고등학교, 둘째는 중학교에 진학해야 하는 사정이었다. 이 때문에 나는 3학년이 되면서 대학 입시를 포기했었다. 고3 여름방학 내내 오징어를 수출하는 회사에서 포장하는 일을 했다.

그러다 뒤늦게 담임 선생님의 권유로 일류 대학 입학시험을 한 번 경험해 보기로 했다. 급하게 전신환으로 입학 수험료를 납부하며 가까스로 입시등록을 마쳤다. 1차는 떨어졌지만, 뜻밖에도 성대 악대에 장학생으로 합격했다. 어렵게 마련했던 입학금으로 동생 둘 다 진학시킬 수 있었다. 이렇게 시작한 대학이었다.

학업을 중단하고 직업을 구한다면, 동생을 돌보며 집안을 꾸려나가기는 하겠지. 남들은 독일 광부로, 간호사로, 월남 파병으로 어려움을 안고 가족을 위하여 떠나는데, 나도 무엇인가 해야 했다.

그러나 일하면서 재수를 준비한다거나 등록금을 마련하여 복학하기는 어려울 것 같았다. 그때 가서 장학생으로 합격한다는 보장은 더구나 희박하지 않은가. 마음 한구석에서는 하루라도 빨리 공부를 마쳐야 집안을 일으킬 수 있지, 라고 속삭였다. 조금 전, 엄마가 하신 말씀으로 나 자신을 돌아보았을 때, 그 속삭임은 오로지 나만을 위한 것이 아니라는 사실을 깨닫게 했다. 내 속에 무언가가 엄마의 말씀 쪽으로 나를 끌어당겼다.

당시 공부는 내가 가진 유일한 자산이자 자신감이었다. 상황이 어렵더라도 공부를 통해 학업을 계속할 수만 있다면, 어떤 어려움도 굴하지 않을 수 있을 것만 같았다. 이 길이 가족을 위해 미래를 위해 가야 할 길이라고 다짐했다.

선산은 속초에서 남쪽으로 100여 km 떨어진 '북분리'에 있었다. 상여를 마련할 사정이 아니었다. 화물 트럭을 빌려서 관을 싣고 몇몇 상여꾼과 더불어 장지로 향했다. 덜컹거리는 차 속에서 바로 한 달 전 일이 아른거렸다.

여름방학 동안, '약용식물 채집' 숙제하는 내 곁에서, 아버지는 한약재 이름을 옥편에서 찾아가며 도와주었다. 작약은 함박꽃, 길경은 도라지, 차전자는 질경이 씨앗…. 허준의 동의보감을 함께 공부하듯 흐뭇해하며 대견스러워하던 모습이 차창에 아른거렸다. 국졸이란 학력으로 세상을 이겨 오신 당신의 아픈 마음을 누가 알 수 있었겠는가.

아버지는 글 읽기를 좋아했다. 여름날 저녁이면 동네 아낙들이 우리 집 뒷마당에 옹기종기 모여서 귀를 기울였다. 당신의 이름자와 같아서인지 유난히 '이광수' 소설을 자주 읽었다. '원효 대사'를 들으면서 깔깔대는 아낙들 사이를 오가며 으스대던 엄마의 모습이 선하다. 그들에게 유난히 친절했던 아버지를 질투 어린 말투로 나무라던 엄마다. 멍하니 차창만 바라보는 엄마 손을 꼭 잡았다. 흐트러진 머리카락을 쓰다듬으며 엄마 품에 안겼다. 포근했다.

어머니가 근간의 사정을 말해 주었다. 아버지는 시내 조그만 주유소에서 경리 겸 관리 업무를 맡고 있었다. 고모부가 연관된 한 사건으로 직장에서 큰 어려움을 겪게 되었다. 도의적인 책임을 지고 직장을 그만두었지만, 이에 따라 경제적인 어려움과 직장 문제로 많이 고민했단다.

며칠 밤잠도 설치며 가끔 가슴이 답답하다고 했지만, 소화 불량 정도로만 생각하고 두 분 다 의사를 볼 일이라고는 생각도 못 했다. 점심 식사 후 속이 불편하다고 잠깐 누웠는데, 옆에 아무도 없이 말 한마디 못 하고 그대로 가셨다. 당시 당신 나이 39살이었다. 정기적으로 건강진단을 받아 볼 수 있는 형편은 아니었지만, 별다른 지병은 없었다. '심장마비'라는 의사의 진단이었다. 아버지는 그렇게 허무하게 우리 곁을 떠났다.

아버지는 측은지심이 남달랐다. 한 번은 친구와 술 한잔하다가 술집 여자의 딱한 사정을 듣고, 그분이 다른 일자리를 찾을 때까지 우리 집으로 모셔 온 경우도 있었다. 칸막이 문을 사이에 둔 아래 윗방에 엄마 아빠와 2살짜리 막냇동생과 더불어 7식구가 사는 형편 따위는 아랑곳없었다. 엄마의 아내로서, 여자로서의 불평과 잔소리를 이겨내고 설득할 자신이 있었는지, 아니면 그저 도와야 한다는 단순한 생각뿐인 위인이었다. 그런 분이 사고로 직장에 큰 손해를 입혔으니 그 심정이 어떠했으랴.

바다가 내려다보이는 언덕 아래 길옆에 차를 세웠다. 장지까지는 300여 미터. 나는 영정을 두 손으로 받쳐 들고 앞장을 섰다. 상여꾼 넷이 운구를 들고 뒤를 따랐다. 아버지와 함께 걸어 넘던 언덕이라고 엄마가 일러주어 잠시 발걸음을 멈췄다. 바로 눈 아래 파도가 철썩이고 갈매기 한 마리가 큰 원을 그리며 멀리 날아갔다.

장지에 도착하니 그곳에 살고 있는 아재가 이웃과 더불어 모든 일을 도와주었다. 땅을 파고 하관을 했다. 분봉을 만들고 떼를 입혔다. 시키는 대로 뜻도 모르는 제문을 읽었다. '현고학생부군(顯 考 學生 府 君)……' 그리고 그 종이에 불을 붙였다. 아직 제가 되지 않은 종이쪽이 실바람에 가느다란 연기를 따라 하늘하늘 올랐다.

아버지 편히 잠드세요. 이제 제가 우리 집안을 일으켜 볼게요. 더 이상 울지 않겠어요. 언젠가 저에게 말씀하였듯이 물처럼 살아가겠어요. 길 없으면 굽이굽이 돌아가고, 바위에 부딪히면 비켜서 흐르고, 그래도 막히면 폭포가 되어서라도 흘러갈 거예요. 아버지처럼 마른 땅 만나면 적셔주고, 앞서겠다고 교만하지 않고, 뒤에 처졌다고 절망하지 않고 내 길 따라 흐르고 흘러 바닷물에 닿으렵니다. 저 넓은 세상으로 나아가 보렵니다. 지켜봐 주세요. 제가 이루어 내겠습니다. 눈물을 삼키며 고개를 들었다.

옆에서 훌쩍이는 여동생 둘을 끌어안았다. 우리 이제 울지 말자. 힘내자. 오빠가 어떻게든 해볼게. 다짐해 보았다. 하지만, 허공에 흩어지는 입발림만 같아서 가슴만 벌렁거렸다. 나 혼자 몸뚱이는 무슨 일을 하든 견디어 내겠다고, 공부를 계속하겠다고 그동안 나를 추슬러 왔다.

첫 학기, 책가방 하나 들고 태릉 이모 댁에서 학업을 시작했다. 조그만 단칸방에 이모와 이모부, 2살짜리 조카와 더불어 조카가 다섯이었다. 나는 염치도 모르는 척, 눈 딱 감고 함께 뒹굴었다. 이곳에서 명륜동까지 통학을 하며 2달을 견뎠다. 그 후 입주 가정교사 자리를 구하여 성북동으로 옮겼다.

등록금은 장학금으로 해결했고, 입주 가정교사라 숙식은 제공되었다. 매달 주는 적은 용돈으로 점심, 교통비, 책값 등을 충당해야 했다. 이런 상황이 계속될 터인데 동생들을 어찌 도울 수 있을까.

이제는, '어떤 어려움이 닥치는가'가 문제가 아니다. '어떻게 대처해야 하는가'가 나의 삶이 되어야 했다. 나는 믿고 싶었다. 신은 지금 내가 있어야 할 자리에 나의 퍼즐을 맞추어 넣었다. 그다음 퍼즐이 나로부터 연결되어 나가리라. 그는 그가 원하는 퍼즐을 완성해 갈 것이다. 그저 매사에 감사하며 엄마만 믿고 나의 할 일을 계속 열심히 하여 나가리라.

'더 좋은 일로 채워지리라.'는 것을 믿고 극복해 나가란다. 그것을 유산으로 남겨두고 당신은 홀로 떠나셨다.

실험실

눈을 떠보니 학교 실험실이다. 북서쪽 구석에는 커다란 증류수 제조기가 윙윙 돌아가고 있다. 선반 위로는 측량기, 계량기, 산도(Ph) 측정기들이 즐비하다. 크고 작은 각종의 비커들이 깨끗하게 정돈되어 놓여 있다. 오른쪽에는 몇 가지 이름 모를 기기들이 빨간불 파란불을 번갈아 가며 깜박거리고 있다.

입주 가정교사를 하면서, ROTC 훈련을 감당해 내면서 약대 공부하기가 너무 벅찼다. 졸업 전에 나를 위한 시간을 조금이라도 가져보고 싶었다. 같은 처지의 친구 S와 함께 실험실 청소와 관리를 맡으면서 그곳에서 생활하기로 담당 교수님의 허가를 받았다.

이제는 아침 운동할 시간도 생기고 신문을 읽어볼 여유도 생겼다. 금잔디 광장을 끼고 정문에서 약대 교실까지 힘들게 걸어 올라오던 등굣길 언덕이 멀리 내려다보였다. 약대 교정은 캠퍼스 북쪽 맨 끝에 자리하고 있어서, 정문에서 교실까지는 산언덕 하나를 넘어야 하는 기분이다. 시간이 촉박할 때 10여 분 바삐 걷고 나면 숨이 턱에 차고 진땀이 났다. 실험실에서 그 길을 내려다보고 있으려니 학생들이 삼삼오오 짝을 지어 걸어 올라온다. 무언가 속삭이다가 큰 소리로 웃기도 한다. 혼자서 열심히 땅만 보고 걸어오는 이도 있다. 나의 표정이 저랬을까 그려본다.

신당동에서 전철을 타고, 버스로 갈아타서 종로 5가에서 내려 명륜동까지 걸어올라 가면 등교하는 데만도 최소 2시간이 걸렸다. 그러나 이제는 그 시간이 내 것이 되었다. 그렇게도 쫓기던 시간이었는데, 소위 여유라는 시간이 생기니 어디로 날아갔는지 별로 한 것도 없는데 수업 시간이 다가온다. 시간이 없으면 1분 1초를 쪼개 써서 많은 일을 하는데, 시간이 많으니 그냥 뭉텅뭉텅 날아가 버리는 것 같다.

시간이 간다고 한다. 세월이 빨리 간다고 한다. 아니다. 시간은 지금 나를 향하여 오고 있다. 귀한 선물을 전해 주려고 나에게 오고 있다. 귀한 손님을 반가이 맞이하듯이 준비하고 기다리며 환대해야 한다. 나를 찾아오는 객을 환영하고 그와 함께 재미있고 유익한 시간을 보내면, 그는 아주 오랫동안 나를 기억하고 그리워하며 다시 좋은 시간을 함께 보내고 싶어 할 것이다. 그러나 내가 바쁘다는 핑계로 그냥 보내거나 소홀히 대접하면, 그 손님은 나를 기억하지 못하거나 심지어 적대감을 품을 수 있다.

그동안 내 곁을 떠날지 두려워 1분 1초를 소중히 여기며 의미 있고, 재미있게 함께했다. 덕분에 많은 일을 그와 함께했고 많은 보상을 내게 안겨 주었다. 이제는 실험실에서 생활하며 가정교사로 일하지 않아도 된다. 너는 별 볼 일 없다고 혼자 늦잠 자고, 멍청히 하늘 쳐다보고, 신문 쪼가리나 뒤적거리면서 본 척도 하지 않으니, 이놈도 제 혼자 어디론가 훌쩍 날아가 버린다. 나를 잊어버리고 기억조차 하지 않을 것 같다.

음식도 먹어 본 사람이 맛을 알고, 돈도 써 본 사람이 쓸 줄 알듯이, 여유 시간도 활용할 줄 아는 사람이라야 제대로 즐기나 싶다. 그토록 간절히 바라왔던 여유로운 시간을 얻게 되었는데 함께 즐기지 못하고, 마음 한구석이 텅 빈 채로 어설프게 귀한 손님을 보내야 했다.

나도 내 시간을 가져 보았다고 자신에게 허풍만 떨면서 실험실에서 졸업했다.

풍선처럼 오르리라

대학 졸업식 날이다. 입학하고 처음으로 어머니가 서울에 올라왔다. 옛날 6·25 피난 시절에 함께 지냈다는 엄마 친구 집에 머물렀다. 당시 묵호(지금 동해)에 살 때 이북에서 피난 나온 두 분을 사귀게 하여 결혼시켰단다. 그 후 이들은 서울로 옮겨와 신당동에서 지금까지 십수 년을 살고 있다. 나는 4학년 2학기부터 이 댁에서 입주 가정교사로 지내고 있다.

나는 졸업식 날에 입을 양복 한 벌이 없었다. 아저씨가 입던 약간 갈색의 캄보 윗도리를 빌려주었다. 크기와 소매 길이가 적당하여 남의 옷을 빌려 입은 것 같지는 않았다. 처음 입어보는 양복이라 어색하긴 했지만 거울에 비친 나의 모습은 가난에 찌든 초라한 고학생이 아니라 멋진 사회인처럼 멀쑥해 보였다.

졸업식장은 '금잔디 광장'에 준비되어 있었다. 북쪽으로는 약대, 동쪽에는 도서관, 서쪽은 경영대학, 남쪽은 학교 본관으로 둘러싸인 광장에는 의자들이 하얀 옷을 입고 줄지어 펼쳐져 있었다. 일찍 도착한 사람들은 함께 사진을 찍으며 군데군데 자리를 잡기 시작했다.

아버지는 내 대학 1학년 때, 39살의 젊은 나이로 세상을 떠났다. 어머니 혼자서 5남매를 먹여 살려 왔다. 나는 혼자서 학비와 생활비를 조달하며 오늘, 이 순간까지 달려왔다. 그러나 엄마가 동생들을 돌보지 않았더라면, 나는 중도에 학교를 포기 해야만 했을지 모른다.

만약, 엄마가, '아범아! 생활이 많이 어려우니 네가 좀 도와야겠다'라고 했던가, '오빠! 나 수업료 좀 도와줘'라며 편지라도 한 통 내게 보냈더라면, 나는 오늘 이 졸업식장에 없을 것이다.

어느 날 생각했다. 내가 생활비로 번 돈을 조금이라도 집에 보내서 동생들을 도와야 한다고, 아니 1년을 휴학해서라도 도와주어야 한다고 생각했다. 주위에 고향 선배 한 분이 있었다. 동생 학비를 도와주느라 1년을 휴학하였는데, 2년째 다시 복학을 못하고 생활에 얽매이고 있었다.

나는 그래도 엄마가 있다. 어쨌든 동생을 돌보고 있다. 내가 먼저 졸업할 수 있는 길을 택해야 한다. 그 길이 지금 공부를 중단하고 동생에게 도움을 조금 주는 것보다 더 나은 길이라 생각했다. 1년 후 다시 장학생이 되리라는 보장도 없다, 생활이 더 나아지리라는 상황은 꿈도 꿀 수 없었다.

이 길이 자신만을 생각하는 이기적인 나의 욕심인가도 생각해 보았다. 그래도 엄마만 믿고 내 학교생활을 밀고 나갔다. 결국 동생은 둘다 중간에 학업을 중단해야 했다. 그리고 오늘, 이 졸업식장에서 엄마에게 사각모를 선물하고 있다.

어제저녁 라디오 방송이 있었다. '온양고등학교' 출신 약학대학 이주혁 학생이 1968학년도 성균관 대학교 수석 졸업자라는 아나운서의 목소리다. '양양고등학교'라는 이름을 들어 본 적이 없는 방송 관계자가 온양고등학교로 지레 넘겨 집고 방송하였나 싶다. 강원도 산골 '양양'은 그때만 해도 이름 없는 시골이었다.

남들은 나를 보고 머리가 좋아서 공부를 잘한다고 하지만 내가 보는 나는 달랐다. IQ는 평균치였고 기억력은 수준 이하였다. 얼굴과 숫자 기억은 '기억치'에 가까울 정도다. 사건이나 사물, 얼굴은 그저 두루뭉술하게 기억한다. 금방 만나고 헤어졌는데 안경을 썼는지 안 썼는지 확실하지 않다. 그러기에 나 자신을 주장하지 못한다. 내가 아는 것이 상세하고 분명하지 않기 때문이다.

내가 어떤 일에 법정에서 증인으로 서는 일이 내게는 가장 두려운 일이 될 거라고 가끔 생각한다. 나의 증언은 도움커녕 혼란만 일으킬 것 같기 때문이다. 아니 분명하지 않은 기억으로 위증이 될 수도 있을 것이다.

그래도 이해력은 좋았다. 원인을 분석하여 결과를 끌어내는 과정이 수학 문제를 푸는 것과 유사하다고 생각했다. 수학 방정식이나 화학 방정식을 풀어나가는 것이 게임을 즐기듯 재미있었다. 결국 약한 기억력은 반복과 반복으로 극복했다. 공부할 시간이 따로 없었기에 손바닥에 들어갈 만한 작은 노트를 따로 만들었다.

만원 버스나 지하철 속에서 이리 밀리고 저리 밀릴 때에도 내 손에는 메모장이 들려 있었다. 병아리가 물 한 모금 먹고 하늘 쳐다보듯이, 한 줄 보고 외우고 반복해서 또 외웠다. 시험 때가 되면 메모지는 땀과 손때로 너덜너덜하게 바랬다. 어디든 언제든 틈나는 시간이 나의 공부 시간이었다. 원래 체력이 약하여 밤늦게 자거나 밤을 새우면 그다음 날을 지탱하기 어려웠다. 나는 수면 시간을 축낼 수 없었다. 더구나 3~4학년 때는 ROTC 훈련까지 등록하여 하루가 25시간이라도 모자라는 형편이었다.

어쩌다 가정교사 일자리를 제때 얻지 못하면, 친구의 자취방에 신세를 지면서 보금자리 없이 떠돌았다. 집 근처 공원 언덕 위에서 내려다보면 발아래 수많은 불빛이 번쩍거렸다. 그래도 내 한 몸 기거할 곳이 없었다. 남에게는 많은 것들이 차고 흘러넘치는데 내게는 그저 허상에 불과했다. 하늘의 저 별은 내 별이라고 스스로를 위로하지만, 언덕 아래 저 별은 내 이름을 붙일 수 없었다.

그래도 감사할 따름이었다. 땡전 한 푼 없는 시골뜨기가 이렇게 대학에 다니고 있다. 나에게 자녀를 맡기는 부모들이 있고, 나를 도와주는 친구들도 있다. 나 자신만 무너지지 않는다면 버텨낼 수 있을 것 같았다. 아버지 산소 앞에서 약속한 대로 울지 않기로 했다.

아이들을 가르치고 밤늦게 돌아올 때면 외로움마저도 추위에 얼어붙었다. 얼굴을 때리는 매서운 칼바람을 피해 잠시 포장마차에 들려, 따끈한 오뎅 국물로 속을 달래기도 했다. 소주잔을 기울이며 인생을 한탄하기에는 할 일이 너무 많았다. 매일매일 꽉 찬 하루가 한 걸음씩, 한 걸음씩 그날의 끝까지 나를 밀고 나갔다.

주위를 둘러보면 동료들은 서울에서도 명성 있는 일류고등학교 출신이거나, 지방이라고 해도 부산, 대구, 광주, 목포, 대전 등 일류 학교를 졸업한 학생들이다. 또한 재수나 삼수로 학원에서 열심히 공부해 온 수재들이다. 이들은 이제 입시 지옥을 끝내고 대학 생활을 즐기기 시작한 낭만적인 시기에 있지만, 나로서는 대학에 입학한 것만으로도 내 처지에 벅찬 행운이었다.

게다가 장학금을 받지 못하면 공부를 계속할 수 없는 처지였다. 장학금이란 '가난하지만, 성적이 우수한 학생을 위한 학자 보조금'이라는 사전의 뜻을 되새기며 거기에 매달릴 수밖에 없었다. 나중에 성공하여 내가 장학금을 기부하게 될 때는 학비뿐만 아니라 생활비까지 보조하리라 다짐했다.

'수석'이라는 단어는 지식의 우위를 나타내는 것만은 분명히 아니리라. 시험지에 옮겨 놓은 지식은 시간이 가면 잊히고 사라지기 마련이다. 모든 것을 쉽게 잊어버리는 나에게는 수석이란 말이 어색하게 느껴진다. 자랑스러워할 만한 이유가 없다. 그러나 정해진 시간에 주어진 과제를 해내고, 어려운 시련과 고난을 극복하며, 끈기와 인내로 도전하는 의지와 열정에 따라 주어지는 것이라면, 그것을 인정하고 받아들이련다.

음악 감상실에서 차 한 잔 나누며 여유롭게 휴식을 취하고, 낭만을 만끽하는 시간은 꿈속에서나 있을 뻔한 일이고, 점심에 짜장면 한 그릇도 먼 나라 이야기다. 골목길에서 풀빵을 팔아주던 할머니. 10개를 사면 한 두 개를 덤으로 주던 넉넉하고 따뜻한 마음. 그의 쭈글쭈글하던 주름진 손이 그립다.

그래도 '톳'이라는 동아리 모임이 있어서 소외되고 외로운 마음을 달랬을 수 있었다. 나는 모임 시간에 때론 늦게 도착하고 일찍 자리를 떠서 분위기를 어지럽혔지만, '산통'이라고 놀리면서도 이해하고 받아 주며 감싸 주었다. 자존감을 지킬 수 있게 도와준 깡통, 술통, 똥통, 밥통 등등 통 동아리의 친구들과 함께한 시간이 눈물겹게 고맙다.

연애는 고사하고 데이트 한 번 못하고 졸업한다. 하지만 내 손에 쥐어진 약학대학 졸업장과 어머니 머리에 얹힌 사각모를 생각한다. 이제 며칠 후, 나는 ROTC 소위 임관으로 장교복 차림으로 새로운 삶을 시작할 것이다.

제2의 인생은 하늘하늘 오르는 저 풍선처럼, 또 다른 시작의 도전을 향하여 푸른 하늘을 오르고 또 오르려나.

내 속에 갇힌 나

3학년 가을 학기로 기억한다. 대구 영남대학에서 전국 약학대학 학술 발표가 있었다. 학생회장이던 강○○가 나를 추천하여 도와줄 조교를 소개하여 주었다.

연구하고 있는 테마는 '청각의 구충 효과'였다. 김치를 담글 때 첨가물로 청각을 사용하는데 그 이유가 있을 거라는 가설에서 출발하였다. 당시 농촌에서는 거름으로 분뇨를 사용하고 있었으므로 생으로 먹어야 하는 야채에는 기생충 문제가 있었다. 현명한 조상들이 이 문제를 해결하기 위하여 무언가를 첨가했을 거라는 추측이다. 그중 한 첨가물인 청각에서 구충 효과를 나타내는 성분을 고찰해 본 연구였다.

가정교사로 가르치는 학생의 어머님께 양해를 구하고, 1박 2일의 발표회에 참석했다. 모든 경비와 숙소와 식사가 해결되는 자유로운 몸이 되었다. 학생회 간부들과 비둘기호를 타고 대구로 향했다. 당시의 비둘기호는 가장 빠른 급행 노선이었다. 달리는 차 창 너머로 가슴을 가득 채우는 풍경들이 전개되었다.

푸르름을 조금씩 잃어가며 가을 준비하는 나뭇잎들이 소슬바람에 팔랑거리고, 벌판에 익어가는 벼 이삭은 한낮의 따가운 햇살에 금빛을 반짝이며 넘실거린다. 밀려오는 삶의 물결에 쫓기면서 코앞의 일에만 집중하다가 오랜만에 자연의 풍요로움 속에서 나만의 귀한 시간을 즐겼다.

저녁 식사를 마치고 영남대학 학생 간부 몇 명과 어울려 조촐한 술자리가 벌어졌다. 여학생이 던지는 '어디예', '언지예'하는 대구 특유의 사투리가 정겨웠다. '어디예'는 '어디?'의 뜻이 아니며 '언지예'도 '언제?'라는 뜻이 아니란다. '그럴 리가 없다'라는 가벼운 부정의 표현이란다. 남녀의 데이트 약속으로 오해해서는 안 된다고 애교스럽게 덧붙였다. 함께 어울린 두 명의 남학생도 사투리가 섞인 어조로 구수하게 이야기를 쏟아놓았다.

나로서는 오랜만에 가져보는 자유시간이다. 24 시간을 쪼개고 쪼개어 새벽부터 밤까지 흐트러져서는 안 되는 삶의 긴장 속에 살아왔다. 격의 없이 어울린 정겨운 술 한 잔에 모든 긴장이 이완되고 완전히 자신을 벗어난 느낌이었다. 그들과는 첫 만남이지만 나를 방어하는 모든 벽을 허물고 내 속에 꼭꼭 숨어 있던 자신을 들어내는 시간이었다. 격식을 차릴 필요도 없었고, 잘 보이려고 가식할 이유도 없었다. 내일이면 떠나는 홀가분한 마음이다.

학생을 가르칠 스케줄 걱정도 없고 자취생으로 내일 아침 식사 걱정도 없다. 순수한 나 자신 그대로 대화하는 자신을 발견했다. 주위에는 어릴 때 함께 자란 '불알친구'도 없었고, 나를 터놓고 이야기할 사람도 시간도 없었던 터다. 그 시간만은 벌거벗은 나를 들어내는 쾌감을 맛보는 듯했다. 몇 년을 가까이한 친구보다 더 정감이 가고 서로의 모든 사정을 다 아는 듯했다. 어쩌면 자신을 잃어버리고, 하는 일에만 함몰하는 'flow'라는 것을 경험한 순간인 듯싶다.

가슴 속에 있는 모든 것을 들어낸 텅 빈 나. 그저 시간과 공간만이 존재하는, 아니 그것마저도 공중에 떠 있는 듯한 묘한 기분을 경험했다.

잠깐이었지만, 귀한 시간으로 기억한다.

졸업 20주년 성년회

  2024년, '입학 60주년 회갑 잔치 동창회 모임' 준비안이 카톡에 떴다. 오래전, '졸업 20주년 성년 기념 동창회'가 기억 저편에서 나를 부른다. 졸업 후 첫 모임이었다.

  일시 : 1988년 11월 12일 오전 10시, 장소 : 모교 명륜당 은행나무 밑 PC도 스마트폰도 없었던 때다. 부회장을 맡은 황영희 동문이 한 장, 한 장 손수 손 편지로 초청장을 보냈다.

  노오란 은행잎을 밟으며 숨 가빠 걸어 올라가던 언덕길. 교문에서 교실까지 족히 20분은 걸렸던 추억의 길. 옹기종기 모여 앉아 재잘대던 금잔디 광장. 실험실 옥상에서 알코올램프로 조교 몰래 오징어 구워 먹던 장난스러움. 이런 옛일을 들먹이며 보고 싶은 동창들의 마음에 바람을 불어 넣었다.

  당시 남가주에는 5명의 동창이 있었는데, 강창수와 뜻이 맞아 함께 참석하기로 했다. 그는 약사보다는 사업에 관심이 더 많아서 당의정 기계를 구매하여 공장을 설립했다. 제약회사로부터 하청을 받아 알약을 당의정으로 코팅해 주는 회사를 운영하고 있었다. 나는 우여곡절

끝에 사우스다코타까지 가서 약대를 졸업하고, 개인 약국을 운영한 지 한 5년 되었을 때였다. 2주간 관리 약사를 고용하고 들뜬 마음으로 고국 방문길에 올랐다.

남가주와는 달리 영하의 싸늘한 바람에 코끝이 쨍했다. 바바리코트 옷깃을 세우고 교정에 들어섰다. 은행잎이 아침 햇살에 비늘 모양으로 황금빛으로 번득였다. 두툼한 외투를 걸친 10여 명이 노란 낙엽을 밟으며 왁자지껄 서성거리고 있었다.

손을 흔들며 다가가는데 누군가가 뛰어나와 반가이 포옹했다. 양손을 잡고 겅중겅중 뛰었다. 주위의 시선을 의식하자 겸연스레 서로 보고 웃었다. 손뼉을 치는 친구도 있었다. 반장을 했던 여학생 '김양자'였다. 싸늘하게 움츠렸던 몸, 설레던 마음, 장시간의 고단했던 여정이 한순간에 사라져 버렸다. 오래도록 보고 싶었던 연인을 만난 양, 공중에 들뜬 기분이었다.

옆에 있던 경상도 친구, '강주수'는 '니 인마! 동창회 때문에 정말 일부러 나왔나?'하며 믿지 못하겠다는 듯 어설픈 웃음을 지으며 등을 두드렸다. 옛 강의실을 둘러보고 나서, 약대가 새로 옮긴 수원 자연과학 캠퍼스로 이동했다. 20년 세월 동안 쌓인 이야기가 많은 모양이다. 버스 안 여기저기서 고함과 웃음이 터져 나왔다.

산 중턱에 자리 잡아 올라 내리며 다리에 알이 배던 명륜동 캠퍼스와는 달리, 수원 자연과학 캠퍼스는 평평하고 광활한 곳에 자리 잡고 있었다. 조감도에 보이는 전체 캠퍼스는 앞으로 발전할 모교의 위상을 한눈에 보여 주었다. 아직은 여기저기에 새로운 건물이 신축 중이었다.

약사관 건물 강의실에서, 회장단은 옛 수업을 생각나게 하는 모의 강의 시간을 마련하였다. 약대에서 교수직을 바라보는 친구가 이 강의를 준비하였는데, 멀리서 어렵게 참석했다고 나에게 분필을 넘겼다. 교수가 되고 싶었던 나의 꿈을 훔쳐본 것인가. 그의 마음 씀씀이에 가슴이 찡했다. 칠판의 화학 방정식을 바라보니 감회가 새롭다. 이제는 이상한 그림이나 보는 듯 아득한 옛날처럼 느낀다고 모두 한바탕 웃었다.

저녁 만찬은 르네상스 호텔에서 열렸다. 말 잘하기로 소문난 '김병선' 친구의 재치와 재담으로 웃고 노래하고 춤추며 흥겹게 진행되었다. 모두가 하나가 되는 시간이었다. 학교 다닐 때는 몰랐던 그의 재능이었다.

미리 준비한 각자의 가족사진을 담은 앨범을 나누어 주었다. 그날 참석하지 못한 친구들의 얼굴을 기억해 보고, 그들의 근황을 서로 전해 받는 즐거움을 선사했다. 특히 직경이 30cm나 되는 대형 약 주발을 기념 선물로 받았다. 은행잎 모교 로고를 바탕으로 동창 이름과 사인을 새겨 넣었다.

지금도 친구들이 생각날 때면 진열장을 열어본다. 약 주발을 꺼내어 한 사람씩 이름을 부르며 얼굴을 떠올려본다. 이곳저곳 여러 번 이사를 하면서도 이것만은 지금껏 애지중지 보관하고 있다.

다음날은 사진발이 잘 받는다고 알려졌던 '김계주' 친구가 창수와 나를 골프 라운드에 초청하여 주었다. 이른 아침 그녀가 사는 빌라에 도착했다. 남편 골프채와 친구 것을 빌려다가 마련하여 주었다. 신발도 발에 잘 맞았다. 처음으로 받는 캐디의 도움이 어색했다. 셋이 첫 티에 섰다.

당시만 해도 골프가 그리 대중화하지는 못할 때였다. 미국과는 달리 한국에서 골프를 즐기는 것이 어려운 시절이었다. 친구 덕분에 이런 대접을 받는 것이 꿈만 같았다. 나는 100타도 깨지 못하는 신참으로 한국에서 첫 타를 날리는 순간이었다.

5번 홀은 파5로 언덕길로 오른쪽으로 굽어 있었다. 세 번째 타는 그린도 보이지 않았다. 캐디가 알려주는 방향으로 쳤다. 경쾌하게 잘 맞은 기분이었다. 볼을 찾다가 그린에 올라가 보니 홀인이 되어 있었다. 이글이었다. 그 후 30년 이상 골프를 쳤지만, 이글은 이때가 처음이었다. 모든 것이 동창들의 따뜻하고 마음 깊은 우정을 기억하라는 하늘의 선물이었다는 생각이 들었다

이번 행사를 위하여 '최정남' 회장을 중심으로 회장단의 수고가 이만저만이 아니었다고 했다. 나중에 들었지만, '조홍구' 부회장은 부산까지 내려가서 동문을 직접 방문하고 참석을 독려하였고, '박병구', '차기봉' 그 외 몇몇 동문의 헌신적인 봉사가 있었기에 가능했단다.

태평양을 날으며 생각에 젖었다. 한국은 정(情)의 나라다. 한국을 떠난 지 13년. 졸업 후 20년 동안 한 번 만나기는커녕 전화 한 통화도 없었는데 이렇게 반갑고 다정하게 후한 대접을 받았다. 아무런 대가를 바라지 않는, 아무런 조건 없는 사랑, 우정, 이것이 우리 한국인의 정인가 보다.

그래서였는지, 그 후 30주년, 40주년에도 이곳으로 발길을 했다. 50주년에는 추수감사절과 겹쳐서 아쉬움만을 달랬다. 다음 60주년이면 2028년까지 기다려야 하는 줄 알았는데, 졸업이 아닌 입학 60주년 회갑 잔치를 준비한다고 하니 벌써 가슴이 두근거린다.

나는 이들을 위해 무엇을 해줄 수 있을까. 비록 친구 한 사람, 한 사람에게 직접 우정을 나누지는 못한다. 그러나 이곳 미국에서라도 내가 만나는 누군가에게 따뜻한 정을 베푼다면, 돌고 돌아 그들에게도 조금은 전달되지 않을까. 세상은 모두 하나로 연결되어 있으니까.

코비드로 인한 팬더믹 상황에서도 '번개팅'으로 모임을 이어가는 회장단 수고가 놀랍다. 누가 얼마나 고생하고 헌신할지 몰라도, 입학 60주년 회갑 잔치 동창회 모임에는 우리 모두 건강하게 살아있어서 함께 '브라보'를 외치고 싶다.

서로 부둥켜안고 동동 뛰며 등을 두드리는, '한국의 정'을 다시금 나누어보고 싶다.

죽음의 문턱에서

하버드 대학 영어학과 4년 차 여학생이 기숙사에서 목매어 자살했다는 뉴스를 보았다. 올해 들어 보스턴 지역에서만 5번째이며, 전국에서는 대학생 자살이 매년 1,100명에 이른다고 했다.

알다시피, 하버드는 학생들이 꿈에 그리는 명문 대학이다. 이렇듯 유명한 대학에 입학한 학생들이지만 그들의 자신감, 우월감, 행복감은 잠시뿐이다. 우수한 학생들 틈에 끼어 고등학교 시절 최고였던 자아상을 확보하지 못하면 상대적인 좌절감을 느끼게 된다. 그 구렁텅이에서 벗어나려 안간힘을 써 본다. 결국 치열한 경쟁 속에서 강박감을 견디다 못해 심한 우울증과 싸우다가 끝내는 자신을 버릴 수밖에 없는 상황에 놓이게 된다고 전문가들은 얘기한다.

참으로 안타까운 일이다. 누군가가 따뜻한 말 한마디 진실한 미소 한 번만 던져 주었더라면, 존재의 의미나 가치를 알 수 있게 했더라면 그런 일을 저지르지 않았을 것이다. 포근히 감싸 안아주고 아주 작은 것일지라도 그들이 필요로 하는 것을 줄 수 있었다면 귀한 생명을 꺾지 않았으리라 생각한다.

문득 아찔했던 순간이 가슴에 메어왔다. 1964년 ROTC로 통역장교 훈련을 받던 부관학교 시절이었다. 대학 졸업과 함께 화려한 임관식을 마치고, 경북 영천에 있는 부관학교에서 일선으로 배치되기 전 3개월간 훈련을 받았다. 한 내무반에 20명씩 배치되었다. 6시에 기상하여 구보로부터 시작했다. 여러 가지 힘든 체력 훈련을 받았고, 8시간 동안 영어 회화 및 군사 영어를 공부했다. 다시 저녁에는 훈련으로 이어졌다.

　전국 각 대학에서 대부분 영문학을 전공한 장교들로 구성된 부관학교의 과정은 나에게는 몹시도 힘겨웠다. 영어 시험에 합격하여 통역장교의 보직을 받기는 했지만, 약학 과정을 이수하며 틈틈이 익힌 실력이었다. 영어를 전공한 그들과는 실력 면에서, 특히 영어 회화에서는 경쟁이 되지 않았다. 시간이 갈수록 초조해지기 시작했다. 첫 번 시험 결과가 나왔다. 120명 중 110등이었다. 초등학교 때부터 대학 졸업까지 줄곧 상위권을 누려온 자존심이 나를 죄어왔다.

　돌아보면, 시골에서 고등학교를 졸업하고 가진 돈 없이 책가방 하나 달랑 들고 상경하여, 하루하루 의식주를 해결하느라 숨 가쁘게 헐떡이면서 동서남북으로 뛰었다. 하루가 25시간이라도 모자라는 생활로 분, 초를 쪼개며 한 올, 두 올 틈틈이 엮어 갔다. 아무리 힘들어도 공부할 수 있다는 사실에 감사했다. 나를 필요로 하는 사람이 있고, 이해하여 주는 친구들이 함께한다는 생각만이 위안이 되던 때였다. 하늘의 도움이었는지 우연히 접한 저자 브리스톨의 『신념의 마술』이라는 책 한 권에 매료되었다. '할 수 있다'라는 신념 하나로 닥쳐오는 어려움을 견디어내며 자신감으로 버텼다.

그러나 이때는 사정이 달랐다. 공부만 한다면 코피를 쏟더라도 몇 밤을 새울 수 있겠지만, 허약한 체질에 아침저녁 훈련까지는 견디기 어려웠다. 더구나 10시면 불을 꺼야 하는 내무반의 규정으로, 그나마 단어 하나라도 더 암기해야 한다는 강박관념이 나를 옥죄어 왔다. 식욕이 떨어졌다. 남과 이야기하고 싶지도 않았다. 골뱅이처럼 자기 껍데기 속으로 조금씩 기어들어 가기 시작했다. 그동안 나를 지탱해 주었던 '할 수 있다'고 하는 신념과 자신감이 흔들리기 시작했다.

장교들은 각지 여러 대학에서 뽑혀 왔으므로, 내무반 안에서 나를 알아줄 사람은 아무도 없었다. 대화를 하면서도 나를 내세울만한 어떤 배경도, 집안의 부나 권력도 없었다. 연애하는 애인 자랑도 없고 술좌석의 재미있는 추억도 없었다.

오직 나를 긍정시키면서 열심히만 하면 모든 것은 이루어진다고 믿으며 살아왔는데, 열심을 낼 수 없는 무언가가 나를 가로막았다. 무거운 어둠의 그림자가 나를 서서히 삼켜가고 있었다. 좌절할 때마다 나를 일으켜 주었던, '내'가 허물어져 감을 느꼈다. 절대자에 대한 '믿음'이 아닌, 나약한 인간의 '신념'에 의지했던 '자신'이 무너져 내리는 시간이었다.

그러던 어느 날 밤. 하현달의 희끄무레한 빛이 어두운 강을 건너는 길손인 양 무겁게 느껴지던 한밤중, 불침번(不寢番)을 서고 있었다. 3월의 싸늘한 바람이 얼굴을 덮치고 조각달마저 검은 구름 속으로 잠기었다. 어둠과 더불어 외롭고 비참하고 허무했다. 가슴이 쪼개지는 것 같았다. 막사 옆에 쭈그리고 앉았다.

차디찬 총구멍을 턱밑으로 밀었다. 차갑고 둔탁한 금속성 감촉에 갑자기 입안이 바싹 말라왔다. 마지막, 남아 있지도 않은 침을 억지로 삼켰다. 방아쇠에 얹어진 손가락이 바르르 떨렸다. '왜'라는 이유가 분명히 떠오르지 않았다. 그저 당기고 싶었다.

그때, 번쩍!

'Y=aX+b'이라는 일차 방정식이 엉뚱하게 떠올랐다. 사실, 아래 내용이 일반 독자님들께는 다소 복잡하게 들릴 테지만, 하여간 슬럼프에서 나를 구해준 방정식이었다. Y축에 b라는 절댓값이 현재 나의 가치구나! 나의 '환경', 지금까지 이루어온 나의 '삶의 합(合)'. 바로 나의 '절대 수치'구나.' 하는 생각에 정신이 바짝 들었다.

사실 그렇지 아니한가. 다른 사람은 그 사람 나름대로 자기의 '절댓값'을 가지고 있다. 나보다 좋은 부모, 환경, 학교 그리고 우수한 성적이라면, X축의 어느 시간대에서는, 훨씬 높은 수치로 출발할 것이다. 그것은 당연하고, 이 모든 것을 현실로 인정해야 한다. 내가 아무리 발버둥 쳐도 지금은 만들어 낼 수 없는 눈높이다. 흙수저가 지금 금수저가 될 수는 없는 노릇이다. 그 시간대에서 이 '절댓값'을 넘어서려고 했던 것이 나의 착각이었구나, 라는 생각이 번개처럼 번쩍했다. 눈앞에 도표가 섬광처럼 스쳐 갔다.

그 기울기를 높여서, X축의 시간이 갈수록, Y축에 그 총합의 결과가 나아지도록 해야 한다. '이것만이, 네가 지금 할 수 있는 일이다.'라는 음성이 아련히 들렸다.

이렇게, 기울기를 계속 높여가면, 미래의 어느 시점에서는 그들보다 나아질 수도 있을 것이라는 가느다란 희망이 솟구쳤다. 그들도 자기의 기울기를 계속 높이며 살아간다면, 당연히 그들은 나보다 더 나은 위치에 있을 것이다. 이것은 인정해야 한다. 이렇게 마음먹고 나니 여유로운 마음이 잔잔히 흘렀다. 막혔던 가슴이 풍선처럼 팍 터지는 것 같았다.

얼음 조각처럼 싸늘하던 달이 구름 속에서 살짝 모습을 드러냈다. 그나마 왠지 따스하게 느껴졌다. 먼지를 훌훌 털고 일어서서, 묵직한 M1 총을 어깨에 메었다.

가짜 포병 장교의 지하 터널 건설 작전

1968년, ROTC 6기 포병장교로 임관했다. 임관 후, 각 병과 별로 3개월간 전문 병과 훈련을 받고 부대로 배치된다. 나는 '통역 장교' 시험에 합격한 터라, 포병학교에서 훈련을 받지 않고 부관학교에서 그 기간 동안 통역 교육 과정을 마쳤다.

실제로 통역장교로서의 병과가 따로 있는 것이 아니고, 소속 병과에서 통역 임무를 수행할 수 있도록 만들어져 있는 제도였다. 미군과 함께 하는 합동 작전 때나 필요한 임무였다. 나는 포병장교로서 필요한 포병 병과 훈련은 조금도 받지 못하고 DMZ 전방 ○○사단 포병 대대로 명령을 받았다.

같은 포대에 신임 포병장교 4명이 배치되었다. 포대장은 신임 장교의 실력을 평가하기 위하여 필기시험을 실시했다. 다른 동료들은 포병학교에서 3개월간 실제 훈련을 받고 이곳에 부임하였지만, 나는 포병 배지만 달았을 뿐, 아직 '포신(砲身)'조차도 구경하지 못한 '가짜 포병장교'인 셈이었다.

사병도 아닌 장교가 그것도 포병 장교가 적과 대치하고 있는 DMZ

포대에서 포를 처음 본다는 것은 아이러니였다. 그래서인지 우리 다음 기수부터는 통역 보임을 받은 자도 기본 병과 훈련을 받도록 제도를 바꾸었다고 들었다.

하는 수 없이 이름만 적고 백지 답안지를 제출했다. 포대장께 자초지종을 말씀드렸더니 어이없어 하며 혀만 찼다, 1주일 후에 포 사령부에서 신임 포병 장교 전원을 위한 실제 야전 훈련이 있으니 열심히 배워오라고 명령을 내렸다.

그날이 왔다. 주위가 낮고 높은 산으로 둘러싸인 야영장에 대포 4문을 배치해 놓고 교육과 훈련에 들어갔다. 광야의 황량한 바람이 요란하게 천막을 흔들어댔다. 담당 교육 장교는 질문을 받아 가며 열심히 강의했다. 마이크도 없는 강단이라 강의 소리가 바람 따라 흩날렸다.

고교 때 배운, '사인', '코사인'을 이용한, 거리 측정, 고도 측정 등을 맨 앞자리에 앉아 열심히 듣고 계산했다. 약대 4년간 한 번도 접해 보지 않은 공식들이지만, 고교 때의 수학 실력을 발휘해 보는 시간이었다. 동료 장교들은 포병학교에서 배운 이론과 비교하며 열띤 토론을 벌였지만, 나는 그저 칠판과 교재를 보며 주어진 문제만을 풀어 나갔다. 실전 훈련에서는 동료들의 도움을 받으며 생전 처음 보는 대포의 작동을 조금씩 배워 나갔다.

시험 문제는 풀 수 있겠지만 일주일의 교육과 훈련만으로 사병을 지휘하며 포대 작전을 감당 할 수 있을까. 두려움만을 가득 안고 본대에 복귀하였다. 포대장은 나의 훈련 성적이 우수하다며 칭찬을 했다. 그러나 실제 훈련이 시험 성적으로만 되는 것이 아님을 그는 오랜 경험을 통하여 알고 있었으리라. 능력만은 인정하였는지 포대의 정훈장교 보직을 맡겨 주었다.

누구의 아이디어였는지는 알 수 없다. 포대마다 숙소에서 포문까지 약 50m를 지하 터널로 연결하는 공사가 진행 중이었다. 유사시 숙소에서 포문까지 가는 동안 적의 공격에 노출되지 않도록 하기 위함이다. 이때에 사상자가 발생하면 포수 없는 포는 무용지물이 되고 말기 때문이다.

건설 회사에 하청을 준 것도 아니고, 자체 내에서 모든 것을 조달하여 공사를 완공해야만 했다. 3명씩 짝을 지어 산에 올라갔다. 공사에 필요한 원목을 재래식 톱으로 자르고, 나무 끝에 쇠고랑을 박는다. 빈손으로도 내려오기 힘든 길도 없는 가파른 비탈이다. 쇠줄을 어깨에 메고 비틀비틀 끌면서 2km가 넘는 부대 연병장까지 운반해야 한다. 직경이 15cm 이상, 길이가 2m 되는 곧 바르게 자란 원목 2개가 3인 1조의 하루 할당량이다.

장교와 선임하사는 비탈진 절벽 위에 검문소를 설치해 놓고, 규격 미달의 원목은 가차 없이 절벽으로 굴려 버렸다. 다시 더 큰 것을 골라 잘라서 운반해 와야 했다. 하루 할당량을 못 하면 그날 저녁은 굶어야 했다. 부상자가 속출하고, 여기저기 상처투성이였다. 피곤으로 지친 사병들의 사기는 말이 아니었다.

이 병사들을 밤에 모아 놓고 정훈 교육을 실시하는 자신이 부끄러웠다. 무엇으로 저들의 마음을 위로하고 삶의 가치를 느끼게 할 수 있을까. 무사히 군 복무를 마치고 제대할 수 있도록 어떻게 힘을 줄 수 있을까. 그냥 편히 쉬게 하고 일찍 취침하게 하는 것이 최상의 방법이겠지만 그럴 수도 없는 노릇이었다. 안타까운 마음뿐이었다.

완공식 날이 왔다. 사단 사령관, 포 사령관 그 외 여러 귀빈을 모시고, 내가 사회자로 행사를 치렀다. 사병의 고통, 좌절, 절망, 심지어 탈영까지 하려는 절박한 심정과 함께해 온 나였다. 하지만 미사여구로 그들의 노고를 위로하고 지하 터널의 요긴함을 강조하면서 한 판 멋진 연극을 재연했다.

그들의 피와 땀으로 이루어진 성과로 부대장과 소대장이 표창을 받았다. 그들의 한숨과 불만은 요란한 박수 소리에 묻히었다. 군악대의 웅장한 행진곡에 어울린 드럼 소리가 드높이 울려 퍼졌다. 그동안의 불만과 고통이 승리로 승화되는 순간이었다. 전진 명령만 떨어지면 기꺼이 뛰쳐나가고 싶은 충동이 일었다.

상처를 입어 절뚝거리며 걸어가는 병사를 보면서 한편으로 엉뚱한 생각이 들었다. 누군가가 이 공사를 준비하고 예산을 편성하였을 것이다. 모든 공사비용을 누군가에게 지불하고 잔고를 맞추어 보고서를 작성하였으리라. 진정 원목의 비용과 노동비가 계산되지 않은 보고서가 작성되었을까, 하는 의구심이 들었다. 당시는 워낙 부정부패가 만연하던 때가 아닌가.

사병들의 피 범벅된 상처가 아른거렸다. 이들의 노고가 헛되지 않기를 빌어보았다. 실제 전쟁에서 적의 공격이 시작되었을 때를 상상해했다. 적의 총탄에 노출되지 않고 포신까지 진입하여, 적을 진압하는 멋진 포대의 역할을 기대하면서.

제대 후에 이곳을 찾아가 보고 싶었다. 배수구나 기타 설계상에 오류는 없었는지. 홍수로 지하 터널에 물이 차고, 기둥이 썩어 부러지지는 않았을지. 이것을 수리 보존하느라 사병들은 또 다른 훈련(?)을 겪고 있을까. 그저 그대로 잘 관리하고 유용하게 훈련하고 있기만을 바랄 뿐이다.

요란한 포성이 터진다. 더불어 불길이 솟아오른다. 피어오르는 연기 속에 우렁찬 승리의 함성이 들려오는 그날을 그려 본다.

잃어버린 작전지도

책장을 정리했다. 사용하지 않는 지도를 버리다가 신임 장교 시절이 기억났다. 사단 사령부 전체가 동원된 기동 훈련이 있었다. 일주일 동안 A 지점에서 B 지점까지 이동하는 실제 작전 훈련이었다.

나는 C 고지(高地)에 설치된 임시 사령부에서 미 공군 장교의 통역을 맡아 임무를 수행하고 있었다. 당시 나는 통역 과정을 마친 포병 장교였다. 오산 비행장으로부터 전폭기 편대의 지원을 받으며 작전이 진행되었다.

넓은 지도 판에 표적을 옮길 때마다 각 부대는 그곳으로 이동해야 했다. 보병은 걸어서, 포병은 포를 끌고, 기갑 부대는 전차를 몰고 갔다, 수송부대는 모든 보급품을 얼룩무늬로 위장한 트럭에 싣고 이동했다. 공병 부대는 없는 길을 만들며 갔다. 강을 건너고, 산을 오르며 목적지까지 이동하며 가상의 적을 무찌르는 훈련이었다.

신(神)이 앞에 놓인 세상 바둑판에 바둑알을 옮기고 있다. 누군가는 심한 풍랑 속에서 사투를 벌이고, 누구는 죽음의 터널에서 빠져나오고 있다. 어떤 이는 꽃길을 걷기도 한다. 자기만 고통을 당하는 것 같아도 멀리 위에서 내려다보면, 하나의 퍼즐을 맞추기 위하여 각자가 속해 있는 곳에서 해야 할 일이 있다.

작전 지휘 본부는 이동하지 않았다. 상황이 바뀔 때마다 막사 안 상황실은 분주했다. 여기저기서 전화벨이 울리고 "오버(over), 오버"를 외치는 무전병 소리가 요란했다. 전쟁터를 방불케 했다. 요격기 4대가 2대씩 좌우로 펼치고 굉음을 내며 사단 상공을 지나갔다. 그러고 나면 나는 특별한 임무가 없었다. 분주한 가운데 한가로움은 안절부절 죄스럽기도 했다.

작전이 끝나고 부대로 복귀하는 길이었다. 세 갈래 길에 교통 혼잡이 있어서 잠시 차를 멈추었다. 포대와 전차가 요란한 소리를 내며 이동 중이었다. 헌병이 교통정리를 했다. 길가에 잠시나마 휴식을 취하고 있는 보병 소대가 있었다. 거기서 우연히 동료 보병 장교를 만났다.

나는 지프차에서 내려 반기며 그의 손을 잡고 포옹했다. 온몸이 진흙과 먼지로 범벅인 그는 반기는 얼굴은 잠시, 금방 울음이라도 터뜨릴 것 같았다. 얼굴이 사색이었다. 돌아오던 길에 작전 중에 지니고 있던 지도를 분실하였단다. 작은 행랑에 넣고 메고 다녔는데 어디서 빠졌는지 알 수 없다며 한숨만 길게 쉬었다. 군사정보가 실려 있는 지도다. 지휘자로서 그것을 분실하였으니, 이에 따라 일어날 수 있는 일을 그는 상상하고 있었을 것이다. 아직은 중대장에게 보고하지 않았다며 방법이 없겠냐며 나에게 호소했다. 지푸라기라도 잡고 싶은 그의 절절한 심정이 내게 전해왔다.

작전이 종료되고 복귀하는 길이라, 이 혼동의 와중에 지도를 찾기 위한 어떤 방법도 생각해 볼 여력이 그에게는 없어 보였다. 일주일 동안 병사들과 밤낮으로 고지를 오르내리면서 그는 기진맥진해 있었다. 그저 될 대로 되라고 자포자기한 모습이었다. 체력이 극한점에 이르면 사고 영역이 마비되고 그저 살아야 한다는 본능만 남는가 보다. 자기는 어떻게 돼도 받아들이겠으나 고향에 계신 홀어머니가 걱정이라며 눈물이 글썽했다.

난들 뾰족한 방법이 있겠는가. 하지만 이대로라면 사건이 어떻게 전개되어 결말이 날지 불 보듯 빤했다. 무언가 해야만 되겠다는 생각이 들었다. 동행한 미군 장교에게 간단히 설명하고 양해를 구했다. 헌병 초소로 들어갔다. 도움을 청했다. 그의 행적에 따라 동료가 거쳐 온 길을 따라 각 헌병초소에 연락하고 수소문하였다. 3km정도 떨어져 있는 헌병 초소에 누군가가 주운 행랑을 맡겼다고 했다.

나는 운전병에게 협조를 부탁하고 즉시 그를 지프차에 태웠다. 그가 걸어서 갔다 오자면 족히 1시간은 걸릴 것 같았기 때문이다. 밀려오는 행렬의 반대 방향이라 길은 막히지 않았다. 헌병 초소에 장교는 없었다. 갑자기 미군 장교와 함께 도착한 지프차에 사병은 놀란 표정이었다. 본대 복귀로 어수선한 때라 아직 상부에 보고는 하지 않은 상태였다.

부대와 본인 확인을 마친 사병은 거수경례로 답하며 그 행랑을 돌려주었다. 지도를 움켜쥔 그 친구는 울음 반, 웃음 반이었다. 계면쩍어하면서 고맙다고 몇 번이고 사병의 손을 흔들었다. 보고 있는 몇 사람은 물론, 나도 속으로 나지막이 안도의 숨을 내쉬었다.

물에 빠져 허우적거리는 사람에게 나무 막대기 하나 던져주는 일은, 주는 사람에게는 별일 아니지만 죽어가는 이의 생명을 구하는 일이다. 때로는 말 한마디가 사람을 살리기도 하지 않던가. 그동안 나는 여러 사람의 도움을 받으며 살아왔다. 작은 일이지만 누군가에게 도움을 줄 수 있어서 흐뭇했다. 우리는 차 안에서 손바닥을 마주치며 "오 케이!"하고 소리쳤다.

삼거리로 돌아왔다. 그의 부대는 왼쪽 길, 사령부로 가는 길은 오른쪽이다. 시간이 지체된 그는 서둘러서 소대원과 함께 출발했다. 먼지를 일으키는 트럭 뒤를 따르며 그는 몇 번이고 뒤돌아보며 손을 흔들었다.

그의 모습이 기억 속에 아련하다. 제주도 출신이었던 그 신임 보병 장교는 지금 어디서 무엇을 하고 있을까.

숨은 분노

'조지 플로이드'의 죽음으로 분노의 물결이 드높다. 'Black Live Matter'로 확산하고 있는 뉴스를 보면서 떠오르는 추억 하나가 있다.

포병 장교로 최전방 철책선에 배치된 후 처음 휴가를 얻었다. 화창한 봄날이었다. 따사한 봄볕이 강원도 깊은 산 속까지 성큼 다가왔다. 눈 녹은 자락마다 푸른 생명이 활기를 돋우고, 성질 급한 것들은 벌써 색감을 준비하고, 노란색 빨간색 물감을 터뜨리기 시작했다.

잠시라도 군 생활에서 벗어나는 날이었다. 갓 세탁하여 풀로 날이 선 장교복을 입고, 소위 딱지가 붙은 모자를 쓰고, 최북단 조그마한 도시의 버스 정류장에서 서성거리고 있었다. 딱히 누군가를 기다리는 것도 아니었다. 휴가 간다는 기쁜 소식을 알릴 사람도 없는 서울을 향하여, 그냥 살벌한 이곳을 벗어나고 싶을 뿐이었다.

당시 우리 사단에서는 포대마다 병사 숙소에서 포문까지를 지하 터널로 연결하는 공사가 진행 중이었다. 유사시에 적의 공격에 노출되지 않고 포문을 작동할 수 있도록 하자는 계획이었다. 병사들은 전투 훈련보다는 지하 터널 건설에 투입되었다.

나는 정훈장교의 직무를 맡고 있었다. 병사들의 정신 무장과 사기 진작 교육을 담당해왔다. 병사들의 상처투성인 육체와 아픈 마음을 다독거리기엔 내 마음이 너무 여렸다. 고통 받는 그들을 마음껏 위로해 주고 격려해 주지 못하는 자신이 한심스러웠다. 그들을 위하여 내가 할 수 있는 일이 무엇인가 하는 생각이 나를 짓눌렀다. 군(軍)이라는 무지막지한 큰 산 앞에, 그저 한낱 도구로밖에 쓰이지 못하는 자신이 처참했다.

병사들의 매일 일정이 떠올랐다. 동트기 전 6시에 기상하고 5Km 정도 구보를 한다. 아침 식사 후, 바로 3인 1조로 험한 산에 오른다. 길이 2m, 직경 15cm 정도의 원목을 재래식 톱으로 잘라서 가지를 치고 쇠고리를 박은 다음, 철사를 매고 어깨에 메고 끌면서 비틀거린다. 길도 없는 가파른 산속을 가로질러 2km 거리의 부대 연병장까지 운반하는 작업이었다.

한 조당 하루 2개의 원목이 할당되어 있다. 임무를 완수하지 못하면 기합과 더불어 그날 저녁 급식은 없다. 사병들은 지칠 대로 지쳐있다. 이들을 대상으로 밤늦게까지 정훈 교육을 해야 한다. 잠이 쏟아져서 끄덕이는 머리를 세우며 깜짝깜짝 놀란다. 무슨 벌을 받지는 않을까 하여 두려운 눈을 두리번거리다 다시 꾸벅꾸벅 존다.

상념에서 깨어났다. 흙먼지를 일으키며 색 바랜 완행버스가 삐걱 멈추었다. 버스에 올랐다. 작은 보따리를 움켜쥔 몇몇 아낙들이 무표정한 얼굴로 쳐다본다. 산속에서 무슨 일이 벌어지든 아랑곳없는 가난에 찌든 표정이다. 달콤한 봄바람은 차창으로 스며들고, 산기슭에는 여기저기 붉은 너울이 인다. 철쭉꽃인가 보다.

조그만 도시를 몇 개 지나면서, 승객이 하나둘씩 늘어났다. 봄맞이 옷차림으로 짧은 스커트를 화려하게 차려입은 아가씨들이 재잘거리며 올랐다. 무엇이 그리 재미있는지 깔깔거리며 소란스러웠다. 전방에 들어온 후, 일 년여 동안 보지 못했던 발랄한 분위기였다.

향기가 풍기는 산뜻한 여인들을 바라보는 것만으로도 눈요기가 되고 마음이 싱숭생숭해야 하는데, 왠지 모르게 가슴 깊은 곳에서 이상한 분노가 치솟아 올랐다. '사병들은 산속에서 처참하게 고생하는데, 너희들은 무엇이 그렇게 좋아 시시덕거리느냐'고 고함치고 싶었다. 정말 총이라도 쥐어주면 쏠 것 같은 울컥한 심정이었다.

얼마 전, 의정부 부근에서 일어난 총기 난사 사건이 떠올랐다. 탈영병 한 명이 버스 안에서 카빈총을 난사한 사건이었다. 당시는 '정신 나간 놈이구나!' 정도로 생각했는데, 그의 마음을 추측해 봤다. 나는 실제로 육체적 노동이나 고통을 받지도 않았다. 그저 옆에서 보기만 했는데도, 희희낙락대는 저들을 보고 즐거운 마음이 아닌 분노의 감정이 솟구쳤다.

극심한 육체적 정신적 고통을 직접 겪은 그 병사의 심정은 어떠했을까? 전방에 근무하는 병사들의 근황을 보면, 대졸은커녕 고졸이 한두 명 정도이고, 모두가 이름도 들어보지 못한 시골 출신이다. 학력이 높은 병사들, 대도시 출신들은 다 어디로 빠져나갔는지. 돈 없고 빽 없어서 전방 오지에 배치된 저들의 소외감, 상사로부터 받는 모멸과 혹독한 벌칙. 결국 죽음을 무릅쓰고 탈영했을 수도 있다. 낄낄거리는 저들을 향하여 분노의 총알을 당겼을 수도 있지 않았을까?

　마음을 가라앉혀 본다. 사람대접 못 받는 삶, 인정받지 못하는 삶, 억압받는 삶에 대한 저항이 누구에게나 잠재되어 있음을 느낀다. 항상 순하고 복종만 하며 남에게 한 번도 대들어 본 적이 없다고 생각하는 나에게도, 내면 깊숙한 곳에 이런 분노의 감정이 도사리고 있었다는 것에 새삼 놀랐다.

　지난날을 돌이켜 보면, 어떤 사건의 드러난 모습만 보고 신문에 실은 기사만 읽고 누구를 비난하거나 비평하곤 했다. '인생을 드라마 보는 것처럼 우리는 보고 싶은 장면만 확대하여 본다.'라고 누군가 말했다.

　병사가 군에 입대하는 장면 1~2초, 그리고 자막에는 '2년 후', 장면이 바뀌며 의정부 시내의 간판을 배경으로 버스에 오르는 병사 그리고 카빈총을 난사하는 총성과 아수라장이 된 극적인 장면. 배경 음악과 더불어 우리는 격한 감정을 일으킨다. 이것만 보고 병사를 손가락질하며 심한 비난을 가한다.

　그렇다. 나타나지 않은 2년. 그동안 그는 어떤 삶을 살았는지 우리는 관심도 없다. 그저 총을 휘두르는 광란의 얼굴만 클로즈업 된다. 드라마에 가려져 있는 삶, 나타나지 않은 실제의 삶, 이런 숨은 삶의 순간순간을 들여다볼 수 있다면 우리의 생각이 달라질 수도 있을 것이다. 말 한마디가 비수가 되기도 하고, 다정한 한 가닥 미소가 새로운 삶을 살아가도록 위로가 되지 않던가.

　차창 문을 열고 따사로운 봄기운을 힘껏 들여 마셨다. 들려오는 웃음소리가 애인의 반가운 입맞춤으로 느껴질 때까지 심호흡했다.

오래전 이야기가 되었다. TV에서는 'Black Live Matter' 구호를 외치며 시위대가 지나가고 있다.

2부

절벽에서 잡은 밧줄

"달력 고맙습니다"

시골에 있는 셋째 여동생으로부터 급한 전화가 왔다. 여동생은 교환 안내원 과정을 이수하고 발령을 눈이 빠지게 기다리고 있었다. 집에서 출퇴근할 수 있는 속초 우체국에 근무할 수 있도록 손을 좀 써 달라는 부탁이었다.

속초 우체국에 근무하는 친구에게 사정을 알아보았다. 한 사람 자리가 비어 있으니, 서울 청량리에 있는 체신부에 과장님을 찾아서, 담배 한 보루라도 들고 가서 부탁해 보라고 귀띔해 주었다. 홀어머니 밑에서 중학교도 진학하지 못한 동생이다. 그동안 내 앞가림 하느라 도와주지 못한 미안한 마음이 컸기에, 어떻게 해서라도 꼭 들어주고 싶은 부탁이었다.

1971년 연말이었다. 눈발이 날리고 차가운 바람이 외투 깃을 올리게 했다. 선물 가방을 양손에 들고 목도리로 얼굴을 감고 분주히 걸어가는 사람들이 보였다. 직장을 청탁하는 일은 처음이라 두려움과 부끄러움이 앞섰다. 원래 내성적인 성격이라 외향적인 기질을 키워 보려고 애써왔다. 졸업 후 제약 회사에 취직할 때도 실험실을 택하지 않고

일부러 영업사원 쪽을 택했다. 그러나 아직은 풋내기라

그런 청탁을 하러 나서기에는, 여린 마음에 몹시 망설여지고 불안했다.

세상을 배워가는 과정이라 생각하고 용기를 내어 보기로 했다. 하지만 무엇을 선물해야 할지부터 어려웠다. 담배 한 보로를 들고 간다는 것은 민망스러웠다. 양주라면 그럴 듯도 하겠지만 형편이 안 되고, 그렇다고 사무실에 과일 한 바구니를 들고 갈 수도 없는 노릇이었다. 회사에서 거래처에 사은품으로 주는 달력이 생각났다. 세계 유명 박물관의 명화로 제작된 독일 제약회사 달력이라 연말에 인기가 있었다. 그거라면 양심의 가책을 조금은 덜 수 있을 것 같았다. 권력이나 뇌물, 또는 부당한 것이 관련된 인사 청탁이 아니라, 간절히 부탁하는 것으로 생각하니 마음이 조금 가벼워졌다.

새해 달력 한 부를 말아 들고 체신청에 들어섰다. 긴장되어 가슴이 콩닥거렸다. 머리카락까지 쭈뼛쭈뼛 일어서는 느낌이었다. 경비실을 거쳐 과장님 사무실을 찾아 여러 절차를 거쳐서 2층 비서실에 들어섰다. 50평도 넘어 보이는 대단히 넓은 방이다. '세상에 이렇게 큰 사무실도 있다니!' 눈이 휘둥그레졌다. 빌딩의 한 층에 여러 칸막이를 하고 촘촘히 늘어선 책상 끝에 자리 잡은, 우리 회사의 과장님 사무실과는 비교가 안 되었다.

넓은 방을 두리번거렸다. 온몸이 웅크려 들었다. 비서실 앞 복도에서 대통령 면담 일정을 주선하는 것 같은 대화가 들려왔다. 아무래도 번지수를 잘못 알고 찾아온 것 같았다. 뛰쳐나가고 싶은 심정이었다. 과장이라면 모두 우리 회사의 영업부 과장 정도로만 생각했다. 세상의 초년병이라 직장에 따라 과장이라도 권위와 관할 범위가 크게 차이가 있음을 알 까닭이 없었다.

여동생의 절박한 목소리를 생각하며 내친걸음에 한 번 부딪쳐 보기로 했다. 심호흡을 두어 번 했다. 초침을 따라 '하나, 둘, 셋…' 하고 세기 시작했다. 100을 세 번이나 헤아리는 시간은 생애 가장 긴 시간으로 느껴졌다.

내 자취방 크기만 한, 커다란 테이블 앞에서 드디어 과장님을 마주했다. 떨리는 목소리로 모깃소리만 하게 시작하였으나, 과장의 온화한 얼굴에 점점 마음이 담대해졌다. 동생 발령 때문에 찾아왔노라고 솔직하게 부탁했다. 내 직업이 무엇이며 다른 동생들은 무엇을 하느냐며 몇 가지를 물었다. 그러고는 빙그레 웃으며 "달력 고맙습니다." 고 말했다. 부드럽고 다정한 음성이었다. 상기된 얼굴로 꽁지가 빠지게 건물 밖으로 뛰쳐나왔다.

이마에 부딪히는 진눈깨비가 화끈거리는 얼굴 위에서 구슬땀으로 흘렀다. 친구 권유대로 담배 한 보로를 들고 들어갔더라면, '당장 나가요'라는 호통과 함께 아마도 쫓겨났을지 모를 일이다. 생각해 볼수록 온몸이 발가벗겨지는 듯 부끄러움에 온몸이 떨렸다.

일주일이 지났다. 그렇게 원했던 '속초 우체국'에 발령을 받았다고 기뻐 소리치는 동생의 목소리가 수화기를 통해 들려왔다. 과장님이 특별한 배려를 했을 터였다. 동생의 간절한 기도도 하늘에 상달되었는지 모른다. 어쨌든, 동생을 위한 나의 간절한 마음과 어설픈 방법이나마 뜻이 이루어져서 감사할 뿐이었다. 나중에 알았지만, 친구가 찾

아가 보라고 한 과장은 체신부 노조(勞組)의 과장이지 체신청의 과장
이 아니었다. '나 같은 말단은 만날 엄두도 못 내는 분이야. 이참에 내
문제도 그 분께 한번 부탁해 주렴.'하며 넉살을 떤다. 무식하면 용감하
다고 나도 모르게 어처구니없는 일을 저질렀다.

　살면서 때로는 손에 닿을 수 없다고 생각하는 사람을 만남으로써 어
려운 일을 쉽게 해결할 때도 있다. 행운이기도 하고 신의 은총일지도
모른다. 그러나 준비되어 있지 않고 온 힘을 다하지 않았다면, 기회가
가까이 다가와도 모르고 지나쳤을 것이며, 오던 기회마저도 달아나
버렸을 것이다.

　남을 위하는 마음끼리의 짜릿한 만남의 순간은 얼마나 값진 것인가.
세상에는 해결 안 되는 일로 가득하다고 말들 하지만, 진심을 알아주
는 아름다운 마음을 가진 사람이 존재한다는 사실은 각박한 세상을
살맛나게 한다.

　청탁이라는 부끄러운 동기로 시작하였지만, 동생의 부탁을 해결해
주어서 마음이 한결 가벼웠다. 은혜를 받는 사람에게는 공짜여도, 은
혜를 베푸는 사람은 시간이든 돈이든 양심이든 무언가를 대가로 지불
하고 주는 것이 아닌가. 서로 베풀고 베풂을 받으면서 감사가 감사로
이어지는 세상을 그려 본다.

　들어주어야 할 청탁보다는 들어주고 싶은 부탁을 받을 때, 마음은
한결 기뻐지나 보다. 그동안 사업을 해오면서 어설프지만 솔직한 그
런 젊은이의 부탁을 받았을 때, 옛일을 떠올리며 기꺼이 들어 주곤 했
다. 그때마다 그분의 빙그레 웃던 얼굴이 떠오르곤 했다.

내 고향 친구 '선태'

지난해, 고향 방문길에 친구 '선태'를 만났다. 호두나무 묘목을 심다가 연락을 받고 달려왔다고 했다. 햇볕에 그을린 가무잡잡한 얼굴과 흙으로 얼룩진 작업복이 잘 어울렸다. 떡 벌어진 어깨는 힘이 흘러넘쳤고, 약간 찌그러진 밀짚모자는 땀이 배어 누릇누릇했다.

막걸릿잔을 앞에 놓고 도란도란 지난 이야기로 이어졌다. 속초에 계신다는 초등학교 담임 선생님 안부로부터 시작하였다. 밤이면 가가호호 학생 집을 방문하며 격려해 주던 선생님의 열정. 때로는 우리 둘이 선생님을 모시고 깜깜한 산골길을 안내했던 추억을 더듬었다.

그는 양양군 현북면 면장을 지냈다. 은퇴한 지 벌써 10년이 넘는다고 했다. 술이 얼큰해지자, 그는 지난날을 풀어놓기 시작했다. 초등학교를 졸업하고 집안 형편이 어려워 진학을 못 하고 농사일을 도왔다. 부모님이 없어서 형님 혼자 꾸려가는 농사일을 거들어야만 했다.

5년여 동안 밭 몇 뙈기에 감자, 고구마, 고추, 옥수수 등을 재배하며 일에 묻혀 살았다. 어느 해 심한 가뭄이 들었다. 타들어 가는 작물을 바라보며, 이렇게 살다가는 평생 가난을 벗어날 수 없을 것 같다는 생각이 뒤통수를 쳤다. 결국 19살에 괴나리봇짐을 싸 들고 가출하여 서울로 올라갔다.

닥치는 대로 이런저런 일을 했단다. 택시 운전사가 되기로 작정하고 어렵게 운전면허를 받았다. 그러나 서울 지리를 잘 알지 못하는 터였다. 동트기 전에 어둠을 밟고 남산에 올랐다. 지도를 펴 놓고 동서남북으로 차례로 한 길씩을 택하고, 걸어 내려가며 몸으로 길을 익혀 나갔다. 어려운 와중에 다행히 좋은 분을 만나, 작은 중소기업 사장님의 자가용차를 운전하게 되었다.

시키는 대로 열심히 일하여 신임 받았는데, 뜻밖에도 작은 교통사고가 나게 되어 일자리를 잃었다고 했다. 여러 가지 난관에 부딪히면서 더는 서울에서 버틸 수 없게 되었다. 그래도 집이 있고 땅이 있는 고향으로 다시 가자고 맘을 고쳐먹었다.

'홍천'에 이르렀다. 한계령만 넘으면 고향 땅 양양이다. 그러나 3년을 떠돌다가 차마 빈손으로 형님께 돌아갈 수는 없었다. 하는 수 없이 그곳에 내려 여기저기 일자리를 찾아 헤맸다. '홍천 군청'에서 잡심부름 꾼으로 일을 시작했다. 시간이 흐르면서 윗사람들 눈에 들어 청소부가 되고 점점 윗자리로 올라갔다, 나중에는 토목과에서 측량 보조 기사로 일을 했다. 온갖 장비를 들고 산을 오르내리며 측량 일을 도왔다. 밤이면 공부에 매달려 중학교, 고등학교 과정의 검정고시에도 합격했다.

속초가 시로 승격하며 많은 인력이 필요했다. 속초 시청으로 전근이 되었다. 토지 구획에 따른 실무를 담당하게 되었다. 도시가 확장함에 따라 많은 이권이 개입되었다. '007 가방'에 가득 든 현금으로 유혹의 손길이 뻗어왔다. 가난에 지친 한으로 돈에 욕심이 났다. 도면상에 선 하나만 원하는 대로 그어주면 되는 일이었다. '눈 한 번만 감으면 되는데…' 돈다발이 눈앞에 어른거렸다. 하지만, 그동안 어려움을 견디고 이겨온 자존감이 부정한 거래를 뿌리칠 수 있었단다. 그때 윗자리에 있던 많은 사람이 이 바람 저 바람에 휩쓸려 나동그라질 때도 유혹을 이긴 덕에 살아남을 수 있었다고 담담하게 얘기했다.

검정고시 출신이었지만, 실무에서 갓 졸업한 대학 출신자들을 가르치는 입장이 되기도 했단다. 팀을 이끄는 리더십, 업무 처리 능력, 충실함, 열정 등이 인정되었을까. 양양에서 20여 리 남쪽에 위치한 '현남면' 면장으로 승진 발령이 나더란다. 결국 한 고을의 원님까지 되었다고 환히 웃었다.

직접 농사를 지었고 타지에서 어려운 일을 체험했고 속초시에서 실무 업무를 쌓았던 그였다. 이런 경험을 바탕으로 면 주민과 소통하며, '목민심서'에 열거한 덕목으로 면 발전에 정열을 쏟았을 것이다. 과거 어느 면장보다도 칭송받았겠다고 짐작하고도 남았다.

호두나무 이야기로 이어졌다. 70이 넘은 나이에 묘목 300그루를 심고 있다고 한다. 3년이 지나면 처음 열매를 맺기 시작하지만, 7년 정도 지나면 한 그루에서 100~200개 호두를 수확할 수 있다고 한다. 사업상 이윤이 보장되려면 15년은 자라야 한단다. 몇 살까지 일할 수 있을지, 언제 수확을 할 수 있을지 이런 계산적인 삶을 초월하는가 보다. 아니면 미래 세대를 위하여 무지갯빛 희망을 품고 언젠가는 수확하게 될 꿈을 그리나 보다. 그것이 즐거워 땀을 흘리며 일하고 있는 모양이다.

장뇌삼 얘기도 흥미로웠다. 그동안 선산에 '장뇌삼'을 재배하여 작년에 처음으로 수십 뿌리를 캐었단다. 우연한 기회로 6년 전에, 경남 함양에서 열리는 '산양삼(장뇌삼) 전시회'에 참석하였다. 산삼이 자랄 수 있는 기후와 입지 조건을 갖춘 산기슭에 산삼 씨앗을 심고, 자연으로 자라게 하여 5년 이상 자란 삼을 '장뇌삼'이라고 부르는데, 요즈음은 '산에서 양식한 삼'이라고 하여 '산양삼'이라 부른다고 한다.

산삼을 수확할 수 있다는데 관심이 생겨 공부하고 연구하며 선산을 이곳저곳 돌아다녔다. 가능한 몇 곳을 찾아 인삼 씨를 뿌렸고, 그 중 세 군데에서 싹이 나기 시작하여 꽃이 피며 인삼밭을 이루었다. 그동안 혼자 다니며 어린 인삼 싹이 솟아나고 잎이 생기는 모습을 몰래 지켜보던, 가슴 뛰던 순간들을 잊을 수 없다고 했다.

나이 70에 10~20년 뒤에 올 수확을 위하여 정열을 퍼붓고 있다. 아니 미래 세대를 위하여 투자하고 있는지도 모른다. 나도 그 친구만큼이나 고생했다고 생각하지만, 용케도 운이 좋아 대학을 졸업하고 미국에까지 와서 살고 있다. 그러나 '나는 지금 미래 세대를 위하여 무엇을 준비하고 있는가'하고 생각하니 부끄럽기 짝이 없다.

나이에 신경 쓰지 않고 오늘의 삶에 최선을 다하는 "최선, 태!"라고 찬사를 던지며 껄껄 웃었다. 헤어지며 눈물까지 글썽이는 친구. 그의 거친 손을 두 손으로 잡았다. 따뜻한 마음이 전해졌다. 성공한 삶, 위대한 삶이란 이런 것이 아닐까.

먼 훗날, 오늘 심은 호두나무에서 호두를 수확하고, 산양삼밭에서 산삼을 캐고 있을 그의 모습을 떠올려본다. 검게 그을린 얼굴로 손자 손녀들과 함께 환히 웃는 그의 모습은, 생각만으로도 자랑스럽고 뿌듯하다.

광석 라디오로 듣는 아버지의 이야기

　재난 대비 용품으로 라디오와 건전지 그리고 몇 가지 물품을 준비했다. 문득, 건전지 없이 방송을 듣던 광석 라디오가 생각났다. 묵직하고 큼직한 '제니스' 진공관 라디오가 하나둘씩 사라지며, 가볍고 날렵한 트랜지스터라디오가 등장하던 50년대 후반, 중학생 시절이었다.

　이웃집 형에게 놀러 갔다가 조립한 라디오를 보았다. 그는 건전지도 사용하지 않고 자그마한 이어폰으로 방송을 들으며 즐거워했다. 나도 만들어 보고 싶었다. 아껴두었던 용돈으로 조그마한 연필심만 한 게르마늄 광석, 앙증맞게 생긴 크리스털 이어폰, 그리고 부채 날이 서로 엇갈린 것 같이 생긴 가변콘덴서(capacitor)를 샀다. 쓰다 버린 모터를 분해하여 코일을 구하고, 안 쓰는 플라스틱 통에 코일을 감고, 그려 준 회로대로 연결하였다.

　귀에 꽂은 작은 이어폰을 통하여 '찌지직 찌지직'하는 잡음이 나더니 노랫소리가 흘러나왔다. 보이는 것도 들리는 것도 없는 공간에서 가느다란 동선 몇 줄을 연결했다고, 방송을 들을 수 있다니! 공중에 전파가 있어, 이것을 소리로 바꾸어 들을 수 있다는 것이 새삼 신기했다.

눈에 보이는 것, 귀로 듣는 것, 손으로 만질 수 있는 것 등 우리는 오감을 통하여 인식하는 것만을 존재하는 것으로 안다. 실은 내가 알고 있는 지식 범위 안에서만 알 수 있으면서 마치 모든 것을 다 아는 양 살아간다. 내가 가진 지식이란 것이, '꿀벌 한 마리가 가득 찬 단지에서 발로 묻혀 가져갈 수 있는 양보다도 적다.'라는 누군가의 말이 가슴에 와 닿는다.

밤이 되면 일본 방송이나 영어 방송도 잡혔다. 트랜지스터라디오를 살만한 형편이 못되기도 했지만, 내가 직접 만든 라디오로 건전지 걱정 없이 언제든지 들을 수 있다는 것이 마냥 즐거웠다. 그러나 음질이 좋지 않고, 주파수에 잡음이 많았다. 더구나 모깃소리만 한 음량이 만족스럽지 못했다. 이것을 개선하기 위해 밤을 새우기도 했다.

부품이 몇 안 되므로 변수는 많지 않았다. 코일의 굵기와 이것을 감는 횟수에 따라 변화가 있었다. 각기 다른 굵기의 코일을 사용하여 10번, 15번, 20번 등 다른 횟수로 감아보았다. 계속되는 실험으로 가장 좋은 굵기와 횟수를 찾아가는 과정이었다. 무슨 과학자나 된 것처럼 작은 변화에도 민감해져서 실낱같은 소리를 감지해 가며 시간 가는 줄 몰랐다.

안테나를 높게 세우면 수신이 잘 된다기에 내 딴에는 꾀를 내었다. 안테나에 연결하는 선 끝에 돌멩이를 매달았다. 그러고는 집 앞을 지나가는 전화 줄에 던져 매었다. 얼마 후 사달이 났다. 카빈총을 멘 군인 둘이 갑자기 들이닥쳤다. 거친 군화발로 방안을 짓밟으며 구석구석 수색했다. 할머니와 나는 어리둥절했다. 무슨 영문인지도 모르고 할머니는 벌벌 떨며 용서해달라고 애걸했다. 군부대 보안 요원이었다.

전화를 도청하는지 알고 검색을 나온 것이다. 안테나선에 연결된 광석 라디오를 보고는 허탈한 표정이다. 그저 안테나를 높이 달아보려고 한 짓이었으나 큰 문제를 일으킨 모양이었다. 나는 겁에 질려 어찌할 바를 몰랐다.

그래도 할머니는 나를 야단치지 않았다. '다들 갔다. 이젠 괜찮아'하며 나를 안아주었다. 지금 생각해 보면 할머니의 이런 속 깊은 사랑 덕분에 기죽지 않고 어려움 속에서도 하고 싶은 일을 할 수 있었던 것 같다.

어느 날 밤, 늦게 돌아오신 아버지가 쪼그리고 앉아서 실험하고 있는 나에게 말씀하셨다. '지금 상태로는 아무리 노력해도 작은 변화밖에는 얻지 못한다. 코일 회수를 천만 번 바꾸어도 스피커로 소리를 낼 수는 없지 않으냐. 큰 변화를 얻으려면 구조 자체를 바꾸어야 한다. 아니면 시간 낭비다.'고 했다. 중학생이었던 나는 아버지의 말씀이 야속했다. 열심히 노력하는 아들에게 격려나 도움을 주지는 못할망정 구박만 한다고 생각했다.

그 후, 살아오면서 어떤 일에 전념하다 보면 그 말씀이 생각나곤 한다. 내가 지금 너무 작은 일에 매달리고 있는 것은 아닌지. 전체 구조를 바꾸어야 할 때가 아닐까. 나무만 보고 숲을 보지 못하며 헤매고 있는 건가. 그동안 나는 코일을 감는 횟수만 바꾸려 했는가. 아니면 다른 구조의 칩을 개발하려고 한 걸음 앞서 뛰어 봤는가. 스스로 반문해 본다.

어쩌면 나는 우주 공간에서 내려오는 아버지의 목소리를 나름대로 주파수로 잡아내고 있는지 모르겠다. 아버지의 말씀이 약하나마 선명하게 나만의 라디오로 들려온다.

"세상사 조그만 일에 매달리지 말고, 저 심오하고 넓은 우주를 바라보거라. 마음의 패러다임을 바꾸어 보아라."

올해에는 빙긋이 웃으며 내려다보실 아버지의 얼굴. 그 모습을 볼 수 있는 동영상 칩 하나 만들어 볼거나.

세 아버지

색 바랜 신문 한 장이 곱게 접혀있다. 연말에 서랍 정리를 하면서 눈에 띄었다. South Dakota 주(州), Brookings 시(市)의 지방 신문, 'Brookings Daily Register' 첫 면이다. 1978년 5월 8일 자로, '나와 아들'을 근접 촬영한 4단 크기의 사진기사가 실려 있다.

'What's that, Dad?'라고 굵은 고딕체로 제목을 붙인 졸업식 광경이다. 나는 학사 가운을 입고 사각모자를 쓰고 넓은 강당 가장자리에 앉아 있다. 아들이 멀리서 나를 알아보고 달려와서, 학사모에 달린 테슬(tassel)을 만지고 있는 사진이다. 약 850명의 South Dakota 주립대학 졸업식에 약학대학을 졸업하는, 32살 먹은 아버지와 그를 따라온 5살짜리 아들과의 만남이 기자의 눈길을 잡았던 모양이다.

하기야 이 시간이 있기까지 얼마나 많은 어려움이 따랐는가. 아직 3살이 안 된 아들을 데리고 미국 이민 길에 올랐다. 약사 이민으로서 모든 조건을 갖추고 영주권을 받고 LA에 도착하였지만, 현지 사정은 예상과는 달리 만만치 않았다. 다른 의료인들은 이민 허가 조건으로 직장을 계약하고 왔으며, 그들에게는 면허 시험을 볼 자격이 주어졌다. 그러나 약사에게는 취업을 요구하는 조건이 없어서 이민 절차는 쉬웠지만, 현지에서 약사로서 활동할 수 있는 길은 없었다. 면허 시험을 볼 자격조차 주어지지 않았다. 미국에서 약학대학을 졸업해야만 면허 시험을 볼 수 있는 실정이었다.

뉴욕 주는 시험을 볼 자격을 주었으나 그 주(州)에만 한정된 면허였다. 내가 이민을 올 때는 벌써 외국인 약사가 과포화 된 상태였다. 그곳에서는 약사 면허를 받아도 다른 직업을 찾아야 할 형편이라는 소문을 들었다. 그럴 바에야 날씨라도 좋은 LA에서 살기로 작정했다.

주유소 펌프 일로부터 시작하여 빌딩 밤 '청소부', 비타민 회사 '공돌이', 자동차 브레이크 회사 '검사관(?)' 등을 거치며, 새벽부터 한밤중까지 '달보기' 운동을 하며 달렸다. 그래도 한 손에 너덜너덜한 단어장을 놓지 않고 비좁은 단칸방에서 토끼잠을 자며 틈틈이 영어 공부를 했다. 덕분에 토플 시험을 거쳐 미국 전역의 약학대학 100여 곳에 입학원서를 보낼 수 있었다. 정신없이 일 년이 지났다. 그 정황에 태어난 딸이 복을 가져왔는지, 채 백일도 되기 전에 South Dakota 주립대학으로부터 편입 허락을 받았다.

미국에서 약사 면허를 받아야 한다는 일념만으로 시험 준비에 바빴지만, 막상 입학 통지를 받고 보니 경제적으로 전혀 준비가 되어있지 않았다. 세 식구가 $1,800을 갖고 이민 와서 그동안 시간당 2~3불의 임금으로, 늦은 시간까지 일하며 열심히 뛰었지만, 잔액은 거의 바닥이었다. 혼자서 발버둥 치며 전쟁터와 같은 서울에서 고학으로 4년 대학을 마쳤다. 그 저력이라면 어떻게든 공부를 마칠 수 있을 것이라는 막연한 생각뿐이었다. 두 아이를 한국에 보낼 계획까지 세웠으나, 비행기 표를 살 돈이 없었다.

혹시 돈이 될까 하여 이민 올 때 준비해 온 인삼이며 특산품, 개인 소장품 등을 친구들에게 팔았다. 그들은 십시일반으로 여비까지 보태주었다. 아직 산후 건강이 회복되지도 않은 아내와 아이 둘을 LA에 남겨 두고, 그곳 사정도 알아볼 겸 혼자서 South Dakota로 날아갔다. 다행히 정부가 제공하는 그랜트를 신청 할 수 있었고, 은행에서 학자금을 융자받을 수 있었다.

젖먹이를 데리고 아내와 아들이 도착했다. 허름하고 침침한 지하 단칸방이었다. 사과 한 알을 책상 위에 올려놓고 아내와 둘이 함께 딸의 백일을 축하했다. 서로 멍하니 쳐다만 보다가 눈물 글썽이는 아내의 손을 꼭 잡았다. 지금도 큼직한 빨간 사과를 보면 그때 일에 목이 멘다.

사진 속의 아들을 바라보며 내가 중학교를 졸업하던 때가 떠오른다. 그때 아버지가 33살이었으니, 사진 속의 나와 비슷한 나이이다. 내가 수석으로 졸업하였다고 졸업식 후에 교직원 모두를 초대하여, 식당에서 음식 대접을 했다. 술기운이 올라 덩실덩실 춤을 추시던 아버지의 모습이 새롭다. 당시 집안 사정으로 보아 어디서 돈을 빌려서 대접하였음은 짐작하고도 남는다.

그런데 나는 '나중에 좀 더 잘해 주마'라고 속으로 다짐하며 발등에 떨어진 불부터 꺼야 한다고 자신에게 변명하며 아이들을 길렀다. 잘 알아듣지도 못하는 수업을 받느라 도서관에서 살다시피 했다. 잠자는 얼굴 잠깐 바라보는 것만으로 아버지 노릇을 한다고 생각했던 날들이 죄스럽기만 하다. 학교를 졸업하고 직장을 가지고도, '나중에 더 크게'를 반복하며 직장 일에만 충실했다. 가정을 경제적으로 부유하게 하는 것만이 좋은 아버지가 되는 길인 줄 알고 살았다. 어리석은 생각이었다.

새해라고 아들이 손자 손녀를 데리고 세배를 왔다. 사진을 보여주며 겸연쩍은 얼굴로 아들을 물끄러미 쳐다봤다. 사진 속 4살이던 그가 벌써 44살을 넘어 중년 티가 난다. 두 아이의 아버지다. 가끔 야간 근무를 하는 바쁜 생활 때문인지 피곤한 기색이 역력한데도, 12살 된 아들과 함께 재미나게 이야기를 나눈다. 녀석은 야구반에서 홈런을 치던 일, 고사리손으로 월척을 잡던 일, 캠핑하러 가서 곰을 만나 놀랐던 일, 스키장에서 나동그라진 일 등 아빠와 함께했던 일을 기억하고 깔깔대며 내게 자랑한다.

웃음소리를 들으며 생각에 잠긴다. 빚을 내서 선생님을 대접했던 내 아버지. 분주한 삶 속에서도 아이들과 많은 시간을 함께하는 내 손자 손녀의 아버지. 아이들의 장래를 위하여 이민까지 왔으나 삶의 터전을 마련해야 한다는 강박관념으로 살아왔던 내 아이의 아버지인 나. 세 아버지를 생각한다.

큰 상처 없이 잘 커준 내 아들. 내게서 받지 못했던 사랑을 자기 자식들에게 베풀고 있는 것을 본다. 죄스러웠던 내 멍한 가슴이 조금은 가벼워지는 것 같다. '그래, 이제 너희들은 내일이 아니라 오늘, 지금 그냥 재미있게 살아라.' 하고 혼자 중얼거려본다.

어려운 대답

친구로부터 e-mail을 받았다. 그는 3년 전 전립선 수술을 받았다. 계속 검진을 받아오던 중 6개월 전부터 PSA(전립선암 감별 검사) 수치가 조금씩 상승하고 있다고 담당 의사가 방사선 치료를 받으라고 권유한단다. 나에게 의견을 물어왔다.

그는 수술 후에도 술을 끊지 못하고 음식 조절도 잘 안 하며, 생활에 큰 변화가 없어 보였다. 간단한 답을 보냈다. '암'이라는 어휘가 주는 고약한 상상 때문에 너의 기억에 무서운 자국을 남겼으리라. 매우 불안하고 두려웠겠지. 1년을 살든 2년을 더 살든 무슨 큰 의미가 있겠느냐고 하겠지. 목숨을 연명하고자 먹고 싶은 것도 못 먹고, 하고 싶은 것도 안 하며 산다면 얼마나 치사하냐고, 세상을 초월한 도사처럼 살고 싶을지도 모르겠다.

그러나 마음 깊은 곳에서 가냘픈 소리가 들려오리라. '나는 살고 싶다', '이대로 죽고 싶지 않다'라는 소리가 누르면 누를수록 공명이 되어 너를 덮쳐올 것이다. 그러니 너 자신이 아닌, 네가 정말 사랑하는 사람을 위해 살아보아라. 아내, 딸, 손자, 손녀들에게 다른 것은 못 주어도 걱정이나 수고를 얹어주지는 말아야 하지 않겠냐. 그들을 기쁘게 할 수 있는 일이라면 할 수 있는 무엇이라도 해 보아야 하지 않겠냐고 어렵게 마무리했다.

우리 몸은 자가 치유 능력을 갖추고 있다. 그것은 우리의 상상을 훨씬 초월한다. 우리가 제 잘난 척하며 인위적인 방법으로 그것을 가로막고 있을 뿐이다. 좋다는 것을 골라 먹으려 애쓰지 말고 골고루 잘 먹어보아라. 우리 뇌는 좋다는 것을 제대로 인식만 하면 맛은 저절로 따라온다. 그래서 '혀로 먹지 말고 머리로 먹어보아라.'라고 우스갯말을 했다.

나는 자연 요법에 무게를 두는 편이다. 나의 편견일 수도 있지만, 현재의 PSA 수치로 판단할 때 아직은 위험하지 않다는 생각이 들었다. 자연 요법에 따라 먼저 생활을 변화시켜 보라고 권했다. 또한 방사선 치료에는 종류가 많으니, 다른 전문의의 의견을 참조해 보고 결단하는 것이 좋겠다고 조언했다.

우리는 주치의의 진단이라도 신중한 결정이 필요할 때면 다른 의사의 의견을 참고한다. 때로는 자연요법 같은 대체의학을 생각해 보기도 한다. 사람의 몸은 유기적인 존재이다. 수많은 인자가 더하고 덜하며, 돕고 의지하면서 서로 연관되어 있다. 모든 일이 수학 공식처럼 풀어지는 것이 아니다. 확률로 결정하기에는 각자의 생명이 너무도 귀하다. 현대 과학의 급속한 발달로 의료 계통도 엄청난 발전을 거듭해 왔으나 거기에도 많은 허점이 도사리고 있다. 유전자의 해독(解讀)이 이루어진 지금이지만 '아는 것 보다 모르는 것이 더 많다'란 말이 진실이라고 생각한다.

어떤 문제에 관해 결정하고 조언하는 것은 쉬운 일이 아니다. 의료 분야에서는 더욱 그렇다. 전문 의사도 아닌 내가, 약사로서의 조언은 난감할 경우가 많다. 상대가 가까운 친척이거나 친구일 때는 더욱 힘들다.

만일 얼마 후 암이 전이되어서 어려운 지경에 이른다면, 나는 평생토록 내가 한 말에 짐을 지고 괴로워해야 한다. 친구의 아내는 어떻게 대할 것이며, 식구들은 어떻게 볼 것인가. 또는 하지 않아도 될 방사선 치료를 받고 합병증으로 심한 고통으로 시달리게 된다면 내 마음은 어떨까. 나는 책임이 없다고 하며 마음이 편할 수 있을까.

조금밖에 모르는 사람일수록 '다 할 수 있다'고 큰소리친다. 그들은 일부러 거짓말을 하거나 허풍을 떠는 것이 아니라, 아는 것이 그것뿐이기 때문이다. 많이 알고 깊이 아는 사람일수록, 모르는 것이 더 많다는 사실을 알고 있다. 그러므로 엉터리는 모든 것을 '안다'라고 쉽게 말하지만, 전문가는 '모른다'라고 어렵게 얘기한다. 지금 같은 경우도 삶의 지혜를 따른다면 '모르겠다'라고 하는 것이 현명할 것이다. 그러나 내가 그 길을 택한다면, 그것은 자신의 안위만을 생각하는 것이리라.

고사(古事) 하나가 떠오른다. 어릴 때 절친했던 두 친구가 성공하여 서로 정적(政敵)이 되었다. 한 사람은 고관대작이고, 다른 이는 의사다. 벼슬을 한 친구가 병들어 죽게 되었는데 백약이 무효했다. 마지막으로 친구인 의사를 찾았다. 사약으로 사용하는 부자(附子)를 처방해야만 살 수 있다는 게 그의 진단이었다.

숙명의 적인 옛 친구가 독약을 처방한 줄을 알았지만, 그는 그것을 먹고 살아난다. 친구 간의 믿음과 의를 그린 내용이다. 진심으로 치료해도 친구는 죽을 수도 있었다. 그러면 그는 정적인 친구를 죽이려 했다는 의심을 피할 수 없을 것이다. 또한, 친구를 배반했다는 비난을 받을 것이다. 그로서는 친구의 부탁을 거절하는 편이 현명한 선택이었을 것이다.

친구로서는 무슨 말을 못 하겠나. 그러나 전문인의 한 사람으로서는 말에 책임을 느낄 수밖에 없다. 내가 너무 분수에 넘치는 짓을 한 것인가. 책임질 수도 없는 말로 친구의 결정에 혼동을 순 것은 아닐까. 혼란스럽다.

뒤뜰에 나와 보니 달빛이 희미하다. 그믐달 한쪽 고리에 내 코가 꿰었다.

마음에도 없는 말

중학생 때였다. 당시 동생들은 부모님과 함께 속초에서 살았다. 나는 할머니의 보살핌을 받으며 양양에서 학교에 다녔다. 주말에 속초 집에 다니러 갔다가, 우연히 동생의 일기장을 읽었다.

나보다 두 살 아래 여동생이 쓴 일기였다. '우리 엄마는 의붓엄마인가 봐.'로 시작하는 글은 나를 놀라게 했다. 자기 딴에는 고생하는 엄마를 도와준다고 초등학생인 그가 저녁밥을 준비해 놓고 엄마를 기다렸던 모양이다. 엄마가 돌아오면 '내 딸 다 컸구나. 엄마 배고픈 것도 알고!'하며 머리라도 쓰다듬어 줄 줄로 알고 으쓱한 마음으로 엄마를 기다렸단다. 그런데 저녁상을 내오자마자,

"엄마가 이렇게 고생하는 데, 내 눈에는 보이지도 않느냐. 아끼고 아껴도 어려운 판에 이렇게 쌀을 낭비하면 너희들 학비는 어디서 나오냐?"하며 짜증을 내고 심하게 야단을 쳤단다. 내가 아직 어리구나 싶어 다음날은 죽을 끓여 놓고 조심조심 기다렸단다. 그런데 엄마는 "어미가 종일 굶으며 허기져서 돌아오는데, 고깃국은 없을망정 멀건 죽이나 먹으란 말이냐? 자식들 키워봐야 하나도 소용없어. 어미 맘 알

아주는 놈 하나도 없다니까!"하면서 맥없이 푸념하며 한숨만 쉬었다는 얘기였다.

'그러면 지금 밥해 드릴까요?'하면, '그만둬라!'라고 냅다 소리만 지른다고. 자기가 어떻게 해야 좋을지 모르겠다고. 아무리 마음을 써도 엄마 비위를 맞출 수 없다고. 자기를 나무라기만 하고 정이 없는 것을 보면, '나는 친딸이 아닌가 보다.' 하는 의심이 점점 들어간다는 내용이었다.

나는 엄마보다도 동생이 더 안쓰러웠다. 당장 노트를 꺼내 엄마에게 편지를 썼다. 엄마가 고생하는 것은 우리가 다 알지만, 어린 동생 마음도 헤아려야 하지 않느냐고. 엄마를 위하여 열두 살밖에 안 된 어린 것이 학교 숙제도 제때 못하고 저녁을 준비하고 있지 않으냐고. 따뜻하게 위로와 사랑의 말이라도 건네고 안아 주어야 하는 것 아니냐고. 책에서 읽은 어머니의 사랑에 관한 이야기로 편지지 석 장을 가득 채웠다. 그러고는 휑하니 책가방을 챙겨 들고 할머니가 계신 양양으로 돌아왔다.

그 후 어떻게 되었는지는 모른다. 동생에게 물어볼 수도 없고, 다시 일기장을 들여다 볼 염치도 없었다. 내가 할 수 있는 일이 더는 없는 것 같았다. 지금 생각해 보면, 사랑이 필요한 것은 어머니였을 것이다.

동트기 전 새벽부터 집을 나가 양양 시장에서 야채를 고르며 한 푼이라도 싸게 사려고 실랑이를 벌인다. 집채만 한 보따리를 머리에 이고 길을 나선다. 먼지를 뒤집어쓴 채 길가에서 초조히 트럭을 기다린다. 보따리가 커서 버스는 태워 주지 않는단다. 지나가는 트럭을 얻어 타고 40리 길 속초 시장에 들어오는 어머니. 좌판대를 차려놓고 손님들과 씨름하다가 땅거미가 깔릴 무렵에서야 시들어진 고추 몇 개, 푸성귀 한 줌을 주섬주섬 담아서 집으로 돌아왔던 어머니였다.

누구 하나 '수고한다, 고생한다'는 말 한마디 던져 주는 사람이 없었다. 먹이를 달라고 입 벌리는 어린 주둥이가 다섯이었다. 허기진 배가 쪼록쪼록 아우성을 치고, 그나마 말 상대라도 할 수 있는 큰딸에게 하소연한다는 것이 그런 식으로밖에는 표현할 수 없었으리라.

전형적인 조선식 가부장(家父長) 성격의 아버지는, 박봉에 시달리면서 따뜻한 말 한마디 건넸을 리 없다. 나 또한 주말에 어쩌다 한 번씩 손님처럼 다녀가는 터였다.

'어머니의 사랑은 무조건적 사랑이다'라고들 한다. 그러나 육체적 정신적 한계를 넘는 선에서 돌출될 수밖에 없는 원시적 본능적 행동, 자신도 밥을 먹어야 할지 죽을 먹어야 할지 헷갈리는 푸념이었으리라. 주위의 관심, 사랑, 인정을 얻고자 하는 지극히 당연한 반사 감정이 아니었을까 싶다.

때로는 나 자신을 본다. 약함을 감추려고 허세를 부리고. 절박해지면 약함을 드러내어 동정 받으려고 애쓴다. 이런 상황에 부닥칠 때마다 저세상에 가신 엄마가 생각난다. 이제는 기억에도 희미한 옛날이야기가 되었지만. 지금도 그때 일을 생각하면 어린 여동생이 안쓰럽고, 엄마에게 미안하다.

엄마 손 한번 따뜻하게 잡아 주고, 엄마를 껴안아 드렸어야 했는데. 고맙습니다. 사랑합니다. 한마디라도 해야 했는데……

큰 소리로 외치고 싶다

김포 공항 전철역에 내렸다. 인파에 휩쓸려 두리번거리며 출구를 찾아 걸었다. 저만치에서 키가 큰 그가 손을 흔들며 바삐 다가왔다. 출구에서 친구를 만나기로 했는데, 그는 공항 전철역 승강장까지 내려와서 나를 기다리고 있었다. 출구가 워낙 복잡하여 미국에서 온 촌놈(?)이 길을 잃을까 염려했단다. 자기는 공항역에 주차할 공간이 없어서, 한 정거장 전 역에다 주차하고 다시 공항역까지 마중을 나왔다. 그의 배려에 가슴이 뜨거웠다.

나의 스케줄에 맞추어 오후 3시에 그를 만나서 차나 한잔하며 이야기를 나누다가 저녁이나 함께할 생각이었다. 말끝에 어머니가 요양병원에 계시다는 말을 듣고 그는 다짜고짜 함께 방문하자고 앞장을 섰다. 내일 식구들과 방문하기로 계획이 되어 있다고 번거로움을 덜려 하였으나 그의 성의를 거절 할 수 없었다. '친구 어머니가 내 어머니가 아니냐. 이제 내가 알았으니, 네가 없어도 내가 찾아뵐 거다.'라며 막무가내였다.

병실에서 어머니 침상에 걸터앉아 스스럼없이 대화를 끌어나가는 그의 모습을 옆에서 지켜보았다. 정작 아들인 나는 오랜만에 뵙는 어머니가 서먹서먹하기만 했다. 얼마 전, 자신의 어머님이 돌아가실 때까지 그가 병간호를 했단다. 그래서 그런지 병상의 노인과 어떤 이야기를 해야 웃으며 즐거워하는지 잘 알고 있는 솜씨였다.

5년 전 한국을 방문 했을 때, 졸업 후 40여 년 만에 그를 처음 만났다. '강화 산성'을 함께 구경하고 '개화동' 그의 집에 들렀다. 언덕 위에 아담하게 자리 잡은 단독 주택이었다. 정원을 예쁘게 가꾸어 놓았다. 울타리를 타고 개나리꽃이 흐드러지게 피어있었다. 노란 꽃다발을 줄줄이 걸어놓은 것 같다. 백합도 여러 포기가 힘차게 하늘을 향해 나팔을 부는 듯 피어있었다. 헌병 출신인 그의 키 크고 멋진 수려한 모습을 보는 듯했다.

뜻밖이었다. 자기 결혼식 사진을 보여주었다. 뒷줄에 서 있는 나를 가리키며, 동창들 중에 내가 유일한 참석자였다며 옛일을 더듬었다. 나는 '기억치'라고나 할까. 지난 일을 잘 기억하지 못한다. 사진에 찍힌 날짜를 보니 서울에서 직장 생활할 때였다. 친구 중에 어떻게 나만 거기에 참석하게 되었는지 알 수 없다.

'이놈이 반에서 제일 공부 잘한 친구인데, 내 결혼식에 참석했어'라고 신부에게 자랑했다고 너스레를 떤다. 강원도 양양 시골 출신으로 배경 없이 홀로서기로 외롭게 살다가 배필을 만났다고 했다. 신부의 집안은 재력도 좋고 친척도 많았단다. 당시에 초라한 자신의 입지(立地)를 세우기에 힘들었던 추억이 서려 있구나 싶었다.

발산 전철역에서 헤어지며 눈물까지 글썽거리는 친구를 생각했다.

'나는 진정한 친구가 있는가?'라고 반문해 봤다. 선뜻 '예'라는 대답을 할 수 없었다. 그러나 이제는 '있다'라고 대답할 수 있다. 이런 보석 같은 친구가 옆에 있었다니, 이제는 큰 소리로 외치고 싶다.

"나는 진정 친구가 있다."라고.

그런데 나는 누구의 친구가 되어 있을까?

지게를 진 할머니

할머니의 거칠고 두툼하던 손이 그립다. 내 머리를 쓰다듬어 주던 그 넓적한 손. 연탄도 귀하던 시절 야산을 오르내리면서 삭정이를 주어다 땔감을 준비하던 할머니. 굽어진 허리로 지게 가득히 삭정이를 지고 허청허청 앞마당에 들어서던 모습이 아련하다. 나는 초등학교 5학년부터 고등학교를 졸업할 때까지 부모와 떨어져 할머니와 함께 살았다.

한국통운 회사에 근무하던 아버지가 동해에서 속초로 발령을 받았다. 당시 속초는 이북의 피난민들이 모여들며 자리를 잡아가는 신흥 도시였다. 양양 출신의 아버지는 함경도 평안도 등지의 여러 도시에서 몰려와서 사투리로 범벅이 된 환경보다는 조용한 농촌 분위기를 선호하였던 모양이다.

나와 2살 어린 여동생을 할머니와 함께 양양에서 학교에 다니도록 하고 본인들은 어린 동생들과 속초에 자리를 잡았다. 속초까지는 25km 정도 떨어진 거리였지만 당시는 시외버스로 1시간 걸리는 거리였다.

양양은 아버지의 고향이고 내가 태어난 곳이기도 하지만, 학교 부근에는 친척 한 분도 없었다. 증조할아버지, 할아버지 모두 일찍 세상을 떠나서 나는 본 적이 없다. 남부럽지 않던 가세가 증조할아버지 때부터 기울기 시작하였단다. 할아버지는 일자리를 찾아 타지로 돌아다니다가, 영서지방이라고 불리는 태백산맥 서쪽에 있는 작은 도시 '내면'이라는 곳에서 나이 40에 사고로 돌아가셨다고 했다.

할머니는 혼자서 아들 하나, 딸 둘을 키우면서 서럽고 허기진 시간을 보냈을 터이다. 험하기로 이름난 태백산 줄기 구룡령을 혼자 걸어 넘었다. 지아비의 시신을 지게에 지고, 이곳 양양에까지 모셔 와서 장사를 치렀다고 한다.

오손도손 함께 살아보지도 못하고 시신을 지게에 메고 험한 산길을 일주일이나 걸려 넘어오면서 무슨 생각을 하였을까. 한번은 내가 할머니께 물었다. 그때 할머니 마음이 어떠했느냐고. '미워서 때려주고 싶었지! 그냥 내다 버리려고 했다.'라고 하면서도 눈시울이 실룩거렸다.

네 아버지에게 할아버지를 보여주고 싶었다. 어디를 가더라도, 무엇을 해서라도 가족을 위하여 잘살아 보려고 했던 그의 모습을. 그래서 지게에 지고 산을 넘어왔다고 했다. 그때 아버지 나이 13살이었다고 했다.

할머니는 잔소리가 없었다. 필요한 것을 준비하여 줄 뿐 소리 한번 크게 지른 적이 없다. 나는 그렇게 간섭받지 않고 초중고를 마칠 수 있었다. 이것이 나에게는 큰 자산이 된 것 같다. 내 스스로 자기만의 삶을 살아갈 수 있는 자존감, 독립심, 자유로움을 익힐 수 있었기 때문이다.

사랑이란 이름 아래 잔소리와 간섭으로 자신의 삶을 살아가지 못하고 있는 오늘의 초중고 학생들을 생각하면, 나는 백만장자의 아들이 된 것보다 더 큰 복을 받았다. 부모들이 자신이 세운 기준까지 자식을 끌어올리려고, 말로 감정으로 행동으로 채찍질하는 소위 사랑이라는 이름의 폭력을 나는 겪지 않고 자랐다.

삭정이 불에 구운 감자를 두꺼비 같은 손으로 벗겨 먹여 주던 할머니. 추운 겨울 학교에서 돌아오면 아랫목 이불 아래 데워진 따뜻한 놋쇠 밥그릇. 동생 몰래 내 밥에만 달걀 하나를 넣어 주던 할머니의 손길이 그립다.

숙제가 있다고 아침에 일찍 깨워달라고 부탁하고 잠이 들면, 영락없이 창문이 훤한 아침이다. 할머니 밉다고 앙탈을 부려도 그저 흐뭇한 모습이다. 곤히 자는 모습이 너무 가여워서 깨울 수가 없었다고 겸연쩍어하던 어설픈 미소가 눈에 선하다. 나는 이렇게 할머니의 사랑을 먹고 자랐다.

"할머니! 저도 이제 할아버지 되었어요."

노란 밥

고국 방문길에 고향 양양에 들렀다. 할머니 산소를 찾아갔다. 바다가 내려다보이는 아늑한 산자락에 자리 잡은 묘지는 잘 정돈되어 있었다. 뫼 주위로 겨울잠에서 깨어난 잔디가 파릇파릇했다. 뒤쪽에 할미꽃 몇 송이가 보송보송 피어있었다. 온화한 미소로 할머니가 나를 반겨주었다.

내가 중학생일 때 할머니가 셋방에서 우리를 돌봐주었다. 초등학생인 여동생 둘도 함께였다. 할머니가 차려주는 밥상에는 별다른 반찬이 없었다. 참기름을 조금 넣고 간장으로 밥을 비벼 먹는 경우가 종종 있었다. 내 밥을 비비면 노란색으로 변했다. 동생들은 아무리 비벼도 간장색 그대로였다.

"할머니, 오빠 밥은 노란색이 되는데, 우리 밥은 왜 안 되는 거지?" 둘째가 물었다.

"간장을 덜 섞었나 보지…." 하며 할머니는 머뭇거렸다. 그리고 앞치마 자락을 눈에 대고 말없이 부엌으로 나갔다.

동생들은 짜서 못 먹게 될 때까지 간장을 넣고 비볐지만, 밥은 더욱 검어질 뿐, 노란색은 나타나지 않았다. 내 밥에는 할머니가 넣어준 달걀 하나가 들어 있었다.

가난했던 시절, 어린 두 동생의 가슴 속에 여자라고 차별받던 기억이 아프게 새겨져 있었던 모양이다. 오랜만에 만나면 어김없이 그때 이야기를 되풀이하곤 한다.

반백 년이 흘렀다. 그동안 달걀 하나의 사랑이 얼마나 큰 등짐이 되어 나에게 돌아왔는지 그들은 모를 것이다. 달걀 하나의 무게 때문에 동생들에게 못다 한 짐이 여전히 마음 한구석을 무겁게 짓누르고 있다.

동그란 묘소 옆에 살포시 등을 기대며 중얼거렸다.

"할머니! 이제는 우리 모두 노란 밥 먹을 수 있어요. 사랑해요!"

사랑하는 어머님께

엊그제 '선화'가 저에게 전화했어요. 엄마에게 이제는 교회에 함께 가자고 했다네요. 엄마는 화가 나서 곡기를 끊고 자리에 누워 계시다고 저에게 하소연했어요. 많이 힘들어하실 것 같아 몇 자 적어 올립니다.

이런 글 올리는 것이 제 평생에 두 번째가 되는 가 봅니다. 첫 번째는 '송화' 어렸을 적인데 그때 많이 섭섭해 하셨을 텐데, 이번에도 가슴 아프게 하여드리는 것은 아닌지 송구합니다.

엄마가 이 씨 집안에 시집오셔서 처음으로 절에 갔다고 했지요. 불교가 무엇인지 알지도 못하고, 공양 한번 마음껏 해 보지도 못하였지요. 집안과 자식들을 위하여 정성 하나만으로 성심껏 믿어 왔습니다. 그래도 원주에서 막내와 함께 지낼 때는 절에도 다니고 스님도 만나며 보살로 불리며 불경을 읽기 시작하셨지요.

그 후 그것만이 살길이고 자식들과 집안에 복을 가져올 수 있다고 믿었어요. 마음 수양을 하며 불경을 열심히 읽고 외우며 지내셨어요. 다행히도 '주영'이나 '상우' 엄마가 함께 불교를 섬기어서 종교 문제로 마음 쓰시는 일은 없으셨다고 생각합니다. 그때가 좋으셨지요?

그 후 서울로 올라와서 딸네 집에 함께 사시면서, 몸도 불편하고 마음도 편하지 않았으리라 봅니다. 모두 잘해드리려고 많은 애를 썼지만, 본인은 본인대로 불편하였을 거예요. 엄마는 아니라고 할지 몰라도, 때로는 종교가 다름으로 인한 서로의 불편함이 여러 어려움과 짜증의 근본이 되었다고 생각합니다.

　엄마 성격에 남에게 불편을 주지 않으려고 무던히도 애를 썼겠지요. 가능하면 남들이 보지 않는 시간을 틈타 숨어서 몰래 불경을 읽기도 하고, 들릴까 봐 작은 목소리로 불경을 외우고, 아니면 집 밖으로 나돌며 암송하고 기도하며 지냈다고 내게 말했어요. 그러나 불교 자체에 거부감을 느끼고 있는 기독교인들에게는 엄마가 아무리 여러 가지로 노력했어도 못마땅하고 화나는 일이 되었을 겁니다.

　특히나 교회에서 장로라는 직분을 갖고 있는 최 서방이나, 천주교에서 직분을 갖고 있는 김 서방의 경우는 함께 지내면서 더욱 감당하기 어려운 일이었을 것입니다. 사위들과 딸들이 잘 해주는 데도 사사건건 충돌하며 불편함을 느낀 까닭은, 겉보기에는 다른 감정 때문인 것 같아도, 그 내면에는 견디기 힘든 종교적 문제가 있었다는 것을 엄마도 느끼고 있으리라 생각합니다.

　엄마 딸이 교회에서 지도자 위치에 있으면서 '예수가 좋다'고, '예수를 믿으면 모든 문제가 해결된다'고 교인들을 가르치고 있잖아요. 형편이 어려워서 중학교도 졸업 못한 처지에 저보다 훨씬 공부 많이 한 교인들에게 존경받고 있는 것을 엄마도 보고 있잖아요. 그런데도 자기 엄마 한 사람 예수 믿도록 하지 못하는 처지가 얼마나 힘들고 고통스러운지 이제는 엄마가 알아야 해요.

엄마는, 평생을 섬겨온 불교를 어떻게 하루아침에 예수로 바꿀 수 있겠느냐고 하시지요. 엄마에게는 하루아침이 될지 몰라도 선화에게는 벌써 20년이 넘는 세월을 참고 울며 기다려 왔어요. 송화가 겉으로는 포기한 듯하지만 그 아픈 속마음을 알아야 합니다.

아버지 살아 계실 때, 동네 아줌마들에게 아버지가 '원효 대사'를 읽어주던 일 기억 하시지요. 원효 스님은 당시에 유명한 대사였어요. 스님이 술과 고기를 먹어서는 안 되는 것이잖아요. 그래도 불쌍한 중생과 고통을 함께해야 할 때는 금기를 깨고 함께 술을 마셔주었지요.

임금의 딸 공주가 원효 스님을 사모하여 병이 들었을 때는 힘든 오랜 수련의 금기를 깨고 비구승이신 스님이 공주와 동침을 하여 그녀를 살려 놓고 나서, 산으로 다시 들어가는 결심을 하기도 했지요.

불교는 자신의 고통보다는 중생의 고통을 더 생각하고 그들의 아픔과 함께하는 자비를 설파하지요. 모든 것을 품을 수 있고, 모든 것은 마음먹기에 달렸다고 넓게 생각하지요. 어떻게 보면, 기독교는 '예수만 믿어야 구원을 받는다'고 하고, 불교는 '모든 것은 마음먹기에 달렸다'고 하는 것을 보면 기독교가 속 좁은 종교 같기도 해요. 그렇지요?

끌끌한 5남매를 두고 어떻게 혼자 나가서 요양원에서 지낼 수 있느냐고 수년간 고집을 부리셨지만, 정작 그곳에서 친구들과 어울리고, 그림도 그리고, 운동도 하면서 훨씬 마음 편하게 지낸다고 좋아하셨지요. 이번 일도 결정하고 나시면 정말 잘 했다고 생각하시게 될 겁니다.

제가 이렇게 말씀드리는 것은 내가 예수를 믿고, 목사 공부까지 했기 때문이 아니고, 오직 엄마 살아생전에 사람대접 받고, 엄마로서 존경받고 마음 편히 사시다 가시게 하기 위함입니다. 남은 자식들에게 고집스러운 엄마가 아니라, 가슴에 못을 박고 가는 엄마가 아니라, 자식들 위하여 끝까지 희생하고 가는 엄마. 부모의 진실한 속마음을 보여주는 사랑하는 엄마로 기억되어 주기를 바라서입니다.

주영이가 다시 어머니를 모실 수 있다면야 종교 문제로 가슴 아픈 일은 없겠지요. 그러나 서울에 계시는 한, 모시는 사람의 뜻을 따라야 편안한 길이 되리라고 생각합니다.

'예수에 대하여 아무 것도 모르면서 어떻게 예수를 믿느냐?'고 하시지요. 처음에 절에 가실 때 불경을 알고 가셨나요? 처음 불경을 읽으실 때 그 뜻을 알고 시작하셨나요? 아이들이 학교에 갈 때 글자를 알고 가나요?

누구나 다 처음에는 모르고 시작하고, 지내면서 배우게 되는 것이 세상 이치인 것을 누구보다도 잘 알고 계시잖아요. 그리고 시작만하면 무엇이든지 잘 해 내시잖아요. 그래서 우리들이 모두 엄마를 닮아서 공부도 잘하고 사업도 잘하고 무엇이든 다 잘하고 있잖아요.

불교를 떠난다고 자신이나 가족에게 큰 재난이나 저주가 생길지도 모른다고 생각하지 않으시면 좋겠어요. 만약 조금이라도 그런 생각이 드신다면 주위를 둘러보세요. 무당으로 지내다가, 또는 스님으로 지내다가 예수를 믿는 사람들이 행복하게 잘 살고 있어요. 예수님이 모든 악과 저주를 이겨내 줄 수 있는 분이기에 믿는 것이고, 그동안 모셔 온 대자 대비한 부처님이 중생을 어여삐 여기시며 자비하심을 믿기 때문이지요.

어떤 사람들에게는 종교를 바꾼다는 것이 목숨을 내어놓는 것보다 어렵다는 것을 잘 압니다. 엄마의 믿음이 이같이 견고하다면 지키셔야 합니다. 우리 보고 불교로 개종하라고 한다면 우리도 할 수 없을 것입니다.

예수를 믿으면 어떻게 삶이 달라지는지는 설교하지 않을게요. 다만, 딸들과 어울리는 엄마의 삶이 편안하기를 바라는 마음입니다. 나중에 천국에서 함께 만날 수 있기를 바라는 딸의 소원을 들어주기를 바랄 뿐입니다.

엄마는 모든 것을 잘 알아서 하는 현명한 분이시니, 살아계시는 동안에 마지막 결정을 잘 하시리라 믿습니다. 자식을 위하여 마지막 할 수 있는 일이 무엇인가를 생각해 주시면 합니다.

자식 된 도리로 엄마가 원하시는 것을 마음껏 해드리지 못하는 불효를 용서하세요.

부디 건강하시기를 기도합니다.

미국에서

엄마를 사랑하는 아들이 눈물로 드림

2014년 4월 28일

막걸리 한 잔

　고국을 방문하였다. 전립선암으로 투병 중인 친구를 찾아가기로 했다. 다른 친구와 더불어 네 명이 영등포 당산역 지하철 입구에서 만났다. 시외버스를 타고 친구가 사는 김포로 향했다. 높은 빌딩 숲을 벗어난 산야는 10월 초인데도 푸르기만 하고 아직 단풍은 시작하지 않았다.

　거의 십여 년 동안 암으로 투병하고 있는 친구는 점점 삶에 대한 희망을 잃어가는 듯했다. 그의 형과 매부가 암으로 고통스럽게 이 세상을 떠난 기억 때문인지, 자신은 항암 치료를 거부하고 진통제에 의지하여 통증을 덜어내며 그날그날을 버티고 있었다.

　수술과 방사선 치료를 받았지만 전이 되면서 다시 재발했다. 그저 강한 진통제를 사용하여서라도, 통증 없이 견딜 수만 있으면 만족하다고 했다. 그러나 마음과 의지를 다스리는 것이 어디 그리 쉬운 일이겠는가. 문병은 갔으나 친구로서 해 줄 수 있는 것이 없었다. 그저 함께 앉아 지난 이야기를 하며 수다를 떠는 것뿐이었다.

　그는 중학교 교장으로 몇 년 전에 은퇴하였다. 거동이 불편하여 이

웃에 사는 제자 분이 자기 차로 모시고 나와 우리를 안내했다. 오늘날처럼 각박한 세상에서 드문 광경이었다. 제자의 도리로 옛 스승을 가까이 모셔주고, 그의 친구들까지 대접하는 모습에 허전하던 가슴이 뿌듯하게 차올랐다.

이 친구는 스승으로서 어떤 삶을 살았기에 칠십이 넘어서 오십이 넘은 제자에게 저런 대접을 받을 수 있는지 궁금해 졌다. 아니면 그 제자 분은 어떤 삶을 살기에 귀감을 주는 관계를 유지하고 있을까.

나를 돌아보았다. 중학교 2학년 때, 교장 선생님이 강원도 양양에서 경기도에 있는 다른 학교로 전근 하셨다. 그때 전교생이 코 묻은 돈을 모금하여 전별금으로 드렸다. 그분은 나를 조용히 불러 그것을 손수 내게 건네주고 떠났다. 나는 장학생으로 등록금은 면제받았지만, 사는 형편이 어렵다는 사정을 들어 알았나 보다.

그 후 나의 삶은 더 나아짐이 없이 고학으로 대학을 다녔다. 견디기 어려울 때면, 떠나면서 따뜻하게 잡아 주시던 그 분의 커다란 손이 느껴졌다. '쓰러지면 다시 일어나라'는 선생님의 따뜻한 손길과 격려의 말씀이 나를 일으켜 세우곤 했다.

그 후 미국으로 이민 와서 수십 년 동안 살면서 몇 번 수소문하여 찾아보긴 했지만, 찾지도 못하고 마음에 묻었다. 절실하게 찾아 나섰다면 만날 수 있었을 것이다. 그러나 자신의 삶에만 빠져 마음과 행동이 괴리를 만들고 배려와 은혜를 삼켜버렸다. 잊힌 은혜에 대한 부끄러움과 미안함이 그 분을 보면서 가슴을 후려쳤다.

주위를 돌아보면, 학점을 받지 못해 술 한 병 사들고 선생님 집을 찾아가 하소연하여서 재시험으로 졸업할 수 있었던 친구들. 사고나 결석으로 어려운 상황에서 용서 받은 친구들. 이런 학생들은 졸업 후 선생님을 귀한 은사로 모시면서 정성껏 대접하는 것을 보았다. 그러나 선생님께 칭찬을 받고 은혜를 입은 나는 그저 고마운 마음만 있을 뿐, 그들처럼 은사님을 모시지 못했다. 선생님의 입장에서 보면, 말 잘 듣는 학생보다, 말썽꾸러기에게 기회를 주는 편이 더 보람이 있는 일이리라.

두 사람은 막걸리 잔을 주고받으며 껄껄 웃는다. 사제지간의 애틋한 정이 느껴진다. 나의 교장 선생님에게는 직접 감사의 말을 못 전했지만, 나는 이제 다른 사람에게 다른 방법으로라도 은혜를 조금씩 갚으며 살아가야 하리라.

제자 분에게 막걸리 한 잔을 권했다.

엄마의 믿음 앞에서

둘째 여동생으로부터 한국에서 전화가 왔다. 다그치는 목소리다. 엄마에게 기독교로 개종하라고 말씀드렸더니, 며칠째 식사도 아니 하시고 누워만 계신단다. "오빠가 그냥 불교를 믿어도 된다고 했다."고 막무가내이니, 오빠가 엄마에게 말 좀 해 달란다.

어머니는 불교를 믿는 막내 남동생 집에서 십여 년을 함께 살았다. 남동생이 명퇴(名退)당하고, 그 후 시작한 몇 가지 일에 실패하면서 제수씨가 우울증에 시달리게 되었다. 동네에서 효부로 이름이 나서 효부상까지 받은 제수씨이지만, 아픈 몸으로 어머니를 모실 수는 없었다.

그 후, 서울에 사는 첫째 여동생이 어머니를 모셨다. 몇 년 후 경제적인 문제로 어려움을 겪으면서 지금은 둘째 여동생이 모시고 있다. 제부는 교회 장로이고 동생은 권사로서, 성경 공부반을 인도하며 교회 일에 열심을 내고 있다.

당신은 언제부터 불경을 읽기 시작하였는지는 모르겠으나, 한글로 된 반야심경과 금강경은 손때가 묻어 너덜너덜했다. 새벽이면 몸을 단정히 하시고 매일 불경을 외운다. 싫어하는 눈치를 피하여, 기도와

암송(暗誦)은 아파트를 돌면서 한다. "어쩌다 구역예배나 다른 모임으로 교인들이 집에 오면 어떻게 해요?"하고 전화로 물으면, 밖으로 돌면서 눈치껏 조심한다. '애비야, 걱정 마라'고 하셨다. 그것이 조심한다고 그들에게 받아들여지는 것은 아니었으리라 짐작하고도 남는다.

몇 년 전 한국을 방문했을 때, 동생의 어려운 하소연을 들어야 했고, 어머니의 불편한 심사를 위로해 주어야 했다. 이제 구십을 바라보며, 누가 절에 모시고 가는 것도 아니고, TV나 인터넷으로 스님의 법문을 듣는 것도 아니다. 원주에 계실 때 조그만 절에 갔다가 스님이 주신 경전. 한글로 토만 달아 놓은 책이다. 뜻이나 아시는지 읽고 또 읽어서 웬만한 구절은 암송까지 하였다.

돌이켜 보면 39살의 나이에 심장마비로 세상을 떠나신 아버지, 당신의 남편을 원망하며 물려받은 재산 하나 없이 셋방살이로 전전했다. 각박하던 그 시절 채소 장사, 보따리 장사, 문전 장사 등등 온갖 궂은 일을 하며, 우리 5남매를 키워오셨다. 18살에 시집오셔서 시어머니 따라 한 번 절에 가서 불공드린 것이 계기가 되었다고 했다. 그 후에도 별다른 불도(佛徒) 생활은 없었던 것으로 기억한다.

'끼니는 걸러도 제사는 정성껏 지내야 하는 것', 이것만으로도 불교를 잘 믿는 것으로 아시며 살아온 분이다. 구십 평생에 손가락으로 셀 정도밖에 절에 가보지 못하고, 공양도 제대로 한 적 없이 어려운 삶을 살아왔다. 그런데도, 금강경을 읽고, 반야심경을 암송하는 일에 목숨을 걸고 있는 듯했다.

그러기에 '인제 그만, 나랑 같이 예수 믿으세요'라고 말할 수가 없었다. 예수를 믿으면, 조상이나 불교를 배반하는 것으로 생각하여, 혹여 본인에게나 자식들에게 크나큰 재앙이나 내리지 않을지 불안해하는 것 같았다. 이런 미신적 불안감으로 괴로워하실 것이 염려되어, 좋아하시면 그냥 계속 믿으세요. 라고 한마디 한 말이 그동안 크게 힘이 되었던 모양이다.

이렇듯, 종교적 믿음은 이성과 감성을 초월하는가? 오직 자식을 위하여 살아왔다고 하면서, 곁에서 십수 년 수발을 들어오는 딸의 간절한 소망 하나 들어주지 못하는 엄마. 엄마가 부처님을 믿는다고 투덜대며 진정한 마음으로 엄마를 대하지 못하는 듯한 동생. 이념, 신념, 종교를 향한 인간의 꿈은 현실 속의 자신을 상실하게 하는가 보다. 그러나 가족을 떠나 미국에서 40년을 살아온 내가 그들의 힘든 마음을 알지도 못하면서 무슨 할 말이 있겠는가.

서로의 관계가 불편스러워지면서 지난번 내가 한국을 방문했을 때, 양로원을 권해 보았다. '자식이 다섯이나 되는데 내가 왜 따로 나가 살아야 하니? 내가 너희를 어떻게 키웠는데'하며 눈물이 글썽거렸다. 간신히 당신을 설득하여 동생 집 부근에 따로 혼자 지내실 방을 마련해 드렸다. 처음에는 무척이나 서운해 하더니, 얼마 후에는 신방을 차린 것처럼 좋아하였다. "아범아, 내 생전에 이렇게 편안하기는 처음이다!"하는 전화 목소리에 구속됨이 없는 자유로움의 환희가 전해졌다.

동생의 부탁을 이모저모 생각하다가, 편지를 쓰기로 했다. 내가 시키는 대로 그냥 "내가 예수 믿겠다."하고 함께 교회에 나가면, 이번에도 좋은 일이 생긴다고 시작했다. 동생에게 대접받으면서 마음 편히 지내실 수 있다고. 자신의 신변을 남에게 의지하게 되면, 그 사람의 처지를 따르는 것이 편하다는 둥 편지로 조목조목 적어 보냈다.

회개, 구원, 천당 등에 관한 설명은 안 했다. 아주 인간적인 말로, '하면 이롭고, 하지 않으면 해로운 점'들을 나열하며, 당근과 채찍을 흔들어 회유하고 위협하는 글들로 채워졌다. 이 편지를 읽으시면 내 말을 들으실 것이라고 오만스럽게 자신했다.

동생들은 중학교도 마칠 수 없는 환경 속에서, 어머니의 힘겨운 생활력으로 그나마 굶지 않고 살아왔다. 그러나 나는 중학교 때부터, 장학금으로 아르바이트로 어머니의 재정적 도움을 벗어나서 홀로 해결하며 살아왔기에, 나에게는 항상 미안한 마음을 갖고 계셨기 때문이다.

두근거리는 가슴으로 편지를 부친 후, 며칠을 기다려 동생에게 먼저 전화를 걸었다. 그러나 오빠 편지는 뜯어보지 않겠다고 했단다. 슬며시 화가 치밀어 올랐다. 온밤을 지새우며 간절히 쓴 사랑의 편지를 뜯지도 않고 돌려보내야 하는 사람. 읽지도 않고 그것을 차곡차곡 간직하며 눈물 적시는 사람. 이러한 이별의 장면들이 오버 랩 되었다.

어쩌면 그것이 진정한 사랑인가? 괴로움을 덜기 위함인가? 아니면 자신을 더욱 고문하는 것인가? 읽어 보기만 하면 마음을 바꿀 수 있을 텐데. 아니, 읽어보고도 마음을 바꿀 수 없는 그 절박함 때문일까.

내가 너무 쉽게 생각한 것 같다. 오랜 세월 불경을 읽으며 그렇게 지내 온 것이 편안하기만 하고, 새로운 것을 다시 시작한다는 것은 귀찮고, 어렵게 느껴져서 개종하지 못하는 줄로만 단순하게 생각했다.

어쩌면 시장 안 노점 판에서 땅거미가 질 때까지 마지막 남은 고추 몇 개, 시들어가는 배추 한 포기마저 팔고 저린 다리를 끌고 비틀거리며 일어설 때, 속초 부둣가에서 눈보라 속에 얼은 손으로 마지막 남은 명태 속을 손질하고 몇 푼 품삯을 받을 때, 오직 자식을 먹여 살려야 한다는 간절한 소원을 부처님께 빌며 살아오셨으리라. 믿음을 위한 순교자의 삶보다도 더 혹독한 삶의 과정을 겪으면서 그 믿음을 마지막 끈으로 붙들며 살아왔는지 모른다. 5남매를 굶기지 않으려고 맨손으로 살아오신 그 처절함 속에는 생명만큼이나 소중하게 지켜 온 나름대로 믿음이 있었을 것이라는 생각이 뒤늦게 든다.

좋은 옷 깨끗하게 입고 그럴듯하게 헌금하며 추앙받는 거창한 믿음 생활은 상황에 따라 쉽게 버릴 수도 있겠지만, 뼈저린 절망과 고통의 고비를 넘기며 피가 마르도록 기도하며 매달린 처절한 조각들이 모인 믿음은 저버리기 쉽지 않을 것이다. 앞뒤 잘라 버리고 지금 형편으로만 가볍게 판단하는 것은 무모하고 어리석은 짓이리라.

무엇을 믿느냐보다는 어떻게 믿느냐가 그 사람의 삶을 이루어가는가 보다. 나를 되돌아본다. 수치와 조롱을 당하면서 십자가에서 피 흘리며 돌아가신 예수님. 나의 구원을 위하여 사랑하는 아들을 죽기까지 허락하시는 하나님의 신실한 사랑을 나는 뼛속까지 깊이 느끼며 믿고 있는가. 얼굴이 붉어진다. 2주 동안이나 일부러 전화하지 않은 자신이 부끄럽다. 자식은 '이만하면'이라는 잣대로 부모를 공경한다. 하지만 부모는 '그렇지만'하는 잣대로 자식을 사랑한다는 말이 떠오른다.

반기는 엄마의 전화 목소리에 분별없었던 자신이 쑥스러워, "I love you."로 피식 웃고 말았다.

흰 가루 한 줌

아버지 산소에 도착했다. 강릉 속초 간의 국도를 끼고 작은 언덕 위에 할머니 산소와 나란히 분봉 되어 있다. '아재'라고 부르는 작은 할아버지 댁 뒷산 언덕배기이다.

언덕 아래로 신작로만 건너면 바다를 낀 모래사장이다. 초등학교 때 여름방학이면 이곳 할머니 댁에 들렀다. 해변을 거닐며 예쁜 조개를 줍고, 찰랑이는 바위틈에서 '섭조개'라고 불렀던 홍합을 따곤 했다. 가장자리 투명한 바닷물 속에는 밤송이처럼 생긴 성게가 긴 가시를 꾸물꾸물 옮기며 기어 다녔다. 지금은 '북분리 해수욕장'이라는 간판이 펄럭이고 있지만, 그때는 그저 나만의 놀이터였다.

푸르른 수평선, 파도가 부서지며 거품이 일렁거리는 해변의 거무튀튀한 바위는 예전 그대로이다. 10여 년 동안 이민 생활로 LA에서 지냈다. 산타모니카 해변에 서서 태평양을 바라보며 그려보던 그 모습 그대로이다. 시원한 바닷바람이 싣고 오는 찝찝한 미역 냄새를 깊이 들여마셔 본다. 17시간의 불편했던 비행기 여정에 쌓였던 피로와 고단이 파도에 씻겨 쓸려간다.

선산으로 알고 때가 되면 벌초하고, 고국 방문 때면 들려서 돌보던 산소이다. 그런데 사달이 생겼다고 아재는 자초지종을 털어놓았다.

어느 날, 이 산의 주인이라고 하는 어떤 여인이 나타났다. 도로 확장 공사로 산소를 이장해야 한다고 아재를 찾아왔다. 아재는 증조할아버지 때부터 그 집에 살면서 으레 자기가 물려받은 선산으로 알고 지내왔다. 그런데 갑작스레 낯선 방문객을 맞이하여 토지대장을 열람해 보고는 아연실색했다. 엉뚱한 이름이 소유주로 기록되어 있었다. 할아버지 때에 무슨 일이 있었는지, 그 산은 다른 사람 이름으로 등기가 되어있었다. 수십 년 동안 남의 땅을 관리해 온 셈이다.

정으로 얽혀진 사회에서 법적인 기록을 남에게 맡기거나, 알아서 하라고 방치하거나, 그때의 기분에 따라 자신의 소유나 권리를 등한시함으로써 생기는 일이다. 시간이 지나면 상황은 뜻하지 않게 바뀐다는 사실을 눈앞에서 본다.

법적으로 하소연할 수도 없는 입장이라고, 이장 날짜를 정하고 나에게 연락한 것이다. 증조할아버지, 할아버지는 일찍 돌아가셔서 나는 얼굴도 본 적이 없고, 아버지 또한 당신 나이 39살에 세상을 하직하였다. 그러하니 집안의 지난 내력에 관하여서 나는 들은 적이 별로 없다.

아버지는 18년 전 39세의 나이에 심장마비로 돌아가셨고, 할머니는 15년 전 63세로 돌연사 하였다. 고용한 인부들이 분봉을 파헤치고 남아 있는 뼛조각들을 모았다. 새끼 타래를 아래에 깔고 뼈 하나하나를 그 위에 쌓아 놓고 다시 타래로 덮었다. 그리고 성냥을 그어 불을 붙였다.

불꽃도 없는 짚이 벌겋게 화롯불처럼 달아오르며 뼈를 태웠다. 바스러지기 쉬운 바싹 마른 연약한, 소위 말하는 지푸라기이지만 함께 응집하면 뼈를 태울 수 있는 열을 내고 있다. 엉키고 뭉치고 단결하여서 한 목소리를 내면 한 나라도 무너뜨리지 않던가.

아버지 뼈는 아직도 그 형체가 남아 있는데, 3년 나중에 돌아가신 할머니 뼈는 거의 다 부스러지고 형체가 별로 남아 있지 않았다. 할머니는 돌아가실 때 여자로 63세였으니 골다공증이 많이 진전된 상태였고, 당시 아버지는 39세의 건장한 남성이었으니 골 밀도가 좋았었나 보다.

아버지를 이곳에 장사 지냈던 그때가 떠오른다. 대학 1학년 가을 학기가 시작된 어느 비 오는 날, 부친 사망이라는 전보를 받았다. 심장마비였다. 집 한 칸 논밭 한 떼기 없이 엄마와 다섯 남매가 이 땅에 남겨졌다.

흐르는 물처럼 살아가라던 아버지 말씀이 생각난다. 흐르다 머무르기도 하고, 때로는 부딪치며, 낭떠러지에서 떨어지기까지 하면서 흘러 흘러 먼 바다까지 가겠다고 다짐했었다. 내 몸의 세포는 한 편으로는 죽고, 또 한편으로는 새로이 생성되면서 여기까지 살아왔다. 그 옛 기억의 흔적을 가진 세포는 사라지고 있지만, '더 좋은 일로 채워지리라' 믿었던 아버지의 유산은 지금도 새로운 세포를 만들어 가고 있다고 말씀드려 본다.

한 줌 흰 가루를 동해에 흩날렸다. 나보다 먼저 태평양을 건너가 있으려나.

양말 한 짝

'신당동 아주머니'라고 부르는 분이 있다. 우리 어머니보다 몇 살 아래이고, 그 분의 남편은 아버지와 동갑이다. 두 분 모두 6·25때 이북에서 피난 왔다. 강원도 묵호에 자리 잡고 있던 우리 집과 이웃으로 함께 피난살이를 했고, 부모님의 주선으로 결혼도 하여 우리 집과는 인연이 깊은 분이었다.

아저씨는 평양에서 약대를 졸업한 약사였다. 피난 상황에서도 이런저런 과정을 거쳐 약사 자격을 취득하여 당시 육군병원에서 근무했다. 병원에서 가져온 실험용 알코올에 향료를 섞어 아버지와 함께 마시고 만취하여 실례를 했다는 등의 옛이야기를 어머니를 통하여 들었다.

전쟁이 끝난 후, 그들은 서울로 이사 가고 우리는 속초로 옮기면서 십수 년간 왕래가 없었다. 대학에 합격하여 상경하면서 그분의 주소가 내 재산 목록 중 하나였다. 당시 나의 재산 목록은 태릉 이모 주소와 신당동 그분 주소 그리고 책가방이 전부였다.

서울 생활을 시작하면서 그분을 찾았다. 신당동 시장 골목 안에 있는 적산 가옥이었다. 꽤 큰 기와집으로 안채와 바깥채가 마당으로 분리되고 시장 쪽으로는 약국을 개업하고 있었다. 10평도 안 되어 보이는 자그만 조제실에 2개의 소형 진열대가 놓여 있었다. 아저씨는 농약 제품 개발과 실험에 몰두하여 거의 외출 상태였고, 아주머니가 약국을 도맡아 하고 있었다. 시장통이라 손님이 원하는 박카스, 까스명수, 판피린 등을 건네주는 정도였다.

아주머니는 작달막한 키에 목이 긴 미인으로 세련된 분이었다. 항상 웃는 얼굴로 명랑하였고 언제 익혔는지 서울 말씨로 다정다감했다. 장남은 중2, 차남은 중1이고, 막내딸이 초등학교 3학년이었다. 아직 과외 공부를 시키지 않고 있었다. 당장 어떤 도움을 받기보다는 막막한 서울에서 찾아갈 수 있는 근거지가 있다는 것만으로도 마음이 든든했다.

이집 저집 입주 가정교사로 아르바이트를 하면서 삶을 꾸려나갔다. 그러던 중 장남이 고2가 되면서 나를 불러 주었다. 친구 아들 2명과 더불어 4명을 그룹으로 가르쳤다. 일류대가 아니라는 약점이 있었지만, 아주머니의 소개로 성사되었다. 그동안 가르치는 요령도 늘었고 열과 성을 다해 지도한 덕에 학생들의 성적이 향상하면서 대학을 무난히 마칠 수 있었다.

입주 가정교사였지만 같은 식탁에서 식사하며 내 집으로 착각할 만큼 가족 같이 대해 주었다. 오빠, 형 소리를 들으며 함께 생활했다. 이러한 분위기 속에서 집 떠난 외로움과 어려움을 극복할 수 있었다.

졸업 후, ROTC 소위로 입관하여 3개월 훈련을 마치고 전방으로 배치를 받아 가던 중 잠깐 들렀다. 그동안 베풀어 준 은혜에 감사하는 마음으로 무언가 선물을 하고 싶었다. 그러나 선물을 사 본 적이 없는 나로서는 망설여졌다. 이분들 수준에 맞는 선물을 하자니 주머니 사정이 너무 허락하지 않았고, 수박 한 덩어리로는 너무 창피한 것 같았다. 살아남기도 힘겨운 삶에서 남을 위하여 돈을 써 본 적이 없었다. 이렇게 저렇게 망설이다가 그냥 빈손으로 방문하고 말았다. 손부끄러운 줄을 알면서도 어떻게 대처해야 하는지 몰랐다.

마침 학교에서 돌아온 셋째가 '오빠'하면서 달려와 안겼다. 소위 마크가 달린 장교모와 장교복을 한참 쳐다보더니, '와! 오빠 멋있다. 돈 벌면 나한테 선물 준다고 그랬지. 뭘 줄 거야?' 하면서 장난스러운 목소리로 나에게 물었다. 얼굴이 달아올랐다. 이 상황을 어떻게 넘겨야 할지 참 난감했다.

"양말 한 짝이라도 들고 와야지."

결국 섭섭한 마음의 중얼거림을 듣고 말았다. 감사하다고 말로 열두 번 하더라도 물질로 드러나지 않는 감사는 소용이 없나 보다. 받은 감사를 물질로 갚으면서 빚진 마음을 덜 수만 있다면 오히려 홀가분할 것 같았다.

어떻게 보면 마음의 빚을 지고 조금씩 빚을 갚는 기분으로 오래도록 감사한 마음을 지니고 사는 것이, 더 나은 길일 수도 있다고 자신을 토닥거렸다. 그 감사의 마음으로, 작은 물질이든, 잠깐의 시간이든, 도움이 되는 지식이든 그 무엇으로든 그분이 아니더라도 다른 사람에게 베풀어 줄 수 있지 않을까. 결국, 오랜 시간이 걸리더라도 '에너지

불변의 법칙'으로 '총 감사'에 해당한 '총 답례'를 해야지 하며 자신을 위로했다.

그동안 '기대는 배가 되고 감사는 반감된다'는 삶의 흐름을 뒤집어, '기대는 반감하고 감사는 배가하자'며 살아왔다. 어쨌든 학교를 졸업하고 군 봉급이나마 월급을 받게 된 이후 첫 방문을 하는 자리에 양말 한 짝이라도 들고 가지 못했던 일이 두고두고 후회됐다.

반백 년이 흘렀다. 생각해 보면 그 힘들고 어려웠던 시절 대학을 졸업할 수 있었던 것은 신당동 아주머니의 도움이 컸다. 그 고마움을 가슴에 품고 산다. 아주머니의 장성한 아들, 딸 그리고 두 내외분을 잊지 않고 있다. 고국 방문 시 그분들을 찾아뵙고 형, 오빠 소리를 들으며 한 식구처럼 지낼 수 있으니 흐뭇한 일이다. 그렇지만 대문에 들어설 때마다 '양말 한 짝'이라는 말이 생각난다. 오래전 그 일을 떠올리며 혼자서 씩 웃곤 한다.

가슴에 박힌 네온 스파클러[1] *

매년 독립기념일이 오면 폭죽을 사는 버릇이 있다. 나에게는 그럴만한 사연이 있다.

할리우드 부근 허름한 아파트에서 살 때였다. LA. 한인 타운 남쪽에 있는 '세이본 약국'에 첫 직장을 구했다. 대부받은 학비와 밀린 빚을 갚으며 네 식구가 먹고 살아야 할 각박한 상황이었다.

독립기념일이 왔다. 독립기념일 연휴 같은 축제는 별다른 관심이 없었다. 휴일에 근무하는 시간 외 근무수당에 관심이 더 많았다. 연휴가 시작되는지라 평소보다 한가한 근무를 마치고 홀가분히 퇴근했다. 아직 땅거미가 지기 전이었다. 지저분한 쓰레기가 구석구석 너저분하게 널려있는 아파트 골목에는 여기저기서 아이들이 뛰쳐나와 야단법석이었다. 골목길 한복판에 작은 불 무덤을 만들어 놓고, 손에 든 가느다란 막대기로 불꽃을 튀기며 떠들썩하게 놀고 있었다.

그때 여섯 살 된 아들 녀석과 세 살 된 딸아이가 먼발치서 나를 알아보고 급히 달려왔다. "아빠! 나 저거 줘." "나도!"하며 구세주라도 만난

---

1   neon sparkler : 30cm 길이의 막대기 끝에서 섬광을 내는 불꽃놀이 기구의 일종

듯 반색했다. 두 녀석이 '이제는 됐다.' 싶었는지 들뜬 얼굴로 반가워하며 안겼다.

　나는 처음 보는 것이라 불 무덤 가까이 갔다. 수북한 잿더미 옆에 흩어져있는 막대기 하나를 집어 들었다. 한 뼘 좀 넘는 길이에 막대기 끝에는 희뿌연 납빛의 금속성 물질이 묻어져 있었다. 꼬마 녀석들이 불을 붙이고 노는 것과 같은 모양이었다.

　얼른 아들 녀석 손에 쥐어 주며 불 무덤 속으로 들이밀었다. 그러나 불꽃은 튀지 않았다. 다른 아이들 것은 '팍팍' 불꽃을 튀기며 빨강, 파랑, 노랑 등 각가지 색깔로 번쩍번쩍 빛나는데 그렇지 않았다. 또 다른 것을 대어 보았으나 마찬가지였다. 이미 다 타서 버려진 것이었다.

　옆 아이에게 하나만 달라고 사정해 보았으나 한창 신이 난 아이는 재미에 푹 빠져 있었다. 그럴만한 아량을 베풀기는커녕 콧방귀도 안 뀌며 도리어 이상한 눈으로 나를 쳐다봤다. 아이는 눈물을 글썽이며 아쉬운 눈으로 풀이 죽어 있었다. 녀석들을 꼭 껴안았다. '길에서 이런 것 가지고 놀면 위험하고, 경찰이 오면 붙잡아 간다.'고 엄포라도 놓고 싶었다. 그러나 쳐다보는 가여운 눈망울을 피할 길이 없었다. '아빠가 사 줄게. 가자!'하고 손을 잡았다. 눈물을 훔치던 아이들은 금세 밝은 웃음을 띠고 신나서 따라나섰다.

　그러나 난감했다. 지금 이 시각에 어디 가서 그런 것을 살 수 있단 말인가. '독립기념일에 아이들이 갖고 싶고, 보고 싶어 하는 것이 무엇일까?' 하고 조금이라도 관심을 두었더라면 어린 가슴을 저렇게 멍들게 하지는 않았을 터이다. 그저 시간 외 근무수당이 평소의 한 배 반이라는데 귀가 솔깃했고, 아이들을 등한시 했던 자신이 부끄러웠다.

그래도 혹시나 해 큰 거리로 나가 보았다. 한산한 거리. 정류장에 멈추었던 시내버스는 막 떠나고 한 학생이 뛰며 따르다 그냥 돌아선다. 어디에도 불꽃놀이 기구를 파는 곳은 없었다. 하는 수 없이 길가 아이스크림 가게에 들렀다. 아이들이 좋아하는 초콜릿 콘(cone) 아이스크림으로 마음을 달랬다. "아빠! 내년에는 작은 막대기보다는 이 콘처럼 생긴 큰 불꽃놀이로 사줘!" 한다. 아쉬움이 담긴 아이의 이 말 한마디가 나의 가슴에 콘처럼 생긴 쐐기 못으로 와 박혔다.

돌아보면 아이들과의 약속을 밥 먹듯이 어기면서 값비싼 장난감으로 대신하려 했다. 어쩌다가 인심 쓰는 떠들썩한 생일 파티보다는 아이들과 함께 시간을 보내고 대화를 나누는 순간순간이 더 없이 귀하고 소중함을 안다. 그런데도 그들에게 꼭 필요한 시기가 지난 이후에야 뒤늦게 깨닫고 가슴 아파하는 어리석음을 저지르곤 했다. 더 잘살아 보겠다고 앞만 보며 달리는 숨찬 삶의 시간이, 잘해주고 싶다는 마음과 엇박자를 치며 타버린 막대기가 되어버렸다.

세 살과 일곱 살 된 두 아이를 키우는 아들 녀석을 생각해 본다. 개인 약국을 하며 경제적으로 더 여유 있게 살 수 있으련만 직장 생활에 만족하고 있다. 아이들과 많은 시간을 가지려고 애를 쓴다. 한 발짝 뒤에서 차선의 삶으로 검소하게 살아가는 모습을 바라본다.

경쟁에서 이기려고 아등바등 안간힘을 쓰기보다는 아이들과 함께 기쁨을 나누며 사는 것 같아 대견스럽다. 아마도, 나에게서 받은 상처를 더 나은 삶으로 승화시키는 것은 아닌가 싶어 미안하면서도 흐뭇하다.

길 가장자리 빈터에 독립기념일을 알리는 요란한 광고가 붙어 있다. 불꽃놀이(fire works) 좌판 가게다. 올해에도 짧은 막대기처럼 생긴 '네온 스파클러(neon sparkler)'와 콘(cone) 모양의 로켓 폭죽을 한 통씩 샀다. 남루한 옷차림의 예닐곱 살 난 사내아이가 주위에서 서성이며 기웃거린다. 말없이 그에게 폭죽을 건네주었다. 영문을 모르고 그것을 받아 쥔 아이는 잠시 머뭇거리다가 냅다 달음질친다. 오늘 밤이 그에게 멋진 추억이 되었으면 좋겠다.

곱게 접은 편지

오래된 서류를 정리하다가 곱게 접어놓은 편지 한 통을 발견했다. 펼쳐보니 'Dearest dad'로 시작한 편지다. 아들이 쓴 손 편지다. 다시 읽어 내려갔다, 그때 일이 주마등처럼 스쳐 갔다.

당시 나는 화가 치밀 대로 치밀었다. 전화상으로 녀석한테 말하자니, 거친 말이 마구 쏟아질 것만 같아 꾸역꾸역 참으며, 말 대신 편지 글로 적어나가야만 했다. 지금 내가 다시 읽어보는 녀석의 편지로 미루어 당시 녀석한테 어떠한 내용을 담아 편지를 부쳤는지를 쉽게 꿰맞출 수가 있다.

아들은 대학을 졸업하여 샌디에이고에서 혼자 직장생활하고 있었고, 딸은 친구와 룸메이트 하며 대학에 다니고 있었다. 학기 초에 등록금을 준비해 달라는 딸의 연락을 받았다. 나의 경제적 여건으로 충분히 등록금과 생활비를 보내 줄 수 있었다. 하지만 형제간의 우애를 깊게 하고, 자신만을 생각하지 않고 가족 전체를 배려할 수 있는 계기를 아들에게 만들어 주고 싶다는 생각이 들었다.

아들에게 전화했다. 아빠 형편이 여의찮으니, 이번 동생 등록금을 네가 한 번 도와주면 어떻겠느냐고 부탁했다. 녀석은 장남으로 엄마의 각별한 보호 아래 자랐다. 그래서 그가 자기 자신만을 생각하고 여동생에게는 별로 관심이 없는 것으로 여겨 왔다. 그러나 생각 밖에도 그렇게 하겠다고 스스럼없이 답했다.

얼마가 지난 후 딸이 하소연했다. 오빠가 여유가 없어서 도와줄 수 없다고 연락이 왔더란다. 타고 다니던 은색 닛산 스포츠카를 빨간색으로 다시 페인트칠하느라고 여유가 없다는 것이 그의 변명이란다. 그 말을 듣고 나니 나도 모르게 화가 밀려왔다. 속에서 불처럼 치밀어 올랐다. 그 상황에서 전화로는 안 되겠다 싶어 화도 삭일 겸 아들에게 편지로 썼다.

당시는 개인 컴퓨터도 전자 메일도 없던 때라 또박또박 타자기로 찍은 짧은 글이다. '똑딱, 똑딱' 치밀어 오르는 화를 설득과 참여와 사랑으로 한 자 한 자 바꾸어 나갔다. 가족의 우애와 사랑, 서로 도와야 하는 현실, 앞으로의 삶의 길에 대하여 적었다. 성내거나 화를 불러오지 않도록 조심조심 문장을 다듬어갔다. 나의 짧은 영어 실력으로 얼마만큼이나 가슴으로 전달되는 편지였는지는 모르겠다. 그랬더니, 녀석이 답장을 보내온 것이다.

의례적인 'Dearest dad'로 시작한 글이다. 하지만 나에게는 아들로부터 받는 첫 편지인지라, '진정으로 사랑하는 아빠'라는 영어 원문의 글 뜻 그대로 느껴졌다. 내가 한 말을 진심으로 받아들이고, 삶의 가치로 여긴다고 마음 문을 열었다. '동생을 누구보다도 사랑하고 가족을 가장 중요하게 여긴다'는 구절은 나의 가슴을 벅차게 만들었다.

자기의 생활이 빠듯한 가계부에 의해 지출되고 있으므로, 한 번에 목돈은 어렵지만 매달 얼마가 필요한지 미리 알려만 주면, 자신의 예산에 반영하여 조금은 도와줄 수 있다는 내용이었다. 가끔은 자기가 책임을 회피하고, 엄마 아빠나 동생을 생각하지 않는 것처럼 보일지는 몰라도, 자기 속마음은 그렇지 않으며 다만 표현을 못 하고 있을 뿐이라고 글을 맺었다.

마음은 뿌듯한데도 한편 허전한 가슴으로 편지를 덮었다. 왜 이리 허허할까. 머릿속이 온통 하얗게 되는 것 같다. 투덜거림은 없지만 '미안하다'는 말이 한마디도 없다. '멀쩡한 차. 색깔 바꿀 돈은 있어도 하나뿐인 동생 등록금 한 번 보태 줄 마음은 없냐?' 그리고 '그걸 변명이라고 하냐?'고, 덧붙여 죄송하다는 말 한마디쯤은 해야 하지 않느냐고 호통을 벼락같이 내리치고 싶었다.

물론 세대차라는 게 있어서 내 젊은 날과 녀석들의 현재는 다를 것이다. 그렇다 하더라도, 문득 내 어려웠던 젊은 날이 떠올라 더욱 분통이 터졌다. 전화상으로 말하면 녀석한테 푸념처럼 한바탕 주절주절 쏟아낼 것만 같았다.

참말로 나의 대학 시절은 아주 엉망이었다. 말이 대학생이지 숫제 알거지나 진배없었다. 가정교사를 하며 집안의 도움 없이 혼자 모든 것을 해결해야 했다. 가뜩이나 어려운 살림에 아버지는 39살의 나이에 심장마비로 돌아가셨다. 대학 1학년 가을 학기가 시작한 때였다. 어머니가 혼자서 어린 동생 넷을 속초에서 돌보아야 했다.

입학 장학생으로 등록금 면제 혜택으로 시작할 수 있었던 대학 생활이었지만, 처음부터 호락호락하지 않았다. 등록금은 장학금으로, 먹고 자는 것은 입주 가정교사로 해결했으나, 적은 용돈으로 그 외의 모든 삶을 살아야 했다. 학기마다 장학생이 안 되면 학업을 계속할 수 없는 형편이었다.

당시는 나 혼자 살아남기도 버거운 생활이었다. 학업을 중지하고 동생들 뒷바라지를 먼저 해야 할지 갈림길에 섰다. 나를 희생하여 동생들을 돌보느냐 아니면 내가 먼저 커서 버팀목이 되어야 하느냐. 칼날 위에 서서 어느 한쪽으로 기울어야 했다. 주위에는 동생이나 가족의 삶을 위하여, 서독 광부로 월남 기술자로 죽음을 무릅쓰고 떠나는 현실인데, 나만을 위해 계속 공부를 해야 하는지 마음잡기에 어려웠다.

부모 없이 동생을 돌보느라 2년째 학업을 중단하고 있던 고향 선배가 있었다. 그때까지도 복학하지 못하고 있는 각박한 현실이었다. 지금 중단하면 나는 영영 학업을 계속할 수 없을 것만 같았다. 어떻게 하든 졸업하여 약사가 되면, 집안을 도울 수 있을 것이라는 생각이 나를 떠밀었다. 공부에 대한 욕심이 몸의 희생을 이겼다.

홀로서기로 결심하고, 졸업할 때까지 동생들을 도와주지 못했다. 그 후 자신의 삶을 우선으로 했던 나의 이기심이 계속 나를 괴롭혀 왔다. 그때의 죄책감 때문에 지금 나 자신에게 이렇게 화를 내는 것은 아닌가 하는 생각이 들었다.

그래서 아들에게 다시 편지를 썼다. 나의 어려웠던 대학 시절. 동생들과 어머니를 보살피지 못했던 나의 가슴 아픔. 이것들이 항상 빚으로 나에게 남아 있는 무거운 짐이라는 것 등등. 또한 '부모의 고생과 뒷바라지를 가슴에 새기고 열심히 공부해야 한다.'라거나, '부모가 원하는 길을 가야 한다.'고 너희들을 다그치지 않았다는 점. '자신의 삶은 자신이 알아서 살아가야 하고, 자신이 갈 길은 자신이 선택하고 책임져야 한다.'고 말해 왔던 지난 기억들. 이러한 일을 되돌아보면서, 내가 무언가 잘못한 것은 아닌가 하는 생각을 하게 된다고 적었다.

그래! 나는 너를 믿는다. 너 또한 너의 방식으로 살아가면서 너 나름대로 겪어 보아라. 진정으로 너를 사랑하기에 기다려주마 하며 중얼거려본다. 적어도 가족을 생각하고 사랑한다는 아들의 마음을 다시 읽으면서 가슴이 조금은 따스해진다.

편지를 고이 싸서 다시 넣어두었다. 언젠가는 다시 돌려줄 생각이다. 처자식을 거느리고 마누라 눈치 보며 살면서도, 초심을 간직하고 있는지 자신에게 늘 물어보며 살라고. '이 편지 때문에 아빠는 행복했다.'라고 몇 자 적어서….

아내의 미소

아내가 이불을 걷어차고 쪼그리고 잠들어 있다. 담요 한 장 덮어 주려다 멈칫한다. 불면증으로 오래 고생하고 있는 터라 잘못 건드려 잠이 깨면 다시 잠 못 들어 고생하는 것이 안쓰럽기 때문이다.

오래전, 멕시코 선교여행 갔을 때 밴 차가 몇 바퀴 구르는 전복 사고가 아내에게 있었다. 다행히 사망한 사람은 없었으나 그로 인한 후유증으로 불면증이 시작되었다. 그 후 안정제와 수면제에 의존하여 살아가는 날이 많다. 잠이 들었다가도 깨면 밤새도록 엎치락뒤치락 뜬 눈으로 새우곤 한다. 잠이 들면 발걸음 소리, 화장실 물 내리는 소리조차 조심해야 한다.

무언가 해 주고 싶어도 그냥 지나쳐야 한다. 이런 일이 계속되다 보니 아내가 하는 다른 일에도 무관심하게 되어가는 듯한 자신을 발견하며 움찔하곤 한다. 생각만의 배려는, 행동이 없는 관심은 무관심으로 전해지나 보다. 무심하다는 핀잔을 자주 듣는다. 무관심은 미움보다 견디기 어렵다는데 그렇게 되어가는 것은 아닌지 모르겠다.

누구의 말인지 기억나지 않지만, '난로처럼 밀착되는 관계가 오래 지속되면, 오히려 지겨운 느낌과 구속받는 느낌이 생긴다'고 했다. 너무 가까우면 데거나 뜨거워 피하게 되고, 적당히 떨어져야 따사함을 즐길 수 있다는 얘기였다.

한 친구 아내는 남편이 그녀가 가는 곳은 어디든지 운전해 주고 끝날 때까지 밖에서 기다려 준단다. 그녀는 고맙기보다는 속박 받는다고 불평한다. 아내의 친구 한 분은, 딸이 혼자 산다고 육순 노모가 음식이며 청소며 집안일을 모두 챙겨주는데, 본인은 지겹고 짜증스럽다고 불편해한단다. 옆에서 보면 너무나 행복할 것 같은데 너무 뜨거워 피하고 싶은 걸까.

상대방이 자유로울 수 있는 서로 간의 심리적 공간이 필요한 모양이다. 지나친 '배려'는 오히려 구속이 아니냐고 자신의 '무관심'을 변호해 본다.

아내의 잠자는 얼굴을 한참 들여다본다. 미소를 짓는 듯 표정이 조금 흔들린다. 살며시 일어나 발끝으로 조심스레 걸어 나온다. 방문을 살짝 반만 닫는다. 꼬마전등 불빛이 안으로 스며든다. 마음에 걸리지만 그냥 지나쳐 나온다.

살랑살랑 바람이 인다. 야자수 잎 그늘이 달빛에 흔들린다.

3부

살 수만 있다면 어디든 가다

무작정 삶

하늘이 맑다. 비행기 한 대가 착륙하려는지 낮게 내려앉고 있다. 문득 이민 오던 날의 풍경이 기억 속에 아물거린다.

대학을 졸업하고 종로구 동숭동에서 약국을 하고 있을 때였다. 명동에 나갔다가, 오스트리아에 이민을 가려고 하는 대학 친구를 우연히 만나 함께 이민공사에 들렀다. '이민 절차는 오래 걸리는 것이니, 일단 신청이라도 해 놓으면 언젠가 가고 싶을 때 떠나면 되잖나.'라는 친구의 말과 담당자의 권유에 따라 이민 서류를 접수했다. 무작정 얼떨결에 시작하였지만, 마음 깊은 곳에 언젠가는 미국을 가보리라는 꿈을 그리고 있었나 보다.

어려운 가정환경에 미국이라는 곳은 언감생심이었다. 하지만 젊음이 주는 기대와 열정과 꿈은 조금씩 그리로 향하고 있었던가 싶다. 대학에 다니면서 이 집, 저 집 아르바이트를 하면서도 시간을 쪼개어 전공과 관계없는 영어 회화 공부를 틈틈이 하고 있었으니 말이다.

이것저것 추가 서류를 제출하다 보니 생각보다 빨리 일 년여 만에 약사로서 이민 허가를 받았다. 장남으로 어린 동생 넷과 홀어머니를 남기고 떠난다는 것이 현실적인 문제로 다가왔다. 아내와 세 살 먹은 아들 녀석을 데리고 머나먼 이국땅에서 살아갈 걱정보다도 남아 있는 식구들의 삶이 더욱 마음 쓰였다.

일찍 아버지를 여의고 어머니 혼자서 동생 넷을 뒷바라지하며 살아 왔다. 어려운 과정을 거쳤지만, 나는 대학을 졸업하고 군 복무도 마쳤다. 2년여 제약회사에 근무했다. 준비된 자본금은 없었지만, 이런저런 도움으로 동숭동에 자그마한 약국을 개업했다. 2년여 동안 열심히 한 덕분에 고객이 늘어나면서 빚도 조금씩 갚으며 자리를 잡아갔다.

엄마도 동생도 이제는 우리도 잘살 수 있다고 든든하게 느끼기 시작할 때였다. 중학교, 고등학교를 중퇴하며 오빠가 잘되기만을 기다렸던 동생들이었다. 그런데 이렇게 식구들을 나 몰라라 하며 이민을 결심했으니 해서는 안 될 일을 하고 있다는 생각에 가슴이 미어졌다. 또 다른 도약을 위한 아픔이라고 자신을 도닥거려봤지만, 무거운 마음을 어찌하겠는가.

가진 것 모두를 정리하여 어머니께 드리고 당시 허용된 한 사람당 600불, 3식구 총 1,800불의 달러를 환불받았다. 그리고 보증되지 않은 '성공'이라는 '백지 수표' 한 장을 가슴에 품었다. 어머니와 동생들에게 반드시 성공하여 돌아오겠다는 말을 남기고 이민 길에 올랐다.

아내의 사촌이 사는 뉴저지 주 Newark로 가기로 했다. 가는 도중 LA를 경유하기로 했다. 10개월 전에 LA에 이민 간 친구, ○○를 만나고 갈 생각이었다. 당시는 국제 전화비가 비싸서 한 푼이라도 절약하려고 LA 도착 날짜와 시간을 적은 편지 한 장을 그에게 띄웠다. 답장도 받지 못하고 김포 공항에서 오월의 푸른 하늘을 치솟았다. 1975년 5월 10일이었다.

오후 4시가 조금 넘어 LA 공항에 도착했다. 마중 나왔어야 할 친구가 보이지 않았다. 무거운 가방을 든 사람들이 하나둘 흩어져갔다. 더는 기다릴 수 없어 공중 전화통으로 갔다. 서투른 영어로 전화번호가 바뀐 것을 알았고, 여러 사람의 도움으로 가까스로 친구 아내와 통화가 되었다. 그동안 이사를 하여 편지를 못 받았단다. 친구는 지금 다른 친구 집에서 한잔하는 중이라고 했다.

오월의 찬바람 속에 노을이 지고 어둠이 깔렸다. 까칠한 아들 녀석의 얼굴을 감싸 안았다. 찬란한 LA의 싸늘한 밤, 공항 너머로 바라보이는 불빛이 낯설고 서글펐다. 공중전화에 매달려 쭈그러진 종이쪽지에 적힌 전화번호를 돌리며 언제 올지 모르는 친구를 기다리는 자신이 한심했다.

갑자기 서울역 광장이 떠올랐다. 더 나은 미래를 찾아 부푼 꿈을 안고 대책도 없이 서울로 올라오던 젊은이들의 무작정 상경 광경이다. 가난의 대물림을 끊고 그럴듯한 직장을 잡아서, 남기고 온 식구들을 먹여 살리겠다는 의지 하나로 충만한 그들이었다. 그러나 '눈 감으면 코 베가는 곳' 서울에서 그들은 참새를 노리는 독수리들의 먹잇감이 되었다. 꿈에도 그리던 낙원이 '인생 막장'으로 추락하며, 얼마나 많은 이들이 울고불고하며 심지어 스스로 목숨까지 버려야 하지 않았던가.

밤 9시가 넘도록 텅 빈 공항 한구석에 맥 놓고 쭈그리고 앉아있었다. 북적거리던 대합실은 텅 비었고 띄엄띄엄 한 두 사람이 서성거리다 사라졌다. 청소하는 눈 큰 여자가 힐끗힐끗 쳐다보며 뭐라고 말하는데 알아듣지도 못하고 고개만 숙였다. "아빠! 친구는 왜 아직 안와? 나 졸려." 하며 짜증을 내는 아들 녀석. "타국 수만 리를 떠나오면서 어떻게 전화 한 통화도 안 하고 와요." 하며 참다못해 아내도 한마디 했다. 일그러진 그녀의 표정을 바라보며 머리만 긁적거릴 뿐 아무런 대꾸도 할 수 없었다. 돈 몇 푼 아끼려다가 이런 일을 당하는가 싶어 나도 짜증이 났다.

공항에 도착하여 친구를 만날 때까지 5시간은 나의 생애에 가장 길고 초조한 시간이었다. 낯선 땅에서 맞는 외로움, 불안함, 두려움. 초조함에 애간장을 태우며 추위와 배고픔에 입안이 칼칼하고 바싹 말라 왔다. 11시가 되어서야 그의 아파트에 도착했다. 밤늦게 공항으로 마중 나와 준 친구가 고맙고 구세주 같았다. 늦은 시간인데도 친구 아내는 따뜻한 된장국과 저녁을 준비하고 우리를 맞아 주었다. 따스한 된장국이 타들어 가던 목을 시원하게 풀어 주었다. 하루도 안 돼 고국을 그리워하게 한 그 맛을 잊을 수 없다. 지금도 된장국만 보면 그 고마움에 친구 아내를 떠올리곤 한다.

상을 치우고 주거니 받거니 술잔이 오갔다. 미국의 실생활이 펼쳐졌다. 동부에 가면 날씨도 날씨려니와 인종 차별, 생활비, 직장 등 여러 면에서 이곳 LA보다는 살기가 어렵다는 얘기다. 뉴욕에서는 약사 면허를 받고도 일자리가 없어서 야채 장사를 하는 사람도 있다고 전해 들었단다. LA에서 약사 면허를 받은 사람도 몇 있다고도 했다.

술좌석에서 오고 간 친구의 말을 곱씹으며 뜬눈으로 밤을 새웠다.

결국 정착지를 LA로 바꾸기로 했다. 다음날 동부로 갈 비행기 표를 취소하고 친구 집 가까이에 허름한 아파트를 구했다. 동부로 부쳤던 이삿짐을 배에서 풀기도 전에 이곳 LA로 되돌렸다. 목적지는 가 보지도 않고 이민 생활을 이렇게 무작정 시작했다.

낯설고, 물설고, 말도 통하지 않는 남의 나라에 이민 오면서 '어떻게 계획도 없이 떠나는가?', '그렇게 쉽게 목적지를 바꿀 수 있을까?' 이런 무작정인 삶을 사람들은 어처구니없어 할 것도 같다. 무모한 짓이라고 비난도 할 성싶다. 혼자 몸이라면 젊은 시절의 객기라고 넘길 수 있겠지만 딸린 식구가 있지 않은가.

어쩌면 지나온 삶이 나를 이렇게 길들였는지 모르겠다. 마음에 드는 일을 계획하더라도 그것을 이루기 위하여 할 수 있는 것이 없었다. 건축자재가 없는데 설계도만 그리고 있을 수는 없지 않은가. 당장 오늘 먹고 살아야 했다. 그저, 현재에 주어진 상황을 충실하게 채우다 보면, 무작정이 작정이 되고, 작정이 현실이 됐다. 원하는 대로는 아니지만 무언가가 만들어져 왔다. 이루어지는 곳은 과거도 미래도 아니고, 바로 지금 이곳이었으니까.

그러고 보니, 모든 일을 계획성 없이 엄벙덤벙 처리하는 습관이 몸에 뱄나 보다. 계획하고 준비하여 순서대로 하나씩 실행한다면 효율적으로 일을 이룰 수 있을 것이다. 여러 사람이 주장했고 많은 사람이 이를 따라 성공했다. 그러나 계획이 불충분하더라도 일단 시작하면 주어진 일에 열과 성의를 다하는 사람도 있다. 이들이 성공에 이르는 확률이 더 높다는 주장도 있다. 어설픈 변명이기는 하지만, 어떠한 환경에 마주치더라도 일단은 최선을 다하는 것이 살아남을 수 있는 방법이 아니겠냐고 스스로 위로했다.

공장에서 일꾼으로 시작한 이민 생활이 어느새 45년이 되었다. 그후 사우스다코타 주립대학 약학대학을 졸업하여 지금은 애리조나 주 경계에 있는 'Blythe'라는 작은 도시에서 개인 약국을 운영하고 있다. 이곳은 LA에서 차로 4시간 거리이며 백화점이라도 나가려면 동서남북 어느 쪽으로든 2시간은 가야 하는 작은 농촌 마을이다. 여름이면 섭씨 40~45도를 오르내리는 사막이다.

나를 아는 사람들은 의아해하며 어쩌다 거기까지 가서 살고 있느냐고 묻는다. 사실은 적은 자본으로 수익성 있는 약국을 찾다 보니 다른 여건은 뒷전으로 하고 여기까지 왔다. 일상적인 생각과 고정된 테두리를 벗어난 도전이었다. 겉으로는 코로라도 강 코발트색이 너무 아름다워 이곳에 왔노라고 웃음으로 답한다.

무엇이든 새로운 것에 도전해 보려는 모험심이 무작정이라는 탈을 쓰고 나를 이끌어 왔다. 아직도 자세히 계획하고 결정하기보다는, 하고 싶은 일이 있으면 일단 시작하고 본다. 그리고 열정을 퍼부으며 최선을 다하는 편이다. 어차피 무작정으로 태어나서 작정하며 살아보겠다고 애쓰다가, 돌아오지 못할 먼 길을 무작정 떠나가는 것이 우리의 삶이 아니던가.

눈이 부시게 푸르던 날

결국 병원에 입원했다. 참을 수 없는 통증이 가슴 속에서 수시로 발악한다. 학교가 있는 이곳 'Brookings'는 인구 2만의 작은 도시이다. 담당 의사는 50km 떨어진 'Sioux Falls'에 있는 큰 병원에 가서 자세한 검사를 받아보도록 권했다. CT 촬영까지 하며 그곳 병원에서 하룻밤을 보냈지만, 확실한 원인을 찾아내지 못했다. '폐혈전 의심'(possible pulmonary embolism)이라는 진단을 받고 다음 날 퇴원했다.

그러나 송곳으로 찌르는 듯한 통증이 다시 시작되어 그날 밤을 못 넘기고 Brookings 종합병원에 다시 입원했다. '모르핀'으로 통증을 조절했다. 어디인지는 모르나 조그만 혈전이 돌아다니다가 막히면서 통증을 일으킨다는 의사의 설명이다, 그러다가 뇌혈관이 막히면 위험하다고 경고한다. 혈액 항응고제인 '와파린'을 복용하고, 모르핀으로 통증을 억제하며 침대에 누워만 있었다.

이곳 2월은 섭씨 영하 40도를 오르내리는 혹한(酷寒)이다. 매서운 바람과 함께 눈보라가 입원실 창문을 후려친다. 이제 막 4학년 봄 학기가 시작됐다. 내년이면 졸업이다. 어떻게 시작한 공부인가.

이민 와서 거의 1년이 넘도록 시간당 3불을 받고 비타민 제조 공장에서 알약을 찍는 노동자로 일했다. 당시 약사 이민으로 받아 주고도, 약사 면허 시험을 치를 자격을 주지 않았다. 전국 100여 곳의 약대에 입학 원서를 제출하였다. 1년여 만에 다행히도 이곳 '사우스 다코다' 약대에서 편입을 받아주어 2년만 수료하면 졸업할 수 있는 행운을 얻은 것이다.

여러 과목 중에도 '유기약품학'(Organic Medicinal)이란 과목은 한국에서 배워보지 못한 분야였다. 유기화학을 기본으로 약품 원료가 되는 새로운 성분을 합성하는 이론을 공부하는 과목이다. 담당 교수는 지난 십 년간 학생 투표에서 최우수 교수로 뽑힌 소문난 분이었다.

아니나 다를까. 지난 10년간 시험 문제를 도서관에 비치하고 열람을 허락했다. 같은 책 범위에서 시험 문제를 내는데, 비슷한 문제가 하나도 없다. 재시험도 허락하지 않았다. 워낙 시험이 어려워 '절대치'가 아니라 시험을 친 학생들의 '비교치'로 학점을 산정한다고 했다.

이 과목 중간고사가 금요일 오후 2시이다. 지난 월요일 밤에 입원할 때만 해도 수속과 통증으로 정신이 없었다. 모르핀으로 통증이 잦아지면서 서서히 걱정이 시작됐다. 시험을 치르지 못하여 과락 되면 결국 1년을 장학금 없이 다시 다녀야 한다.

병원에 입원한 다음, 수업에 불참할 수밖에 없는 사정을 교수님께 전화로 보고했다. 시험에 관해서는 퇴원하고 교무실로 찾아오라는 말씀뿐이었다. 그 말을 듣고 가슴이 덜컹했다. 어떤 희망의 끈도 잡을 수 없을 것 같았다.

지금까지 현실에 충실하면서 살아왔다. 만일에 대비하여 무엇인가 해야만 했다. 입원실에 위문 온 친구에게 부탁하여 강의 노트 카피를 부탁했다. 침대 밑에 감추어 두고는 모르핀으로 진통이 가라앉기 시작하면, 시험공부를 시작했다. 시험 범위가 모르핀 구조에 따르는 새로운 성분 개발이라 웃음이 났다.

누워서 구조 하나하나를 떠올리며, 그 옆 가지에 이런저런 다른 가지를 결합해 보았다. 그 나름의 특성과 거기에 따라 생길 수 있는 작용, 부작용을 추론해 보았다. 그러다가 졸려서 잠들기도 하고 갑자기 무슨 생각에 놀라 깨어서 구조를 다시 살펴보기도 했다. 어쩌다 견딜 수 없으면 간호사를 불러 모르핀 주사를 맞았다. 간호사는 안정을 취해야 한다고 몇 번 주의를 주면서도, 딱한 내 사정을 이해했던지 눈감아 주었다. 고마움을 겸연쩍은 미소로 대신했다.

금요일 아침 8시 30분. 회진 시간에 담당 의사에게 간곡히 부탁했다. 오늘 오후 2시에 중간고사가 있다고, 빠지면 졸업을 할 수 없는 중요한 과목이니 2시간만 외출을 허락해달라고 통사정했다. 거의 울먹이는 목소리였다. 입원 환자의 외출은 허락이 안 된다며 병원 측에 문의해 보고 통보해 주겠단다, 그나마 가느다란 희망의 줄이 보이는 듯했다. 초조한 가운데에서도 머릿속에서 화학 구조를 그려 보며, 재조립하고 합성하면서 시간과 싸우고 있었다.

9시가 되고 10시가 되는데도 소식이 없었다. 애꿎게 간호사만 달달 볶았다. 10시 10분. 담당 간호사가 달려왔다. 함박웃음이다. 아프면

즉시 입원한다는 조건으로 퇴원이 허락되었단다. 황급히 약 처방전을 받아 들고 아내를 따라 집으로 왔다.

시험을 치르러 가야 한다. 10여 일 동안 아내는 밤잠을 설치며 두 아이를 데리고 병간호를 했다. 아내가 안쓰럽다. 시험 보러 학교에 가야 한다고 말을 꺼낼 수 없다. 지아비가 잘못되기라도 하면, 이제 막 돌 지난 딸과 4살 된 아들을 데리고 낯선 땅에서 혼자 살아가야 할 걱정이 태산 같았으리라. 시험 따위는 안중에도 없을 것이다. 그저 안정을 취하여 건강을 회복하는 일만 생각할 터였다. 그녀를 더는 괴롭힐 수 없었다. 거짓말을 했다. 아내가 점심을 준비하는 사이 약국에 가서 약을 사 와야 한다고 집을 나왔다.

연필 한 자루를 주머니에 넣고 교실로 향했다. 찬바람 도는 교실은 긴장감이 흘렀다. 가슴이 두근거리고 불안감이 엄습했다. 아직 약 기운이 남아서인지 어지럽기까지 했다. 강의를 들어도 이해하기 어려운 과목이다. 강의에 출석도 못하고 친구 노트로만 공부하여 시험을 통과할 수 있을 것인지 자신이 없었다.

시험지가 책상위에 놓였다. 깜짝 놀랐다. '무의식의 법칙', '몰입의 법칙', '우연의 동시성' 이런 모든 것이 작용했을까. 문제 하나하나를 내가 미리 훔쳐나 본 것 같다. 머릿속에서 그려본 그대로이다. 미리 시험 문제를 알고 그것만 골라서 공부하고 시험을 보는 기분이었다.

휘청거리는 몸을 가누며 시험지를 제출했다. 천천히 교실을 걸어 나왔다. 안도의 한숨을 크게 쉬었다. 시험 준비를 할 수 있도록 강의노트를 빌려준 친구, 시험을 볼 수 있도록 배려해준 의사 선생님, 내일처럼 걱정해주던 간호사, 그 누구보다도 가슴조리며 아픈 나를 지켜보던 내 아내. 그들의 얼굴들이 하나하나 스쳐 지나갔다.

　눈보라가 회오리바람을 일으키며 힘차게 하늘로 솟구쳤다. 오랜만에 하늘을 쳐다보았다. 눈이 부시게 푸르렀다.

부동액

    고속도로 갓길에 차를 세웠다. 아나운서의 놀란 목소리가 라디오에서 흘러나왔다. 바람의 영향을 가산하여 오늘 아침 기온이 화씨 영하 64도(섭씨 영하 50도)라고 했다. 1965년도의 기록을 깼단다. 눈 폭풍(blizzard)을 예고하며 외출을 자제하라는 경고를 했다. 얻어 입은 군용 파카를 뒤집어쓰고 차 앞 뚜껑을 열었다. 거센 바람이 받쳐진 뚜껑을 밀면서 차를 뒤집을 듯 마구 흔들어 댔다.

    출발한 지 10여 분이 지났는데, 차 안에 히터가 작동을 안 했다. 엔진 이곳저곳을 살펴보았다. 여기저기 벨트 돌아가는 소리가 바람과 더불어 요란했다. 전문가도 아닌 내가 알 길이 없었다. 휘날리는 눈 싸리기가 얼굴을 갈겨 댔다. 다행히 엔진은 잘 돌아가는 것 같아서 벌벌 떨며 다시 차를 몰았다. 고속도로에는 오가는 차가 나 혼자뿐이었다.

    발바닥부터 온몸이 얼어드는 것 같았다. 허벅지는 맨살이 그냥 얼음에 닿는 듯했다. 뿜어져 나오는 입김이 다시 얼음이 되어 얼굴을 쳤다. 휘몰아치는 바람은 차를 도로 밖으로 던져버릴 것만 같았다.

    고속도로를 내려 지방 도로로 접어들었다. 눈이 퍼붓기 시작했다.

하늘과 땅이 온통 하얗고, 거센 바람은 눈덩이를 차창에 휘갈겼다. 10m 앞이 안 보였다. 앞 유리 와이퍼(wiper)를 최대한 높이로 올렸다. 눈 무게를 견디느라 둔탁하게 씩씩거렸다.

시골길을 달려가는데 어느새 도로는 눈밭으로 변해버렸다. 차선도 오른쪽인지 왼쪽인지 알 수 없었다. 도로 표시가 완전히 사라져 갔다. 평지와 도로가 구분이 안 되고 그냥 눈벌판이었다. 길도 없는 눈 들판을 헤쳐 나가는 기분이었다. 멀리서 앞으로 달려오는 자동차 불빛이 아련히 퍼붓는 눈발 속에 가까워졌다.

오른쪽으로 최대한 비켜섰다. 눈덩이가 차창을 밀어붙이며 가까스로 교차했다. 눈덩이와 차체가 스치는 소리가 귓전을 때렸다. 사고가 일어난 줄 알았다. 급히 브레이크를 밟았다. 지그재그로 미끄러지며 다리 앞 난간을 비끼며 차가 멎었다. 눈발을 뒤집어쓰며 차체 여기저기를 살펴보았으나 별 이상은 안 보였다. 지나간 차 운전사는 경험이 많은 모양이다. 눈보라를 일으키며 저만치 사라져갔다. 따뜻한 LA에서 살던 나에게 이런 눈길 운전은 처음이었다

머리부터 발끝까지 뒤덮인 눈을 털며 약국 문을 들어섰다. 모두 깜짝 놀랐다. 어떻게 왔냐고, "이렇게 위험한데 왜 왔느냐."고 다그쳤다. 학교 수업의 일정으로 3주간 약국에서 실질적인 실습을 하는 인턴 과정이었다. 나에게 배정된 약국은 집에서 30km 정도 떨어진 작은 마을이었다. 약국 안 스피커에서는 눈 폭풍을 예보하며 외출을 자제하라는 경고 방송이 계속 흘러나오고 있었다.

벌써 44년 전 일이 되었다. LA에서 살다가 약학대학 편입 허가를 받

고 사우스다코타 주 부루킹 시에 왔다. 거기서 맞는 첫 번째 겨울인 터라 이런 경고가 무엇을 의미하는지 실감하지 못했다. 오랜 습관으로 어떠한 상황이라도 가능하면 정해진 시간에 출근해야 한다는 생각 뿐이었다. 이런 날씨로 경고가 내리면, 결석이 허용된다는 것을 몰랐다. 그저 충실하게 해야 할 일을 해야 한다는 습관이 위험을 자초하게 했다.

점심때에 자동차 수리점에 들렀다. 물 펌프관이 얼어서 막혔다는 것이었다. 그제야 생각이 났다. 한국에서 약대를 졸업한 나 같은 형편의 5명이 그때 함께 공부하고 있었다. 겨울에 접어들면서 차 '부동액'에 대한 이야기가 오갔다.

한 친구는 어디서 들었는지, 여기서는 100% 부동액으로 채워야 한다고 했고, 다른 친구는 50:50으로 희석된 것을 사용해도 된다고 했다. 나중 친구는 강원도 철원 근방에 있는 수송부에서 군 생활을 했다. 실제 경험자의 주장이기도 하고 돈도 절약할 수 있어서 50:50을 따랐다. 가격차이라야 10불 미만이었지만 당시 한 푼이 아쉬웠던 학생 시절이었다. 그러나 철원 지방에서 경험한 '몹시 춥다'라는 표현만으로는 비교가 안 되는 현실을 몰랐다.

나중에 알게 되었지만, 50:50 물로 희석한 부동액은 섭씨 영하 40도 미만에서 얼고, 65%의 부동액은 빙점이 영하 60도로 최저가 된다고 한다. 그 이상 농도가 올라가면 오히려 빙점이 높아진다니 전문가의 조언을 구했어야 했다.

이곳에서는 겨울철 아침이면 시동이 잘 걸리지 않는다. 그래서 차

배터리 밑에 전열 판을 장착하고 밤새도록 전원을 연결한다. 나중에 알았지만, 많은 사람이 전열 판으로 물 펌프관도 감아 싼다고 했다. 나는 거기까지는 생각 못 하고 배터리에만 전열 판을 장착했다. 10만 마일이 넘는 66년형 오스모빌 고물차에 50:50으로 부동액을 주입했고, 물 펌프 관에 전열 판도 없었으니 영하 50도의 기온에 사고는 당연한 일이었다.

나는 바쁘다는 이유로 사전에 치밀하게 준비하지 않고 살아가는 편이다. 점검하지도 않고 닥치는 대로 밀어붙이는 습성이 있다. 결국 호된 신고식을 치르게 되었다. 부주의에는 그에 상응하는 대가가 따른다는 평범한 진리를 체험한 시간이었다.

눈발이 조금 잠잠해졌다. 퇴근 몇 시간 전이지만, 해지기 전에 서둘러 집으로 돌아가야 한다고 주인 약사가 권고했다. 눈 덮인 벌판을 조심스레 달렸다. "감사합니다.", "감사합니다." 그 말밖에는 할 말이 없었다.

유료 차선을 타면서

얼마 전 리버사이드로 이사 온 후 선택해야 할 일이 하나 더 늘었다. 유료 차선을 타느냐 마느냐 하는 일이다.

오렌지카운티나 로스앤젤레스로 나가려면 91번 프리웨이를 이용하게 되는데, 15번 북쪽 진입로 입구부터 55번 진입로까지 18마일 구간에 유료도로가 설치되어 있다. 이곳은 교통이 혼잡한 구간으로 요일별, 시간별로 책정된 통과 요금이 다르다. $3.55부터 $31.10까지 시간마다 전광판에 게시된다. 사전에 등록하고 전자 칩을 부착한 차만이 이 구간을 이용할 수 있다.

2주 전 토요일, 두 살 되는 외손자 생일 파티로 12시까지 세리토스로 가야 했다. 늦어도 한 시간 전에는 출발해야 하는데, "할비, 할비"하고 부르며 따르는 손자 놈 주려고 이것저것 챙기다 보니 십여 분 늦어졌다. 아직은 토요일 오전이라 별로 교통 혼잡 없이 앞서거니 뒤서거니 차들이 비교적 잘 빠졌다.

유료 도로 입구까지 왔다. 유료 차선 전광판이 보인다. $7.80이다. 왼쪽 두 차선은 요금을 내야하고 오른쪽 네 차선은 일반 프리웨이로 무료이다. 전광판이 보이면 망설여진다. 어느 차선으로 갈 것인가. 오른쪽 차선이 막히지 않고 차들이 쌩쌩 달려가고 있다. 무료 차선을 선택했다. 3마일쯤 달려왔는데 조금씩 막히기 시작하더니만 차마다 뒤꽁무니에서 빨간 불이 별빛처럼 반짝였다. 유료 차선을 선택할걸, 하고 후회했다. 짜증이 났다. 두리번거리며 '할비'를 찾을 손자 녀석이 눈앞에 어른거렸다.

자책하기 시작했다. 그까짓 7불 때문에 이렇게 안절부절못해야 하는가. 거기다가, "오빠! 사람이 왜 그렇게 쩨쩨해요. 오빠 네가 돈 7불이 없어서 못살아요! 제발 좀 치사하게 굴지 말아요."라고 뒷좌석에 앉아 있던 여동생이 한마디 던졌다. 화가 머리끝까지 올랐다. 얼굴이 붉어지고 목덜미에 굵은 심줄이 꿈틀거린다. 떨리는 목소리로 내뱉었다. "그래, 너 잘났다 잘났어."

사실 지금은 동생 말대로 그 정도 비용은 대수가 아니다. 그러나 어려웠던 지난날의 삶을 생각하면 1불이라도 낭비할 수 없다. 대학 시절 학교 가는 길에 전차 탈 돈이 없어서 종로 5가에서 명륜동 길을 터벅터벅 걸어 다녔다. 자취에 아르바이트로 허기진 배를 달래며 풀빵 몇 개로 끼니를 때우기도 했다. 자수성가라는 듣기 좋은 이름 아래 배는 얼마나 굶주렸으며, 잠자리를 찾아 친구 하숙집 신세를 진 날은 또 몇 밤이었던가. 십 원, 백 원이 없어서 입에 풀칠도 할 수 없는 가난을 눈물로 겪으면서 살지 않았던가.

그러다 보니 아끼는 삶이 몸에 뱄나 보다. 아끼며 살았다고 생각했는데 그것이 인색한 삶으로 나타나지는 않았나 되돌아보게도 된다.

아낀다는 것과 인색하다는 차이는 무엇일까. 나의 즐거움과 편안함을 위해 비용을 줄이는 것을 아끼는 것이라고 한다면, 남에게 베풀어야 할 몫을 제대로 베풀지 않는 것을 인색하다고 하는가. 돌이켜보면 그동안 시간과 재능으로 이웃을 돕기는 했지만, 물질로는 별로 돕지 못했다. 가난에 찌들며 살아온 삶 때문에 단돈 몇 푼에 벌벌 떨었다. 그렇더라도, 낭비하지 않고 저축하며 알뜰살뜰 살아온 나의 삶을 이제 와서 치사하다고 탓하고 싶지는 않다.

어쩌면 우리는 모두 계산적인 삶을 살고 있는지 모른다. 자신에게 득이 되는 사람을 좋아하고 손해를 끼치는 사람을 멀리한다. 시간을 투자할 가치가 있는지, 돈을 쓸 이유가 있는지, 나를 행복하게 할 수 있는지 계산하고 선택한다. 선물을 주면서도 받을 것을 생각한다. 십시일반(十匙一飯)으로 도움을 주는 아름다운 부조금이 주고받는 계좌로 변했다는 생각도 든다.

퍼주기만 하는 사람, 얻어먹기만 하는 사람, 아니면 적절히 계산하는 사람. 나는 후자에 속하는 것 같다. 행동할 때는 언제나 따지게 된다. 이건 사치일까 낭비일까, 도와줄 가치가 있을까, 내게 도움이 될까 계속 머리를 굴린다. 돈을 버리고 친구를 택하면 '의리가 좋다'고 한다. 그러나 이것도 실제는 돈보다는 친구가 더 좋다고 계산한 결과는 아닐까, 라는 생각도 든다.

능력 있고 직업 좋고 재산 있는 사람을 찾아 연애하고 결혼하면 계산에 밝은 속물인가, 아니면 똑똑하고 야무진 건가. 뭐가 뭔지 모르겠다. 그냥 아무 계산 없이 몸 따라 마음 따라 살 수는 없을까. 그러면 손해만 볼 것 같다. 배신당할지도 모른다. 그래도 알아주는 사람이 있지 않을까. 어떻게 보면 이것도 또한, 돈이나 다른 사람보다 자기 자신을 인정받고 싶은 마음이 더 중요하다는 것을 계산한 결과는 아닐까.

지난주 일어났던 일을 염두에 두고, 이번에는 차가 막히지 않아도 유료 차선을 선택했다. 그러나 이번에는 10마일을 다 가도록 무료 차선의 차들은 그저 몇 번 꽁무니에 잠깐 빨간 불이 들어올 뿐 잘도 달린다. 그러나 이미 전자 칩으로 9불 40전이 지급됐다. 아깝다는 생각이 스쳤다.

유료 차선을 달리는 다른 사람을 바라본다. 저들도 나처럼 망설였을까. 아니면 편리하다고 생각하며 즐기고 있을까. 다른 한편으로 무료 차선을 달리는 사람은 어떠할까. 매일 출퇴근하며 막히는 차에 화도 내보고 투덜거려도 보지만, 경제적으로 선택의 여지가 없는 자가 대부분이리라. 참고 견디며 내일을 준비하리라 본다. 돈 있으면 편리하고 여유롭게 살 수 있다는 자본주의의 한 단면을 보는 것 같아 입가에 쓴 웃음이 번진다.

그래도 나는 선택할 수 있는 여유라도 있지 않은가. 칠순을 넘은 이즈음이 되니, 절약만 하려던 생활에서 여유를 찾고 편리한 쪽을 따라가려는 생각이 나를 이끈다. 이제는 나누고 베푸는 삶으로 바꾸어가야 하지 않겠나. 생각해 보면 내가 잘나서 여기까지 온 것이 아니지 않은가. 밥 한 끼, 우유 한 통, 하룻밤 잠자리 등 작고 큰 도움을 받아왔다. 지금도 누군가는 어디에서 힘든 삶을 살고 있으리라. 세상은 서로 도우며 돌고 돈다. 한 번에 큰 것으로 돕겠다고 뒤로 미루기만 하는 나는 어쩌면 돕기를 주저하는 속마음을 그럴듯하게 속이고 있는지도 모른다.

　유료 차선이 나에게 가르침을 준다. 막히면 유료 차선을 타고 안 막히면 무료 차선을 타라. 그다음에야 어떻게 되든 간에. 마치 도움이 필요한 사람이 있으면 그 자리에서 도와라. 그 다음은 생각하지 마라, 하는 듯하다.

　오늘도 망설임 속에서 그럴듯한 이유 하나를 내세우고 유료 차선으로 들어선다. "찰깍" 전자 칩 스캔 소리가 살짝 가슴을 흔들고 지나간다. 그래도, 이제부터는 여유롭게 살고 그때그때 베풀며 살련다. 신이 나게 달린다. 다닥다닥 밀리는 오른쪽 차선을 바라보니 한결 흐뭇하다.

8부 능선을 따라가라

　비 갠 저녁나절, 파란 겨울 하늘을 배경으로 앞산의 등고선이 뚜렷하다. 학군단 유격 훈련으로 야간 산행을 할 때였다. '적에게 노출되지 않도록 산등성으로 따르지 말고 8부 능선을 나라가라'는 교관의 명령이 생각난다.

　그런데도 산등성을 타려고 애써온 것 같은 지난 일들이 떠오른다. 1984년, 이민 온 약사들에게 뜻밖의 기쁜 소식이 전해졌다. 미국에서 약학대학을 졸업하지 않고도 평가 시험을 거쳐 약사 면허 시험을 볼 수 있는 제도가 시작됐다. 가주 한인 약사회를 중심으로 평가 시험 준비반을 마련했다. 미국 약학대학을 졸업하고 가주 약사 면허를 소지한 몇몇 뜻있는 임원들이 자진하여 교수진이 되었다. 나도 강의를 맡기로 했다.

　일차로 한국 약사 면허를 가진 50여 명이 등록했다. 그동안 이런저런 막일로 쪼들린 얼굴들이었다. 당시, 이민국에서는 외국인 약사 자격증을 가진 자에게 취업 조건도 없이 이민을 허가해 주었다. 하지만 가주 약정국에서는 한국 약사의 자격을 인정하여 주지 않았고 면허를 위한 시험조차 허락하지 않았다. 약학대학이 한국은 4년 학제였고 미국은 5년 과정이었기 때문이었다. 비행기에서 내리는 순간부터 무작정 상경한 복남이, 복순이의 신세가 될 수밖에 없었다.

그러나 이제는 약사 면허 시험을 볼 수 있게 되었다. 수강생들의 벅찬 기대가 강의실에 충만했다. 녹슨 뇌세포를 씻으며 공부해 보려는 30~40대의 늦깎이 학생들이었다. 종일토록 일하고 지친 몸으로 야간 수업에 앉아 있었지만, 그들의 눈동자는 희망으로 반짝거렸다.

1975년 이민 온 다음, 나도 일 년여 공장에서 시간당 3불짜리 노동자로 일했다. 그 후 여러 어려운 과정을 거치면서 1978년, '사우스 다코다' 약학대학을 졸업했다. 당시는 LA 근교, 노르왁(Norwalk) 시에서 약국을 경영하고 있었다.

1시간 강의를 위하여 2~3시간 이상의 준비가 필요했다. 새벽 4시부터 일어나 배웠던 교과서와 참고 서적을 뒤적이며 강의를 준비했다. 종일 약국에서 일하고 서둘러 문을 닫고 교통지옥에 시달리며 LA까지 올라갔다. 밤 10시에 강의를 마치고 파김치가 되어 집에 돌아오면 11시가 넘었다.

미국에서 약사가 되고 싶었던 지난날을 생각하며, 약사가 될 기회를 저들에게 주고 싶은 마음이 간절했다. 처음 시행하는 평가 시험이라 준비하는 데 어려움이 많았다. 문제의 출제 경향도 모르고 시험 범위 또한 막연하다. 필요하다고 생각되는 자료들을 찾아서 쉽게 알아듣도록 설명해 주는 것은 만만한 일이 아니었다.

가르치기를 좋아하는 터라 자신의 열정에 빠져 힘든 줄 모르고 최선을 다했다. 그런데 나의 신경을 건드리는 일이 있었다. 나로서는 정해진 강의 시간이 넘도록 열을 올리는데, 그런 것은 아랑곳없이 10시만 되면 자리를 뜨는 몇몇 학생이 있었다. 속에서 화가 치밀어 올랐다. 내가 이렇게 열심히 준비하고 성의를 다하여 가르치는데, 강의도 끝나기 전에 자리를 떠나다니…….

　그러나 그들도 그들 나름의 사정이 따로 있었다. 남편이나 자식이 끝나는 시간에 맞추어 주차장 밖에서 밤늦게 기다리고 있었다. 각박한 이민 생활에 모두 어쩔 수 없이 시간에 쫓기고 있었다. 나는 열정에 취하여 나만을 최고로 받들어주기를 바랐던 모양이다. 열정을 쏟아 붓는 만큼의 심리적 보상을 기대한 것이리라.

　어느 날 있었던 일이다. 그날도 교실이 떠나가도록 큰 목소리로 열을 내며 가르치고 있었다. 모든 학생이 열의에 찬 눈으로 나를 따라 움직였다. 그런데 뒷좌석의 한 남자는 시큰둥한 표정으로 눈도 마주치지 않고 시계만 자주 바라보았다. 나는 맥이 빠졌다. 그 남자에게로 자주 시선이 갔다. 마저 한 사람까지도 관심을 끌어내기 위하여 전력을 다하였다. 그러나 끝내 그는 끝날 시간만 기다리는 무표정이었다.

　그날이 가장 힘든 날이었다. 허무감으로 숨 죽인 배추가 되어 축 처져 집에 돌아왔다. 당장 그만두고 싶은 심정이었다. 나중에 알았지만, 그는 수강생 아내를 데리고 와 교실에 앉아 시간이 끝나기를 기다리고 있던 남편이었다. 남의 형편을 살피며 배려하기보다는 인기를 얻고 싶은 욕심이 앞섰는지도 모르겠다. 산등성 위로 우뚝 드러나서 인정받고 존경받고 싶은 마음뿐이었던 모양이다.

이제 은퇴하여 삶의 뒤뜰에서 되돌아보면, 지난날은 그저 앞만 보고 달려 온 힘겨운 삶이었다. 잠시 멈추어 20%의 여유를 갖는 삶을 생각해 본다. 남을 도와도 아직 20%를 덜 도왔다고 생각해 보자. 그러면 기대에 따른 서운함과 보상에 따른 원망함도 덜 할 것 같다. 자신을 위한 일에도 8할에 만족하면 여유를 즐길 수 있지 않을까. 이제는 더 이상 인정받기를 원하지 말자. 남보다 드러나기를 바라지도 말자. 자족하며 살자. '그래도 괜찮아'하고 자신을 다독거릴 수 있다면, 삶은 풍요롭고 즐거워지지 않겠나.

요즈음은 가끔 설거지를 도와주어도 한두 개 그릇을 남긴다. 어쩌다 설거지를 해주어도, '저 양반은 설거지 한번 안 해준다'고 자기들끼리 푸념하는 여성 특유의 불평을 들을 때에는 괜히 마음이 편치 않다. 금성인(?)은 자기가 원하는 만큼 해 주지 않았을 때, '한 번도 안 해준다'라는 말투를 쓴다고 누군가 말했던가. 어쨌든 한두 개 남겨 놓으면 설거지를 다 한 게 아니므로 그런 소리를 들어도 속으로 편히 웃을 수 있다.

노을이 지는 붉은 하늘을 배경으로 산등성이 선명하게 드러난다. 어둠으로 가려진 8부 능선을 바라보며, 8부 능선에 숨겨진 삶의 지혜를 깨달아 가는 황혼의 시간이 오고 있나 보다.

숨어 있는 귀인(貴人)

1978년, '사우스다코타 약대'를 졸업하고 LA로 돌아왔다. 약사 인턴 자리를 찾아 나섰다. 인턴 시간은 전체 1,500시간인데, 여름방학 동안 놀지 않고 열심히 일한 덕에 300여 시간만 남았다. 2달이면 끝낼 수 있다고 대수롭지 않게 여겼다.

그러나 현실은 달랐다. 잠깐 일하고 떠날 사람을 고용할 고용주가 없었다. 신문 구인란을 매일 점검하고, 세이본(Sav-on), 스리프티 (Thrifty) 같은 대형 약국 체인에 이력서를 제출했다. 아무 소식이 없었다.

당시 내가 머무르고 있는 부에나 팍 시를 중심으로 플러턴, 라팔마, 에나하임 시에 있는 약국 하나하나를 직접 방문하며 일자리를 찾아다녔다. 그때는 한인 약국이 LA 한인 타운에 2개뿐이었다. 무료 봉사로 신청을 해도 고용해 주지 않았다. 일하는데 거추장스러울 뿐 도움이 안 된다고 생각하는 모양이었다.

이민 초창기 LA에서 이런저런 육체노동을 하며 살다가, 약사 편입을 받아 준다는 소식을 듣고 사우스다코타까지 갔다. 네 살 된 아들과

백 일된 딸을 키우며 어렵게 졸업하고 다시 왔는데 시작부터 막혔다. 당장 식구를 먹여 살려야 하고, 아파트 월세를 내야 하는데. 그리고 학자금 대출도 갚아야 하는데 막막하기만 했다.

지금까지 학교 성적은 남에게 별로 뒤져 보지 않았는데, 취직의 두꺼운 벽을 만나고 보니 좀 당황스러웠다. 공부는 잠자는 시간을 줄여서라도 내가 하면 된다. 그러나 취직은 내 손 밖의 일이었다. 지금까지 어려운 고비를 많이 넘기며 살아왔지만, 이렇게 캄캄한 벽에 부딪히는 무력감은 이번이 처음이었다. 어렵게 대학을 졸업하고도 일자리를 구하지 못하여 방황하는 젊은이들이 이렇게 허망해하는 걸까. 허망이 더하여져 좌절에 이르고, 이 좌절이 삶을 포기하게 하기도 하지 않던가.

그동안은 학교 수업 과정으로 지정된 약국에서 인턴을 하였고, 여름방학에는 구직난 광고를 보고 아이오와주 'Des Moines' 시까지 찾아갔다. 그곳 병원 약국에서는 환자 대면 없이 약품만을 다루면서 일했다. 그런 관계로 언어 때문에 겪는 어려움은 별로 없었다.

지금은 상황이 달랐다. 자신을 돌아보았다. 스페인어도 못하고, 타이핑은 25wpm도 안 되었다. 당시는 컴퓨터가 없을 때라 타이핑으로 모든 처방전을 처리할 때였다. 그렇다고 영어를 유창하게 하는 것도 아니었다.

미국에서 대학을 졸업할 때가 되면 언어 소통은 문제가 없을 줄 알았다. 영어를 배우겠다고 기숙사에서 젊은 학생과 룸메이트를 해 본 선배가 있었다. 한 학기가 지나도록 'Good Morning' 세 번 해 본 것이 대화의 전부였다고 허탈하게 웃었다.

나 역시 도서관에서 책과 씨름하며 어린 녀석들을 키우며 공부하다 보니 일상 회화를 익힐 겨를이 없었다. 처음 미국에 도착했을 때보다 별로 나아진 것이 없는 형편이었다. 내가 고용주라도 선뜻 채용해 줄 수 있는 영어 실력은 아니라는 생각이 들었다.

더구나 1,500시간이면 배우는 과정을 빼고도 고용주에게 도움을 줄 수 있는 기간이 있지만, 300시간만 마치면 떠날 사람을 반길 이유가 없었다. 300시간 정도면 쉽게 마칠 수 있으리라는 안일한 생각은 큰 오산이었다. 그러나 이렇게 주저앉을 수만은 없었다. 바닥이라면 이제 발을 딛고 다시 일어서야 했다. '눈 뜬 사람 코 베어 긴다'는 살벌한 서울에서도 책가방 하나 들고 4년간 대학을 마치지 않았던가.

3월이라 봄비가 부슬부슬 내렸다. 우산도 없이 하염없이 걷다 보니 인근 공원이 보였다. 연못가 빈 벤치에 앉아 멍하니 호수의 울렁거림만 바라보았다. 빗방울이 방울방울 파문을 일으킨다. 새끼 오리 몇 마리가 "끼억 끼억" 하며 어미를 따른다. 먹이 찾는 법을 배우는가 보다. 저 중에 한 마리는 혹시 백조 새끼가 아닐까.

그때다. 젖은 옷 속으로 찬바람이 스며든다. 으스스했다. 벌떡 일어섰다. 아버지 산소 앞에서 '눈물을 흘릴지언정 울지는 않겠다'고 다짐하지 않나. 그래, 처음부터 다시 시작하는 거다. 지금은 미운 오리 새끼처럼 보일지 몰라도 나는 백조 새끼가 아닌가. 내가 필요한 곳이 어딘가에는 있을 것이다.

마음을 다잡고 집으로 돌아오는 길에 허술한 약국 간판이 눈에 들어

왔다. 살고 있는 아파트 근처였다. 작은 사무실 건물 안에 위치한 외진 약국이었다. 주위에 병원도 의사 진료소도 없었다. 인턴을 고용하려면 어느 정도 처방 수가 있는 바쁜 약국이어야 하는데, 그렇게 보이지 않아서 집 가까이에 있었으나 그동안 거들떠보지도 않았던 곳이었다.

뜻밖이었다. 주인 약사가 10여 년 전에 사우스다코타 약대를 졸업한 선배였다. 동양인 느낌을 주는 백인이었다. 사우스다코타 '러시모어 국립 기념 공원' 대통령 조각상을 구경하러 온, 남가주 아가씨를 우연히 만나서 이곳에 정착하였다고 했다. 자기는 빵보다는 쌀을 주식으로 한다며 코끼리 전기밥솥까지 보여주며 친근감을 보였다.

부근 주택의 고객들이 오랫동안 단골로 이용하고 있었다. 바쁘지 않은 약국이라 보조원도 없이 혼자 운영하고 있었다. 개업하고 지금까지 10여 년 동안 휴가 한번 가보지 못했단다. 빨간색 스포츠카 '닛산 280Z'를 자랑하며 휴가 가고 싶단다. 약사 면허를 받으면 자기가 휴가를 갈 수 있도록 2주 동안 약사로서 일해 주는 조건으로 나를 인턴으로 받아 주었다.

어쩌면 하나님은 나의 영어 실력을 고려하여 바쁘지 않은 약국에서 훈련을 시키려고 예비한 모양이었다. 아파트 월세도 해결하고 걸어서 출퇴근할 수 있는 가장 적합한 자리를 마련한 셈이 되었다.

그런데 섬뜩했다. 조제대 위에 권총이 한 자루 놓여 있고, 열린 서랍 속에 또 한 자루가 보였다. 두 번이나 권총 강도를 당하고 나서 준비한 방어용이란다. 두 번째 당했을 때, 바닥에 엎드리게 하고 총을 머리에 겨누었을 때는 화가 치밀어 육탄전이라도 벌리고 싶은 충동을 겨우 참았다고 했다. 또다시 당하면 이번에는 무슨 일을 벌일지 모르겠다고 치를 떨었다.

위치가 외지고 약사 혼자 근무하고 있었으니, 강도들에게는 좋은 목표였음이 분명했다. 이들은 현금이 아니라 마약 계통의 진통제가 목표인 경우가 많았기 때문이다.

그러나 거기까지 신경을 곤두세울 형편이 못 되었다. 체구도 작은 동양인이 말도 더듬거리고 혼자 약국에서 일하고 있다는 소식이 알려지면 저들에게는 영 순위 먹잇감이 될 것이 뻔했다. 그러나 당장 아파트 비용을 감당해야 했고 식구들을 먹여 살려야 했다. 더구나 인턴 시간을 끝내야 하는 절박한 때가 아닌가. 무슨 일이 생기면 반항하지 말고 원하는 것 다 주더라도 몸만 상하지 말라고, 선배는 나를 안심시키며 넌지시 헛웃음을 했다.

하나님이 준비한 자리라면 하나님이 지켜 주시리라 믿어야 했다. 우범 지대에서 권총을 준비하고 술을 파는 상점(liquor store)을 인수하는 분들의 심정을 이해할 수 있을 것 같다. 몇 번 사고를 당하여서 어쩔 수 없어 가게를 파는 줄 알면서도, 돈이 무엇인지 그 사업을 인수한다. 총을 준비하고 방탄조끼를 입고 주위를 두리번거리며 매일 두려운 마음으로 가게 문을 연다.

나로서도 일자리를 얻은 것만으로 감지덕지해야 했다. 숨어 있는 귀인(?)을 만난 기분이었다. 약국 문을 나서면서 지난날을 돌이켜 봤다. 책가방 하나 들고 상경하여 고학으로 대학을 졸업했다. 태릉에서 시작하여 학교 실험실에서 기거하며 졸업하기까지 어려움과 급박함을 겪어왔다. 아무리 생각해 봐도 내가 혼자 이루어낸 일이 아니었다.

고비마다 하나님의 손길이 있었다. 내게 도움 줄 사람을 만나게 했다. 감사가 감사로 이어지는 하나님의 은총에 따라, 험난해 보이는 세상 속에 길이 있고 빛이 있음을 체험했다. 이런 과정 중에 환란과 고통을 인내하며 성장해 왔다. 은혜 받은 자로서 나는 빚진 자이다. 무섭고 두려움을 넘어 감사함으로 견뎌보련다.

이제 약사의 길에 들어섰다. 나도 누군가에게 빛이 되어주는 삶, 귀인이 되어주는 삶을 살아야 한다는 생각을 다시 한 번 깊이 새겼다. 뻥 뚫어진 마음에 '야호'하면서 약국 문을 나섰다.

악센트 있는 삶

1975년, LA에 이민 와서 첫 아파트를 구했다. '가스 계좌'를 열기 위하여 '남가주 가스회사'를 찾아 나섰다. 전화 한 통화로 개설할 수 있는 것을 왜 직접 회사까지 찾아갔는지 기억이 없다. 아마도 서툰 영어로 통화할 자신이 없어서 그랬으리라.

바쁜 이민 생활의 톱니바퀴에 물려있는 친구의 도움을 받기가 쉽지 않았다. 다행히 한국에서 2주 코스로 이민 준비 과정을 학원에서 받고 왔다. 미국 현지 생활 전반에 걸친 기본 교육이었다. 이 정보를 믿고 혼자 힘으로 한 가지씩 일을 처리해 나가고 있었다.

찾고자 하는 주소는 321 South Hill Street이었다. 시내버스를 타고 다운타운에 내렸다. 건널목을 몇 개 지나는 데도, Hill street를 찾을 수 없었다. 바삐 지나가는 노신사 한 분을 불러 세우고 물었다.

"웨얼 이즈 힐 스트리트(Where is Hill street)?"

"what?"

"힐 스트리트." 한 자, 한 자 띄어서 다시 말했다. "힐·스·트·리·트."

"what?"

짧은 두 단어인데 무슨 말인지 알아듣지 못한다. 종이쪽지를 꺼내 펜으로 적었다. 'hill street' 그러자 "오오! 히얼 스트리트"하며, 미소 짓는다. 손가락으로 가리키며 뭐라고 한다. 'go'란 말만 알아듣겠다. 조금만 그대로 더 가라는 뜻인 것 같았다.

너무도 황당했다. 간단한 단어 하나 'hill'을, 알아듣지 못하는 영어로 말하고 있음을 알았다. 'L' 발음이 어려운 것은 알고 있었지만, 그보다는 'I'에 악센트를 주어야 함을 몰랐다. 영어에 악센트가 중요하다는 것은 중학교 때 영어 공부를 시작하면서부터 배웠다. 그러나 한 음절로 된 단어에 악센트를 붙여야 하는 줄은 몰랐다. 한 음절로 된 단어 일지라도 거기에 악센트를 주어야만 영어 발음이 되고 상대방이 알아들을 수 있었다.

이제야 알겠다. 내가 말하는 영어를 저들이 왜 알아듣지 못하는지를. 영어로 말하는 것이 아니라 한글로 읽는 것이리라. 종이에 우리말로 옮겨 적을 수 있는 영어 발음은 한글이지, 영어가 아니지 않는가.

이들의 언어는 한 음절 단어에도 악센트를 사용해야 한다. 그래야 소통이 가능하다. 우리의 삶 또한 그렇지 아니한가. 일 년이 아니라, 한 달이 아니라, 오늘 하루, 지금 시각, 이 순간에 악센트를 주는 삶. 이러한 삶이 우리를 풍요롭게 만들고 서로 소통하게 하는가 보다.

부부 사이에서도 그렇지 않은가. 1년 365일 중 한 음절인 오늘, 생일, 결혼기념일에 악센트를 주지 않는다면, 소통이 단절된다. 그날에 악센트가 없으면, 내 마음 아니 내 말을 알아듣지 못한다.

어느 해 밸런타인데이, 퇴근 후 늦게 빈손으로 집에 갔다가 문전에서 아내에게 구박받았다. 장미 한 송이를 사러 어두운 밤길을 헤매다가 터덜터덜 그냥 돌아오고 말았다. 말이 통하지 않았다. 그때의 구겨진 모습에서 악센트의 힘을 알았다.

특별한 날뿐만 아니라 단조로운 일상, 흘러버리기 쉬운 인연, 이들 한 음절(?)에 악센트를 준다면, 삶은 그만큼 활기차고, 의미 있고, 재미있어지지 않겠는가.

지금도 이따금, 그 노인과의 대화가 생각난다. 잘살아 보겠다고 찾아온 이 땅. 여기서 그런 악센트 있는 삶을 배우며 살아가라는 의미 있는 시작이 아니었을까.

감사는 반감되고 기대는 배가 되다

설 명절인데도 멀다 바쁘다는 핑계로 얼씬도 하지 않는 아들놈이 밉다. 주위에는 아들이나 딸 자랑하는 친구들이 많다. 환갑에 렉서스 한 대를 선물로 받았다, 알래스카 유람선 여행을 시켜주었다는 등등 자랑으로 입에 거품을 문다. 그들을 보면 하나같이 자식들을 위하여 많은 것을 베풀어주었다.

새벽부터 밤늦게까지 힘들게 일하면서도, 의대 전 과정의 학비를 대어 주었거나, 집을 한 채 사 주었거나 생각 이상의 것을 선물했다. 그러고 보면 나는 별로 해준 것도 없이 바라기만 하는 욕심쟁이인 것 같다.

친구 K가 생각난다. 1975년, 내가 LA 땅을 밟고 이민 생활을 시작한 것이 그의 권유 때문이었다. 그는 친구들 사이에 의리의 사나이로 알려져 있었다. 그는 이민 1년 차로 맞벌이 부부로 일하며 4살 난 어린 딸과 함께 힘겹게 살아가고 있었다. 나는 이민 이삿짐을 화물선으로 동부 뉴저지로 보내고 이 친구를 만나보고 가려고 KAL로 LA를 경유했다. 그날 밤 술잔이 오가며 정착지를 LA로 바꾸는 웃지 못할 일이 일어났다.

속초에서 고등학교를 졸업하고 대학에 들어갈 때, 학교는 서울 종로구 명륜동에 있는데 태릉 이모 댁에서 학교생활을 시작했다. 연고가 있는 곳은 거기밖에 없었다. 그때는 그래도 책가방 하나에 내 몸만 건사하면 되었을 때다.

그러나 수만 리 떨어진 미국 땅에 이민을 가는 일이다. 전 재산 $1,800을 들고 3살 난 아들을 데리고 가족의 생계를 책임지며 살아야 한다. 나름대로 미 대사관 도서실에 드나들며 자료를 수집하고, 미국 생활 세미나 반에 등록하여 강의도 들었다. 여기저기 수소문하여 정보를 입수하여 결정한 곳이 처사촌이 살고 있는 뉴저지 주였다.

그런데 하룻밤 사이에 뜬눈으로 새우며 정착지를 바꾸었다. 친구의 설득력이 좋아서였을까. 친척보다 친구 곁이 더 믿음이 간 것인가. 넓은 땅에 너무도 많은 선택 때문에 불안하던 마음이 방향을 잃고 방황하고 있었던가. 대학 4년 동안 입주 가정교사로 한 곳에 안주하지 못하고 여기저기 떠돌이 생활을 하면서 순간순간 결정으로 현실에 적응하며 살아오던 나의 삶이 어처구니없는 일을 저지른 것이리라.

다음날 비행기 표를 취소하고, 아파트를 구하고, 이삿짐이 행선지에 도착하기도 전에 다시 LA로 도착지를 바꾸고, 이렇게 엉뚱하게 이민 생활을 시작했다. 그 후 그는 바쁜 중에도 짬을 내어 운전 교습, 직장 알선, 심지어 장보기까지 세세히 가르쳐주고 안내해 주었다.

"아빠, 졸려. 신문지 깔아줘."

저녁을 먹고 나면 딸이 하는 말이란다. 침대도 없는 단칸방에서 지내던 이민 초기 생활의 단편을 말해 주는 상황이다. 그는 낮에는 주유소에서 펌프맨으로 일하고, 밤이면 빌딩의 청소를 했단다. 염산, 클로락스 등의 강한 화학 약품으로 빌딩 바닥을 문질러 닦고 왁스로 윤을 내는 작업은 육체적으로 아주 힘들다고 소주잔을 비우며 털어놓았다.

약사 가운을 입고 조제와 상담만 하다가, 해보지도 않던 육체적 노동이 힘에 겹기도 하지만 언제까지 이런 일을 해야 할지 막막한 것이 정신적으로 더 무거운 짐이라고 한숨을 내쉬었다.

당시에는 약사 자격증과 2년 이상의 경험만 있으면 취업 조건도 없이 약사 이민을 허락해 주었다. 그러나 의사나 간호사와는 달리 막상 현지에서는 약사 면허를 취득할 시험조차 볼 수가 없는 실정이었다. 한국은 약대가 4년제이고 이곳은 5년 또는 6년이어서 약대를 다시 졸업해야 했다.

다행히도 그는 그 후 비타민 공장에 취직이 되어 근면하고 성실하게 일한 덕분에 팀장으로 인정을 받았다. 그가 본보기가 되어 그의 소개로 나는 그가 다니는 비타민 제조 회사에 취직이 되었다. 그 후 약학대학에 편입되어 회사를 그만둘 때까지 선후배, 친구 등 여섯 명과 함께 일 년여 그곳에서 일했다.

2년 후 공부를 끝내고 돌아와서 그와 한잔했다. 내가 떠난 후에도 그로 인하여 20여명의 한인 약사들이 그 회사에서 일자리를 구할 수 있었다고 한다. 넘쳐나는 일감에 1.5배의 시간외수당을 받으며 만족해하면서 서로 잘 어울렸단다.

시간이 지나면서 조금씩 변화가 있었다. 그를 신임하고 밀어주던 관리자는 다른 회사로 옮겨 갔고, 20여 명의 한인 약사들은 이런저런 일로 불만이 커지고, 노조위원장 격의 일을 담당했던 그와 말다툼이 자주 생겼다고 한다.

서로가 이민 생활에 조금씩 익숙해지면서 감사는 반감하고 기대는 배가되는 삶의 속성들이 드러나기 시작했나 보다. 어려운 삶의 고통을 통하여 밀착되었던 관계는 생활이 나아지면서 조금씩 금이 갔고, 그의 도움을 받던 주위 여러 선배, 후배, 친구들은 결국 그와 다투며 하나씩 떠나갔다.

도움을 받으며 때로는 도움을 주며 살아온 나의 삶을 돌아보아도 그렇다, 더는 바라지 않더라도 주는 것만큼은 받고 싶은 것이 사람의 마음이다. 그러나 이 또한 뜻대로 되지 않는 것이 세상인심 아닌가. 도움을 준 사람은 시간이 갈수록 자기가 준 도움이 크게만 느껴지고, 도움을 받은 사람은 감사한 마음이 반감되어 가며 어느 시점에서는 흔적만 남는다. 나에게도 상대방의 도움이 간섭으로 느껴지던 때가 있었다.

시키는 대로, 안내해 주는 대로 고분고분 따라 하다가 점점 나를 주장하기도 하고 내 뜻대로 하려고 했다. 어려울 때 받은 도움을 하찮거나 당연한 것으로 여길 때가 있었다. 결국 서로 사이에 조금씩 협곡을 만들어 가다가 돌이킬 수 없는 분열이 일어났다.

"너 어려울 때 내가 너를 어떻게 도와주었는데 이제 와서 배은망덕이야!" 하면,

"내가 너 졸개냐? 항상 이래라 저래라 하게." 하며 분노에 차서 돌아섰다.

시간이 지나면서 사소한 말다툼으로 시작하여 다시는 얼굴도 보기 싫다는 말을 남기고 갈라섰다. 그래도 나의 경우는 얼마 후에 소주잔을 기울이며 화해할 수 있어서 얼마나 다행인지 모른다.

주위를 돌아보면, 어려울 때 도움을 받고도 사소한 감정 때문에 평생을 두고 원수처럼 지내는 사람들이 생각보다 많다. 양쪽 말을 들어 보면 그런대로 이해가 간다. 상처를 받았지만 언젠가는 화해할 수 있으면 좋으련만.

관계의 방정식은 어렵다. 여러모로 각기 다른 사람이 가까워지면서 서로의 사이에 간격이 줄어들고 경계에 접어들면, 호호 하하 내 것, 네 것이 없어지는 듯하다. 그러면서 나도 모르게 쉽게 그 선을 넘어 버리고 만다. 상대가 허용하거나 양보하는 선까지는 아슬아슬하게라도 관계가 유지되는데, 그 선마저 넘어 버리면 무례가 되고 무시가 되고, 자존심까지도 앗아가는 오만으로 느껴지나 보다. 어떤 누구로부터도 지켜지고 존중되어야 할 공간이 침범당하면 용납하지 않게 된다.

빈 배가 나를 받으면 문제도 되지 않을 일인데, 그 빈 배에 누군가가 타고 있으니, 상황이 달라진다. 열정을 다하여 마냥 도와주고도 마음에 상처만 남았을 그를 헤아려 본다. 가슴 아픈 일이다.

인간관계를 난로와 비교한 글이 생각난다. '너무 가까우면 데거나 뜨거워 피하게 되고 적당한 간격을 유지 할 때 그 따스함을 즐기며 고마워할 수 있다'고 했다.

아들 녀석도 적당히 선을 지키고 있나 보다. 손주 녀석들이 눈에 어

른거리지만, 나도 사랑이 지나쳐 집착되고 구속이 되지 않도록 멀리
서 지켜만 봐야 할까 보다.

토끼 용궁 다녀온 날

 맘모스 호수 산장에서 진행된 3박 4일 문학 여행이 끝났다. 이런저런 뒷이야기를 나누며 6시간이 지루한 줄 모르고 LA에 도착했다. 서쪽 하늘에 황혼이 붉은빛을 여리게 남기고 사라지면서 저녁 어스름이 밀려오고 있었다.

 단체 버스에 합승했던 일행과 주차장에서 작별 인사를 나누고 내 차에 올랐다. 며칠 주차해 둔 차 안은 열기로 가득했다. 처음 다녀온 낯선 일정이 끝났다. 갑자기 피곤이 몰려왔다. 온몸이 숨죽인 배추 모양 축 늘어졌다.

 고속도로에 진입했다. 시내에서는 느끼지 못했는데, 어두움이 깔리기 시작하면서 도로 옆 커다란 사인(sign) 판에 길 이름이 잘 보이지 않는다. 자주 다니던 길이라 어디쯤인지 대강 짐작은 하지만 점점 더 시야가 흐려지면서 글자를 식별할 수가 없다.

 벌컥 겁이 났다. 내 눈에 무슨 일이 일어난 것일까. 안과 검진을 받은 지 일 년도 되지 않았다. 백내장이 약간 진행되고 있지만 별로 문제는 없다고 했다. 다른 이상이 없다고 하여 시력 검사로 안경만 새로 바꾸었다. 그런데 이렇게 시력이 갑자기 나빠질 수가 있나. 출발 전까지만 해도 아무 일이 없었는데 갑자기 망막에 무슨 일이 생겼을까. 시신경이나 뇌신경이 잘못되었나. 혹시 무슨 암이라도 생긴 걸까. 불안한 생각이 불처럼 휘몰아쳤다.

감정과 사유는 다른가 보다. 좋은 책을 읽고 기도와 명상으로 오랫동안 몸과 마음을 수련하면, 마음 근력이 생겨서 어떤 위험이나 견디기 어려운 고통을 당하더라도 흔들림 없이 이를 극복할 수 있다고들 한다. 그러나 오감을 통하여 전달되는 감정은 생명체의 본능인가 보다. 걱정, 불안, 두려움이 한꺼번에 몰려온다. 하기야 수십 년간 면벽(面壁) 수련을 거친 스님도 여인의 한 가닥 눈물에 파계(破戒) 되는 예도 있다지 않은가.

'그래도 괜찮아, 사람은 누구나 다 완벽하지 못해'하며, 자기연민으로 자신을 안아주고 감싸주어야 한다는 어느 심리학자의 글이 생각난다. '그래. 너만 그런 것 아니야!'하며 운전대를 쥐고 있는 긴장된 손을 오른손으로 포근히 감쌌다. 압력밥솥에 솟아오르던 김이 빠지듯 불안이 조금씩 가라앉기 시작했다. 심호흡하며 앞일을 가다듬어 보았다. 내일 당장 병원에 가서 원인을 알아보고 치료를 받아야겠다. 실명하게 된다면 어떤 삶이 벌어질까.

얼마 전에 본, 인도 영화 'black'이 떠오른다. 두 살 때부터, '헬렌 켈러'처럼 눈과 귀가 먼 여자 주인공 이야기이다. 정성껏 온 힘을 기울이는 가정교사의 도움으로 대학까지 졸업한다, 나중에는 자기를 가르쳐 준 가정교사가 치매에 걸린 것을 알고, 함께 기억을 더듬으며 치료해

가는 줄거리이다.

남의 도움 없이 혼자 힘으로는 식사는 물론 아무것도 할 수 없는 주인공은 자신의 답답함을 견디다 못하여 포크를 내동댕이치며 오열한다. 한 음절의 단어를 발음하려고 자신과 싸우는 장면들, 보지도 듣지도 말 하지도 못하는 삶을 그대로 느껴보는 장면 장면이었다.

그래도 나는 아직 들을 수는 있다. 말도 한다. 시력 없이 청각으로 할 수 있는 것으로는 어떤 것들이 있을까. 암이라면 어떻게 할 것인가. 꼬리를 물고 일어나는 생각들에 머리가 터질 것 같다. 성경의 '주기도문'을 외워보고, 반야심경의 '공(空)'을 떠 올리고, 금강경의 '일상무상분(一相無相分)'도 생각해 본다.

그래, 지금 나는 운전을 하고 있지 않은가. 이 정도라면 얼마나 감사한 일인가. 급속도로 나빠져서 실명할지라도, 하나님의 무슨 뜻이 있지 않겠는가. 내가 그동안 너무 많은 욕심을 부리며 달려온 건 아닐까. 이제, 내가 진정한 나를 찾아가는 시간을 갖게 하려는가 보다.

암이라도 감사해야지. 살아 있는 것만으로도 감사해야지. '감사, 감사'를 되뇌었다. 큰 파도가 작은 파도가 되어 모래사장에 스며들 듯 조금은 진정되는 듯했다. 그러다가도 역류가 다시 파도를 만들 듯 공포와 두려움이 감사를 삼켜 버렸다.

이때였다. 불현듯 주차장에서 출발할 때 색안경을 '도수 안경'으로 바꾸어 쓴 생각이 스쳐 지나갔다. 차는 달리고 차선은 비틀거리는데, 한 손으로 옆에 놓아둔 안경집을 열었다. 거기 '도수 안경'이 그대로 있다. 옆에 같은 색깔의 안경집이 또 하나 있다. 다중 초점으로 된 '도

수 안경' 대신 30센티 거리만 잘 보이는 '독서용' 안경을 '도수 안경'으로 알고 잘못 갈아 쓴 것이다.

얼른 안경을 바꾸어 썼다. 고속도로에서 집으로 내리는 'La Sierra 1/2'이라고 쓴 간판이 또렷이 보인다. '후유…….' 길게 숨을 내쉬었다. 한 시간여에 걸친 '자기 검증'이 불합격으로 끝나는 순간이었다.

그래도 나는 토끼가 용궁에서 살아온 듯 기쁘기만 했다.

'고깃덩어리'

　인문학 공부를 하다가, '뇌 과학' 강의를 만났다. '카이스트(Keist)' 김대식 교수님의 강의 일부를 녹취하는 형식으로 옮겨 본다. 여기 소개하는 실험이 언제 진행되었는지 명시되지 않았지만, 맥도날드(Mcdonald)에서 커피 광고를 만들기 위하여 한 실험이라고 소개한다.

　책상 위에 커피 두 잔이 있고, 오른쪽은 2,000원, 왼쪽은 4,000원이라고 가격이 명시되어 있다. 피시험자(被試驗者)가 맛을 보고, 어떤 것이 더 좋은지를 선택하고 나서, 그 이유를 말하는 광경을 영상으로 보여 준다.

　첫 번째 여자가 맛을 보고 나서, 4천 원 짜리를 선택하고 말한다. '커피 자체에서 나오는 원두 향이 좀 더 깊게 나온다.' 두 번째 여자도 4천 원 짜리를 선택하고, '4천 원 짜리 커피가 더 맛있는 것 같은데요. 제가 좋아하는 스타일인 것 같고요, 이 커피에 자꾸 손이 갑니다.'라고 말한다. 세 번째 여자, 역시 4천 원 짜리를 손에 들고, '부드럽고, 향이 오래가고, 따로 설탕을 안 섞어도 될 만큼 나한테 딱 맞는 것 같아요.'라고 흐뭇해한다.

그런데 실제 이 두 커피는, 같은 주전자에서 따른, 같은 것이다. 김 교수의 설명에 의하면, 그들의 혀와 코를 통하여 뇌세포에 전달된 데 이터는 같다. 같은 성분일 테니까. 그러나 눈으로 인식한 2천 원 짜리 와 4천 원 짜리에서, 비싼 것이 좋다는 경험적 인식으로부터 4천 원 짜리를 먼저 선택하고, 그 선택을 정당화시키기 위하여 다음 내용을 자기 말로 만들어 표현한다는 것이다.

　자, 여기서 우리는 새로운 것을 알게 된다. 좋고 나쁜 선호도에 따라 서 어떤 것을 선택하는 줄 알았는데, 어떤 이유에서든 선택을 먼저 해 놓고, 그 결정을 정당화하기 위해 뇌는 해석을 하는 것이 아닌가. 김 교수의 설명에 의하면, 오감으로 받아들여지는 데이터 역시, 100% 그대로 뇌세포에 전달되는 것이 아니라, 뇌에서 조작하여 왜곡된 것 이 출력된다는 것이다. 조금 복잡하지만, 예를 들어 눈의 구조를 보 면, 망막에서 빛의 반응을 전기 신호로 바꾸어 영상을 만들어내는 시 신경 앞에 혈관이 존재한다. 이론대로라면, 그 혈관의 그림자가 영상 으로 함께 보여야 하는데, 우리는 그림자 없이 그 물체만을 본다. 뇌 는 움직이지 않는 그 혈관의 그림자를 미적분 처리하여 없는 것으로 간주하기 때문에, 그림자는 보이지 않는 것이란다. 그 외에도 여러 가 지 착시현상을 보여주며, 우리가 눈으로 보는 것은, 존재하는 현상 +alpha(뇌의 해석)이란다. 즉 보이는 것을 카메라처럼 그대로 찍어 내어 '보여주는 것'이 아니라, 각자의 '해석이 곁들인' 영상을 보여준다 는 것이다. 여기서 '보여 준다'가 중요하다. 즉 우리는 입력(in put)되 는 것을 보는 것이 아니라, 출력(out put) 되는 것을 본다고 한다.

문득 반야심경(般若心經)에 쓰여 있는 공중무색(空中無色), 무수상행식(無受想行識), 무안비이설신의(無眼鼻耳舌身意), 무색성향미촉법(無色聲香味觸法)이라는 구절이 떠오른다. 또한 제법공상(諸法空相)이란 말, 공즉색(空卽色)이요, 색즉공(色卽空)이란 설법(說法)이 나를 붙잡는다. 어차피 나로서는 이 구절을 독자들에게 설명할 만한 실력이 없다.

그저 뇌세포, 뇌신경이라는 것을 알지도 못했던 수천 년 전에, 이토록 실상(實像)과 허상(虛像)을 간파하였다는 사실에 놀랄 뿐이다. 지혜 없이 보고, 냄새 맡고, 듣고…… 하는 것은 참으로 보고, 듣고, 느끼고…… 하는 것이 아니라며, 인간의 마음을 깨우치려 했다는 현자들의 해석을 따르는 수밖에.

아시다시피 원효(元曉) 스님도 밤중에 달게 마셨던 물이 다음 날 아침에 보니 해골바가지에 담긴 물이었다는 사실을 알고 역겨워 토하면서 그때 깨우침을 얻었다 하지 않는가.

이렇듯 나는 생각해 본다. 아내, 가족, 주위 사람들에게 내 주장만 맞는다고 우기는 일이 '얼마나 어리석은 일인가!'하고. 내가 오감으로 보고, 듣고, 느낀 것들이 사실 그대로가 아니라, 그동안 내가 경험하고 인식한 것들의 종합 해석이라면, 어떻게 그것을 사실이라고, 진실이라고, 객관적이라고 고집할 수 있겠는가? 더욱이나 '나의 뇌가 나에게 거짓말하고 있다'는 것을 알면서야.

여기에 존재의 문제까지 생긴다. 데이터를 사실대로 받아들인 뇌세포와, 자기 나름대로 그것에 해석을 붙여 말로 표현한 뇌세포 중에 진짜 '나'는 어느 것인가? 두피(頭皮) 안에, 어둠 속에 존재하는 뭉글뭉 글하여 만져도 아무 감각도 느끼지 못하는 1.5kg의 '고깃덩어리'. 이 것이 '나'란 말인가! 입력되는 데이터를 처리하는 신경세포가 고도로 발달한 컴퓨터 칩에 불과하다면, 그렇다면, 그 정보를 기억하고 해석 하는 해마(hippocampus)[1]가 '나'인가. 아니면 오케스트라의 각종 악 기에 해당하는 오감, 이것의 모든 감각 기능을 종합 조율하는 지휘자 격인 클라우스트롬(claustrum)[2]. 이것이 '나'란 말인가?

어두컴컴한 머리통 안에서 '고깃덩어리'가 '정신'이란 것을 찾아 '찌 지직 찌지직'거리며 헤맨다. '무안계 내지 무의식계, 무무명 역무무명 진(無眼界 乃至 無意識界 無無明 亦無無明진)[3]……'라고 계속 무(無)를 '주절주절'거리며…….

---

1 대뇌변연계의 양쪽 측두엽에 존재하며, 장기 기억을 관장한다.
2 대뇌의 양쪽에 있는 신피질(新皮質) 바로 밑에 연결된 얇은 종이 같은 신경단위로, 모든 감각 기능을 종합 조율한다고 알려져 있다. 전기 자극으로 육신의 기능은 그대로 살아 있게 두고, 의식만을 껐다 컸다 할 수 있게 하는 기능을 가지고 있다고 한다.
3 반야심경(般若心經)에 나오는 구절

뜨레스 디아스

    은혜교회에서 마련한 3박 4일 일정의 '뜨레스 디아스' 행사에 참석했다. 몇 년 전 천주교에서 마련한 'marrage encounter' 모임과 유사할 것이라는 선입감을 가졌다. 1986년 부터 1년에 6회 정도 계속해서 진행하는 행사이지만, 다음 참가자의 호기심을 자극하기 위하여 그 내용을 모두 함구하고 있어서 추측할 따름이었다.

    이 운동은 가톨릭에서 시작하였다. 그리스도인들이 예수님을 더 가까이 더 친밀하게 느끼게 하고자 시도한 성인 운동으로, 다양한 환경 속에서 지도자적 자질과 사도자의 능력을 함양하게 하는 초 교파 평신도 운동이라고 소개되어 있었다.

    오랜만에 매여 있던 약국 업무에서 벗어난 탈출이었다. 아내와 아이들을 동반하지 아니하고 혼자 떠나는 3박의 여정은 자유스럽고 홀가분했다. 행사가 벌어지는 장소는 '빅베어' 조금 못 미쳐 있는 아늑한 산장이었다. 남가주 가까운 주변에서는 보기 드문 우람한 상수리나무, 전나무, 소나무 등등으로 무성한 숲을 이루고 있었다. 상긋한 숲의 냄새가 코를 간질였다.

팀 배정을 받고 숙소로 안내되었다. 절차 하나하나마다 안내하는 봉사자들이 다정하고 친절하고 공손하였다. 5성급 일류 호텔에 투숙하는 귀한 손님같이 대접하도록 훈련을 받는단다. 100여 명의 참가자들을 위하여 200여 명의 자원봉사자가 3박을 함께하며 이 행사를 치른다고 한다.

내가 하는 일에만 몰두하며 바쁘다는 핑계로 다른 사람을 도와주는 일은커녕 나 자신을 위한 일에도 한 두 시간 을 마련하기 어려운 삶을 살아왔다. 그런데 이렇게 알지도 못하는 남을 위하여 자신의 귀한 시간을 3일 씩이나 할애하여 무보수로 봉사하고 있나. 행사상, 수방, 숙소, 안내, 청소, 부엌일 등등 분야별로 맡아서 봉사하고 있다. 심지어 올해 88세인 할아버지 한 분은 숙소마다 방문하여 종을 울리면서 아침 기상 시간을 알린다. 위암 수술을 받고 회복되어서 이렇게 매회 3년째 봉사하고 계신다고 한다.

설교, 강의, 토론 등 여러 가지 프로그램으로 진행하고 있었다. 3일째 날이다. 화요일 아침 7시 집회였다. 모두가 숨죽이며 묵상 기도로 참여하는 시간 이었다. 그때 갑자기 불이 밝혀졌다. 뜨레스 디아스 주제곡 합창 소리가 울려 퍼졌다. 준비된 무대 위로 덧옷을 겹쳐 입고 목도리를 두르고 하얀 입김을 뿜으며 노래를 부르며 20여 명 일행들이 손을 흔들며 지나가고 있었다.

예수 그리스도 사랑 안에서 깨달음을 얻은 우리들의 새로운 삶을 격려하기 위하여 새벽 시간에 1시간 이상의 교통지옥을 겪으며 이 산장까지 달려 온 것이다. 참석한 자의 가족들, 교회의 구역 식구들, 친지

들이다. 아기를 업고 어린아이들을 앞세우고 5분간 무대에서 손을 흔들며 눈을 마주치기만 하고 지나간다. 사랑이란 무엇인가를, 남을 위한다는 것이 어떤 것인가를 몸으로 보여주는 시간이었다.

'내 몸같이 다른 사람을 사랑하라'는 예수님의 가르침이 이러한 것임을 행동으로 보여주는 순간이었다. 남을 위하여 내 시간을 10분도 나누어주지 못한 삶을 살아온 나에게는 꿈도 꿀 수 없는 일이었다.

낯이 익은 구역 식구들과 눈이 마주치며 예수님의 삶이 중첩 되었다. 이 세상에 오셔서 3년간의 공생애를 통하여 우리에게 사랑을 전하고 십자가에 못 박혀 가신 모습이다. 저 짧은 5분간이 그 분의 3년 삶이다. 저 분의 생애 중에 3년 간을 우리 인간과 함께하면서 눈 마주치며 사랑이 무엇인지를 몸소 전해주시고 떠나갔다.

가슴 속에서 울음이 터져 나왔다. 반가움인지, 서러움인지, 억울함인지 알 수 없었다. 주체할 수 없는 눈물이 쏟아졌다. 당신 39살에 돌아가신 아버님 산소 앞에서 다시는 눈물을 흘리지 않겠다고 다짐했던 나였다. 그때 20살이던 나. 이제 46살. 그동안 참아왔던 눈물이 하염없이 흘러내렸다.

사랑도 용서도 원망도 아닌 서러움의 눈물인 것 같았다. 고아처럼 혼자서 거친 삶을 살아오면서 너무도 외로웠나 보다. 느껴보지 못한 따뜻한 위로와 사랑이 그동안 너무 아쉽고 서러웠던 모양이다. 5분간의 눈 마주침을 위하여. 새벽길을 달려온 저들. 나를 아껴주고 사랑해주는 또 다른 사람이 있다는 사실이 얼음장 같던 내 마음을 깨어 부쉈다. 흐르는 눈물을 지체할 수 없었다. 사랑받기 위해 태어난 내가 이렇게 사랑받고 있다는 위로가 막혔던 눈물샘을 터뜨린 모양이다.

　나를 아껴주고, 위해주고, 사랑해 주는 이웃이 있다는, 그 자그만 감정의 씨앗이 이토록 많은 눈물을 흘리게 하는 폭탄이 되는 줄은 몰랐다. 비록 계획되고 연출된 장면이라 할지라도 가슴이 뻥 뚫리는 시원함, 내 몸의 물이 몽땅 눈물이 되는 것 같은 이러한 감정은 어디서 오는 것일까.

　사람은 정말 알 수 없는 존재인가 보다. 엷은 미소, 가느다란 눈길 한 번으로 얼어붙었던 마음이 깨어지고, 사그라져가던 불빛이 희망으로 타오르는 이유를 누가 알까.

너도 마감일이 있냐

이틀이 늦었다. 재산세 납부일이 12월 10일인데, 오늘이 12월 12일 이다. 몇 달 전에 고지서를 받고 여유 있게 미루어 놓고 있다가 마감 일을 깜빡했다. 스마트폰 달력에 일주일 전으로 지급 날짜를 설정하 여 놓았다. 그런데도 끔찍한 실수를 저질렀다.

집에서 200마일이나 떨어진 곳에서 사업을 하고 있다. 격주로 오가 며 양쪽 살림을 하다 보니 서류도 여기저기 어지럽혀져 있다. 특히나 정리 정돈을 잘하지 못하는 나의 습관으로는 언제나 일어날 수 있는 시한폭탄이었다. 더구나 지난 한 주는 사업체 건물에 비가 새서 수리 하느라 정신이 없었다. 몇 해 전에는 아예 납기일을 놓여서 벌금이 포 함된 고지서를 받고 나서야 아차 한 적도 있었다.

풍족한 삶으로 살아오지 못한 과거의 습성으로 적은 것 하나라도 아 끼면서 살아가는데, 천불이 넘는 벌금을 내야 하는 처지라 나 자신에 게 무척 화가 났다. 돈이 없으면 우선 변통이라도 해서 지급했어야 하 는 것이 세금인데, 여유가 있으면서도 납부 날짜를 잊어버리고 벌금 을 내야 하는 자신이 때려주고 싶도록 미웠다.

'바보', '멍청이' 하며 자신을 비하하다 보니 무거운 쇳덩이가 나를 누르는 기분이다. 치매가 시작하는 것은 아닌가 생각하니 가슴이 미어져 온다. 돈도 손해를 보았는데 엎친 데 덮친 격으로 몸까지 망가뜨리고 있다. 누군가의 말이 생각난다. 닥쳐온 아픔을 내 것으로 인정하고 받아들이면 아픔 그 자체로 끝난다. 하지만 왜 나에게만 이런 일이 일어나느냐고 거부하고 저항하면, 아픔뿐만 아니라 마음이 괴롭고, 쓰라리고, 원망이 일어나고, 분노가 폭발한다. 결국 자신을 이차적으로 파괴하게 된다는 말이 실감 난다.

마음을 회복시키고 긍정적으로 생각하기로 했다. 세금이 너무 많다고 지불하고 싶지 않은 부정적인 생각이 잠재의식 속에서 기억을 가로막았을 수도 있겠다. 건물의 부동산 시장가격이 올라서 세금을 좀 더 냈다고 생각해 보자. 나의 삶이 어수선하고 복잡하여 기억력이 방해받았을 수도 있다. 요즘 몇 달간에 받은 많은 스트레스로 무의식이 모든 것을 잠시 잊고 싶었나 보다. 사용하고 난 후 제자리에 정리하지 못하는 성격이지만 그동안 크고 작은 일들을 그나마 잘 처리해 오지 않았느냐, 너무 자신을 다그치지 말자 등등으로 스스로를 위로해 보았다.

그런데 누구는 또 이렇게 말한다. '자신이 저지른 실수를 사소하게 생각하거나 긍정적으로 생각하여서, 누구나 실수할 수 있다. 그 정도 잘못은 누구나 한다.'라고, 가볍게 여긴다면, 자기 용서는 결코 이룰 수 없다고 한다. 명확하게 자기 잘못을 인정하고 진지하게 반성하는 과정이 필요하단다. 이렇게 해야만 자신을 더욱 긍정적으로 수용할 수 있으며 자기 비난이나 자기혐오에 빠지지 않게 된다고 조언한다.

어디까지가 자기 수용이고 어디까지가 자기 용서인지 가름하기 어렵다. 두루뭉술 살아가는 자연인의 삶이 아니라, '0'과 '1'로만 이루어진 컴퓨터 같은 기계문명에 적응하며 살아가야 하는 현실이다. 우리의 일상은 마감일이라는 날카로운 칼날 위에 놓여 있다. 우리는 이런 사회적 압박과 이분법적 사고에 적응하며 모순의 삶을 이어나가야 하나 보다.

아침 햇살이 내리쬔다. 우체통으로 향하는 시멘트 길 위에 달팽이 한 마리가 더듬이를 좌우로 흔들며 천천히 기어가고 있다.

"야! 너도 마감일이 있냐?"

봉이 김선달

아침 산책길을 따라 사막에 운하가 흐르는 풍경은 환상적이다. 콜로라도 강줄기를 따라 연결된 운하는 사막 한가운데로 길게 펼쳐져 있다. 한쪽에는 녹즙이 뚝뚝 떨어질 듯 진한 녹색의 알파파(alfalfa) 들판이 싱그럽고, 다른 한 쪽은 눈이 송이송이 내린 것 같은 면화의 눈꽃 들판이 눈부시다. 군데군데 갈색 흙덩어리가 나뒹구는 빈 들판이 눈에 들어온다.

이곳 불라이스(Blythe)는 리버사이드 카운티 동부에 위치한 작은 도시로 LA에서 동쪽으로 400km떨어진 곳이다. 콜로라도 강을 사이에 두고 애리조나 주와 경계를 이루고 있다. 광활한 모래사막으로 둘러싸여 있으며 사막 바닥에서 솟아올라 형성된 울퉁불퉁한 바윗덩어리는 외계인이 사는 곳 같은 극적인 배경이다.

콜로라도 강에서 수문을 통하여 여러 갈래 운하로 연결된다. 넘실대는 푸른 물줄기가 푸른 들판의 젖줄이 된다. 그런데 바로 옆 땅은 메마른 갈색 들판이다. 발을 디디면 등산화 아래에서 바스락거리는 알파파의 쪼글쪼글한 잔해가 누런 흙더미 속에 뒹굴고 있다.

한쪽은 겨울 한 철인데도 싱싱한 푸르름을 자랑하는 생명의 들판이고, 다른 한쪽은 수문이 굳게 닫혀서 흙덩이만 나뒹구는 깡마른 벌판이다. 한 사람이 소유한 땅이면서 일부는 경작하고 있고 나머지는 휴경하고 있다.

눈에 보이기에는 콜로라도 강물이 끝없이 넘실대며 흘러가는 것 같다. 그러나 수년간 계속된 가뭄으로 인하여 라스베이거스 근처의 '미드 호수' 저수지 물이 최저 수준으로 감소하였다고 한다. 그 물을 비축하기 위하여 새로운 프로그램을 시행 중이란다. 연방정부의 계획에 따라 캘리포니아, 애리조나, 네바다 주의 수도 기관에서 땅의 일부에 물을 대지 않고 휴경지로 남겨두는 대가로 에이커 당 $1,000 정도 되는 자금을 땅 소유주에게 지급하고 있단다.

농사하지 않고도 돈을 벌 수 있는 손쉬운 길인 것처럼 보인다. 그러나 농부들은 농사를 짓기를 더 선호한다고 한다. 더 많은 수익을 올릴 수 있기 때문이다. 그러나 공동체의 일원으로 가뭄에 대비하기 위한 결정이다. 도시 주민들을 위한 급수와 공장의 용수를 원활히 공급하기 위하여 서로 얼마간을 양보하며 귀한 농지를 휴경하고 있다.

눈에 보이는 것만이 모두가 아님을 본다. 넘쳐흐르는 강물을 사용하지 않는 조건으로, 농사를 짓지 않는 대가로 돈을 받는다는 것도 재미있다. 흘러 내려가서 태평양에 이르는 강물을 조금 덜 사용하여 3년을 절약하면 그 저수지 수면을 3피트 올린다고 한다. 그렇게 되면 도시 사람이 물 걱정 안 하고 공장이 잘 돌아갈 수 있단다. 나만을 생각하며 살아온 삶으로는 선뜻 이해가 안 된다.

우리 인간은 각자 어딘가 부족하여 혼자서는 살기 힘들다. 하여, 각기 다른 직업을 가지고 일함으로써 부족한 것을 서로 보충하며 살아간다. 내가 먹는 밥 한 톨은 농부의 피땀이고, 밥상 위에 구운 생선 한 마리에도 어부들의 어기여차 함성이 남아 있다. 쓰고 있는 볼펜도 여러 사람의 손을 거쳐 지금 내가 편히 쓰고 있지 않은가. 결국 내가 해야 할 일을 열심히 하는 것이 남을 돕는 일이라는 소박한 삶의 의미를 생각해 본다.

어쩌면 내가 쉬어야 할 때 쉬는 것 또한 남을 돕는 일이 아닌가. 내가 잔디를 깎으면 운동도 되고 돈도 절약되겠지. 그러나 정원사를 고용할 여유가 있다면 그에게 맡기는 것이 그를 돕는 일 아니겠나. 할 줄 안다고 모든 일에 덤비지 말아야겠다. 나는 내가 잘하는 일을 하고, 다른 일은 그 일을 더 잘하는 사람이 하도록 배려하는 삶을 살아야겠다고 생각하며 휴경지를 지난다. 가느다란 회오리바람이 흙먼지를 일으키며 흩어진다.

동이 트며 쏟아지는 햇살이 곧게 뻗은 운하 위로 눈부시다. 오늘은 대동강 물을 팔아먹은 '봉이 김선달'이나 만나 볼거나.

이용주 교수님 추모사

　교수님의 첫 강의를 들었던 시간이 벌써 45년이 지났습니다. 모든 것이 새롭기만 하던 그때 기다란 흰 가운을 걸치시고 교단에 서신 그 인자하고 자상하시던 모습이 눈에 선합니다.

　생약학이란 식물, 동물, 광물의 천연물 등에서 유래한 약에 대한 성분을 연구하는 학문이다. 하지만 여기에서 그치지 말고 하찮은 한 식물 속에서도 인체에 약이 되는 성분을 찾아내듯이, 여러분이 고통 받는 사람들의 약이 되는 삶이 되도록 하라시던 교수님의 첫 말씀이 새롭습니다.

　성균관 대학교 약학대학의 학장을 역임하면서도 학생들의 자질 향상은 물론 특히 인성교육에 더 역점을 두셨던, 마치 아버지 같으신 교수님을 기억합니다.

　은퇴하시고 미국에 이주하시어 약사가 된 아들과 함께 이곳 LA에서 거주하면서, 많은 동문의 존경과 사랑을 받으셨습니다. 매년 정월 초에는 동문을 교수님 댁으로 초대하여 주시고, 우리들은 사모님이 손수 만들어 주신 맛있는 떡국을 즐기고 세배도 드리며 서로 함께하였습니다. 이런 시간을 통하여 동문회의 활성화에 주춧돌이 되어주셨던 즐거운 시간을 추억합니다.

오랫동안 허리와 다리의 마비 증세로 병환에 시달렸습니다. 그럼에도 감당할 수 없는 고난이 있더라도 웃으면서 극복하는 사람이야말로 큰 사람이라면서 웃음과 격려를 잊지 않으셨던 교수님이었습니다.

옳다고 하는 것이 다 옳은 것이 아니고, 잘못되었다고 하는 것이 다 잘못된 것이 아니라는 진리의 역설성을 강조하기도 했습니다. 절대성에 메어있는 고집과 아집을 버리고 세상 모든 것이 상대적이라는 여유를 가지라고도 했습니다. 절대성을 넘어 초월성의 삶을 가르쳐주신 예수님의 삶을 살아 보라시던, 그 뜻깊은 교수님의 말씀을 생각하며 우리는 살아갈 것입니다.

이제 낡고 고통스러웠던 육신을 훨훨 벗어 버리고 아름답고 찬란한 영의 세계에서 주님과 담소하시리라 믿습니다. 그동안 우리가 깨닫지 못하고 지나친 말씀들을 생각나게 하시고, 또 깨달아 알게 하시면서 기뻐 미소 짓는 얼굴을 뵈리라 봅니다.

그동안 존경과 사랑과 수고로 교수님을 지켜주셨던 사모님, 그리고 가족 여러분께 삼가 조의를 드리며, 교수님 가시는 길에 참석하지 못한 죄스러움으로 이렇게 몇 자 글로나마 대신하여 교수님 영전에 깊이 감사드리며 삼가 이 글을 올립니다.

확인 코드(verification code)

2020 0101. 새해 첫날이다. 무언가 의미 있는 암호 같다. 우주에 존재한다는 무한한 에너지 장에 접속하는 비밀번호인가?

지난해, 카톡으로 오고가던 많은 재미난 말 중에, 개그 문제 같은 다음 질문이 기억에 남는다.

"무엇을 먹으면 오래 사는가?" 답은 '나이'이다.

"무엇을 먹으면 죽는가?" 답은 역시 '나이'이다.

결국 먹을수록 오래 사는 것도 '나이'이고, 계속 먹으면 죽는 것도 '나이'이다. 어떻게 보느냐에 따라 '사느냐?' '죽느냐?'로 바뀐다.

그래, 금년에는 20200101 비밀번호를 입력하여 '에너지원'에 접속하면 죽는 나이가 아니라 오래 사는 나이로 살아 갈 수 있는 지혜를 받으리라. 순간순간 살아있는 나이 중에 가장 젊은 시간을 향유할 수 있는 특별 쿠폰을 받는 것이다. 유효기간이 아주 짧아서 바로바로 이용하지 않으면 무효가 되는 쿠폰이다. 친구와 공유하면 보너스도 있다. 하고 싶은 것은 무엇이고 할 수 있는 '무료 승차권'도 준다. 다만 내가 만든 내(ego)가 아니라, 원래의 나(眞我)인지 확인 코드(

verification code)를 입력해야 한다. 그런데 나를 스캔을 했더니 '내'가 아니란다.

나를 만들어 가는 길에 70년을 바쳤다. 멋있게 만들어 보려고 갖은 노력을 했다. 하나님의 형상으로 완전하게 만들어 준 나는 어디에 가두어 두고, 더덕더덕 다른 모양을 붙이고 이어서 오늘의 '나'라는 괴물을 만들어 놓았다.

좀 더 확인하기 위하여 다른 질문을 던진다. 전에 살았던 집의 거리, 도시, 사귀었던 친구, 다투었던 사람, 원수가 된 사람, 경쟁으로 밀어냈던 동료, 안 했으면 좋았던 말, 등등. 정답을 못하는 것이 너무 많다. 계속 접속을 거부한다. 다른 질문을 던지며 기회를 준다.

어떻게든 나를 입증시켜야 한다. 이제 남은 시간 동안 진짜 나를 찾아야 한다. 완전하게 만들어 준 나를 귀한 줄 모르고 내팽개쳤던, 어딘가에 처박혀 있을 나를 알아내야 한다. 확인 코드만 받으면 내 삶의 퍼즐은 완성될 수 있으니까.

20200101 비밀번호로 나를 찾아가는 새로운 삶을 떠난다.

4 부

세상 속에서 길을 찾다

남한산성

한국 방문 중 남한산성을 찾았다. 유튜브를 통해 한명기 교수의 병자호란 강의를 들으면서 민족의 수치에 가슴이 아팠다. 영화 '남한산성'이 곧 개봉된다는 소식도 들었던지라 직접 답사하여 보기로 했다.

산성(山城) 종로에서 성벽을 따라 북문에 올랐다. 하남시(河南市)가 한눈에 내려다보이는 성벽 아래로 경사는 가파르고 잡목들이 엉켜있다. 산성을 공격하기가 쉽지 않은 지형임을 한눈에 알 수 있다. 1만 3,000명의 군사가 성안에 포위된 채, 모자란 식량과 보급 물자로 47일을 버틴 곳이다.

동지섣달 눈보라 몰아치는 혹한 속에서 방한복도 없이 가마니 한 장씩을 배급받아 뒤집어쓰고 굶주린 배를 움켜잡고 성벽을 지켰을 병사들이 떠올랐다. 동상으로 살점이 떨어져 나가고 절단까지 해야 했던 그때. 그 핏자국이 스며있을 성채(城砦)를 만져본다.

대책 없이 당했던 임진왜란의 뼈아픈 역사를 반복해서는 안 된다고 피와 눈물로 기록한 유성룡의 '징비록(懲毖錄)'이 있건만, 위정자들은 무엇을 했기에 오랑캐라 부르며 업신여겼던 변방의 여진족에게 이러한 수모를 당해야 했던가. 그리고 한일합방의 수치. 36년간의 국권 수탈. 그리고 6·25로 이어지는 민족의 비극은 또 어떤가.

이제 북한의 핵무기 위협과 이를 방어하기 위한 사드 배치. 이에 반대하는 중국의 횡포. 자위대로 모든 준비가 끝난 일본. 이들의 결정에 어떤 목소리도 낼 수 없는 우리의 입장이 가슴 아프다. '역사를 잊은 민족에게는 미래가 없다'는 플래카드를 들고 일본에 항의하는 우리는, 역사를 올바로 인식하고 미래에 제대로 대처하고 있는가?

부녀자를 비롯하여 50만 조선 백성이 청군에게 포로로 인질로 잡혀갔다. 수만 리 중국 선양까지 혹한 속에 굶주리며 채찍을 맞으며 걸어서 끌려갔다. 이들은 상품처럼 팔려가고 노예로 살면서 죽음보다 못한 삶을 살아야 했다. 이 피눈물 나는 역사적 사실을 후손에게 제대로 알려주기나 했는가?

유대인의 '홀로코스트(holocaust)'는 너나없이 기억하고 애통해 하면서, 우리 민족의 이 어마어마한 인종 비극은 魂靈塔(혼령탑) 하나 세워주지 못하고 기억에서 사라지고 있다. 목숨 걸고 탈출하여 돌아온 '환향녀(還鄕女)'를 반겨 주지는 못할망정, 貞操(정조) 잃은 '화냥년'으로 손가락질하고 버렸다. 부모 잃고 홀로 버려진 자식들을 '胡虜(호로 : 오랑캐에게 포로로 끌려간) 자식'이라 내팽개쳤던 우리 조선이란 국가가 아니었던가.

젊은 교사의 인솔에 따라 소풍 나온 중학생들이 소란스럽게 몰려다닌다. 저들은 우리 민족의 비극이었던 이런 역사를 공부하고 현장을 답습하러 온 것인가. 울분을 가슴에 새기고 이러한 역사가 반복되지 않기 위한 마음의 결단을 새기고 돌아가는가. 내 눈에는 누구 하나 비문을 세심히 읽는 자도 없으며 안내하여 설명해 주는 교사도 없다. 그저 인증(認證) 사진을 찍으며 끼리끼리 희희낙락거릴 뿐이다.

나 또한 지난날 역사 속에서의 병자호란은 시험 보기 위한 암기 거리였을 뿐, 그 실체를 교육받지도 못했고 느껴보지도 못했다. 우연히 한명기 교수의 강의를 듣고서야 그 비극의 이야기를 뼈저리게 느끼고 있으니 어떻게 저들을 탓하랴!

주변 강대국 사이에 끼여 저들의 눈치만 살피고 갈팡질팡하던 우리였다. 이제는 경제 강국이 되어 예술, 문화, 스포츠에서 놀랄만한 우위를 차지하고 있다. 그러나 지금도 똑같은 지정학적 위치에서 제 목소리를 내지 못하고, '3불(不) 정책'이니, '균형 외교'니 하며 강대국 사이에서 살아남기 위해 몸부림치고 있다. 역사의식의 결여에서 오는 당연한 인과응보일까.

나는 국가와 민족이라는 거창한 생각은 고사하고, 주변에 널려있는 어려움마저 외면한 채 살아가고 있지 않은가. 자신의 안일에만 마음 쓰는 외로운 현대인의 한 사람이 무거운 발길로 산성을 떠나왔다.

라스베이거스의 추억

 LA에 이민 온 지도 강산이 3번 변했다. 뒤뜰 자그마한 연못에서 금붕어가 아침 햇살을 즐기고 있다. 집 앞 산등성이로 이어진 주택가 창문에서 반사되는 햇살이 눈에 부시다. 문득 옛일이 생각났다.

 동트기 전, 샛별을 보며 공장으로 향할 때면 흰 가운을 입고 약을 조제하던 고국에서의 약사 생활이 눈앞에 어른거렸다. 힘을 써 본 적 없는지라 허리 근육이 통증에 시달렸다. 파스를 덕지덕지 붙였다.

 숨 가쁜 이민 생활이 몸에 배기도 전이었다. 독립기념일 연휴라 했다. 아침부터 아파트에 친구 몇 명이 옹기종기 모였다. 처지가 비슷한 우리는 고달픈 이민 생활의 넋두리로 애꿎은 담배 개비만 축내며, 가스 불에 쪼그라진 오징어 다리로 소주잔만 홀짝거렸다. 느닷없이 한 친구가 '라스베이거스로 가자!'라고 제안했다. LA로 이민 온 지 겨우 2개월. 어디라도 뛰쳐나가고 싶은 마음에 친구를 따라나섰다.

 차는 라스베이거스를 향하여 달렸다. 허허벌판 사막 한가운데로 뻗은 고속도로가 가슴을 뻥 뚫어 주는 듯했다. 겹겹이 뻗어 있는 삭막한 회색 돌산에는 생명을 가진 것이라고는 없어 보였다. 그 열기 속에서 조슈와(joshua) 나무[1]들이 여기저기 두 팔을 벌리고 환영했다. 끝이 없는 모래 구릉 위로 가끔 회오리바람이 흙먼지를 휘감으며 올라갔다. 말라비틀어진 덩굴 더미가 위험천만 도로를 건너 휩쓸려갔다. 이제 막 시작한 이민 생활에도 이런 장애물이 나를 가로막으려나.

저 삭막한 바위틈에도 독거미, 도마뱀, 방울뱀 등이 살고 있고, 선인장과 열대 야생화들이 살아 숨 쉬고 있다. 사막에 핀 꽃은 아름답기까지 하다. 나는 이곳에서 독거미로 살아남을 것인가, 아니면 예쁜 꽃으로 피어날 것인가.

이 생각 저 생각이 오가는데, 정오가 가까워져 오면서 차 안이 차츰 달아오르기 시작했다. 창문을 열었다. 섭씨 50도가 넘는 사막의 열기로 숨이 컥 막힌다. 친구 차는 13만 마일이 훨씬 넘은 미국 산 '오스모빌Oldsmobile)' 고물차였다. 차체는 여기저기 상처투성이고, 시동을 걸 때는 폐렴 환자처럼 그르렁댔다. 천식 환자처럼 쌕쌕거리기는 해도 높은 언덕길을 씩씩거리며 달려갔다. 에어컨이 있기는 하나, 오래된 차라 힘에 겨워 심장이 멎을까 봐 걱정된다고 아예 꺼버렸다. 차 안에 다섯 명의 꼴이 말이 아니었다. 용광로라면 심한 표현일까. 완전히 불가마 안이었다. 너나없이 약사로서 제 잘난 멋에 살다가 무슨 바람이 불어 이곳 LA까지 날아와 생고생하고 있는지 알 수 없는 노릇이었다. 미국만 가면 잘 살 수 있을 거라는 허황된 꿈이었을까. 아니면 재활용품으로 다시 태어나기를 시도하고 있는 걸까.

드디어 '어서 오세요. 라스베이거스'라는 이정표가 보였다. 적당한

---

1 북미 남서부 사막 지대에 널리 자생하는 유카(yucca)의 일종. 성경에서 여호수아가 팔을 뻗치고 있는 형상을 닮았다 하여 붙여진 이름.

곳에 차를 세우고 일 년 전쯤 이곳에서 이민 생활을 시작한 후배에게 전화했다. 그는 정규직으로 카지노 3곳에서 일하고 있었다. 1주일에 40시간씩 주말을 포함하여 3곳에서 일하면 120시간이다. 결국 일주일 내내 하루 7시간으로 먹고, 자고, 쉬고, 출퇴근하며 산다고 했다.

계산상으로는 가능하지만, 상상할 수 없는 현실을 살고 있었다. 그래도 라스베이거스니까 가능하다고 했다. 3곳 카지노가 서로 붙어 있고, 숙식 장소도 가까워서, 15분 휴식과 점심시간을 잘 이용하면 견딜 만하다고 씩 웃었다. 더욱이 키노(keno)[2] 게임장에서 일하고 있으므로 육체노동이 아니고 단순노동이라서 해 볼만 하다고 했다.

그가 대학 3년 차 때였다. ROTC를 자원해야 할지 나에게 자문했다. 그때, 나는 대학 4년 차 ROTC 훈련을 마쳐가고 있었다. 먼동이 트기 시작할 때 집을 나서면 별들이 하늘을 가득 채울 때 집에 돌아오곤 했다. 약대 수업과 군사 훈련, 가정교사와 자취생활을 하는 나는 하루가 25시간이래도 모자랄 지경이었다. 후배도 가정교사로, 아르바이트로 시간을 쪼개 쓰고 있는 터라 나를 찾아올 만도 했다.

'1시간은 60분이고, 1분은 60초다. 시간이란 놈은 쪼개면 쪼갤수록 많아지고, 뭉뚱그려 놓으면 뭉텅뭉텅 날아간다.'고 웃으며 말해주었던 기억이 났다.

그는 졸업 후 약국을 운영하면서 미국 이민을 준비했다. 당시는 미국에서 약사 자격증을 취득하기 어려운 때였다. 라스베이거스에 가면 침구사 자격을 받을 수 있다고 전해 들었단다. 그는 침구사로 시작해

---

2 빙고 비슷한 놀이의 일종

보겠다며 약국 근무를 하며, 밤에는 침술 공부를 하러 다녔다.

그러나 막상 현지에 도착해 보니 현실은 듣던 것과 달랐다. 준비한 것만으로는 침구사가 되는 길이 요원했다. 우선 먹고 살아남아야 했다. 얼굴에 불평이나 후회 같은 것은 보이지 않았다. 씩 웃는 그의 모습이 내 가슴을 파고들었다. '주어진 현실에서 할 수 있는 것부터 최선을 다하자.'는 그런 삶의 모습이었다. 이제 이민 생활을 시작한 나에게 미래에 내가 갈 길을 미리 보여주는 것 같았다.

그의 안내로 슬롯머신 앞에 앉았다. 눈동자가 몇 배로 커졌다가 한숨과 더불어 실눈이 되기를 몇 번. 가슴에 파문을 일으키며 '딩딩딩딩…'대는 금속성 파열음을 따라 심장이 콩닥거렸다. 몇 분 못 되어 빈털터리가 되었다. 가지고 온 돈이 몇 푼 안 되니 하나같이 모두 아쉬운 표정이었다.

후배에게 돌아갈 자동차 가솔린값을 부탁할 수밖에 없었다. 그러나 그는 단호하게 거절했다. '내가 저녁을 사고 가솔린을 넣어 줄지언정, 절대로 현금은 줄 수 없어!'라고 말했다. 그와는 동창인 다른 후배의 언성이 높아지기까지 했지만 절대 불가였다. 그 친구의 점심시간까지 기다리는 수밖에 없었다.

자기가 이곳에 처음 왔을 때 안내했던 선배가 두 가지 꼭 지켜야 할 삶의 수칙을 말해 주었단다.

"첫째, 이곳을 떠날 때까지는 동전 한 닢도 노름에 넣어서는 안 된다."

"둘째, 어떤 사람도 현금으로 도와주지 마라."였다고 한다.

라스베이거스에 온 지 1년이 넘었지만, 한 번도 슬롯머신에도 손댄

적이 없다고 했다. 인간의 욕망과 투기심, 그리고 사행심으로부터 초연하기가 어려웠을 텐데 자신과의 약속을 지키고자 하는 그가 대견해 보였다.

후배의 점심시간을 기다리며, 시원한 카지노 안에서 무료 음료수를 즐겼다. 꾸겨진 마지막 5불이 손에 잡혔다. 가솔린은 어차피 해결될 것이므로 키노 게임을 처음 해 보았다. 나도 별수 없이 연약하고 호기심 많은 한 인간인가 보다 생각하니 씁쓸했다. 그때, 유리병 안에 9자가 떨어졌다. 6개 숫자 중 5개가 맞은 것이다. 20불을 건졌다. 일하고 있는 친구에게 눈웃음을 보내며 작별의 손을 흔들었다.

자동차에 가스 20불어치를 채웠다. 그렁그렁한 시동 소리를 걱정스레 들으며 번쩍이는 네온사인을 뒤로하고 LA로 향해 출발했다. 어둠이 깔렸어도 차 안의 열기는 여전했다. 땀으로 범벅된 내 모습을 보면서. 그래, 언젠가는 다시 찾아오리라. 그때는 신형 캐딜락을 몰며 시원한 에어컨 속에서 콧노래를 부르리라. 저 찬란한 불빛을 마냥 즐기리라. 스스로를 달랬다. 30년 전 풍경이 어제인 듯싶다.

아침 햇살에 금붕어 비늘이 번쩍인다. 연못에 먹이를 던졌다. 이놈들이 떼로 달려들어 물장구를 친다. 일 년 전에 같은 크기의 새끼들을 넣었는데, 어떤 놈은 다른 놈보다 두 배나 더 크게 자랐다. 저 큰놈은 삶의 소용돌이 속에서 자기가 성공했다고 으스대는 걸까?

나의 삼모작

　인도네시아 발리 여행길에 '킨타마니' 화산을 보러 출발했다. 관광버스는 도심의 빌딩 숲을 멀리하고 산비탈 시골길을 달렸다.

　3월이라 아직 우기를 벗어나지 않은 이곳 날씨는 한국의 초여름같이 후덥지근했다. 좌우에 천수답으로 이어지는 작은 논들이 시야에 들어왔다. 이제 막 모내기를 끝낸 논에는 파란 잔물결이 바람에 도르르 파문 도리를 한다. 바로 옆 논에는 누런 벼 이삭이 출렁인다. 황금 융단을 깔아 놓은 것 같다. 언덕 위에 만들어 놓은 모판에는 모들이 제법 자라 모내기 직전이다. 푸른 제복의 수병들이 발목을 담그고 사열하는 듯하다. 건너편에는 막 추수가 끝났다. 허투루 틀어 올린 상투 같은 밑둥치만 여기저기 널려있다.

　말로만 듣던 이모작, 삼모작의 벼농사 현장이다. 봄에 씨 뿌리고 가을에 추수하는 우리네 벼농사만 보아왔다. 그러니 삼모작이면 3월에 씨 뿌리고 7월에 거두고, 다시 씨 뿌려 11월에 추수하고, 또 한 번 3월에 수확하는 것으로 생각했다. 그런데 동시에 한 논에서 모내고 다른 논에서는 추수하는 광경이 새삼 새롭기만 하다. 이곳에도 건기와 우기가 있기는 하다. 하지만 일 년 내내 섭씨 30도를 웃도는 날씨이다. 습도가 60~70% 이상이고 비 또한 충분히 내려서, 언제라도 씨를 뿌릴 수 있고 자라면 추수할 수 있다고 한다.

그에 비하면 우리 육신은 일모작이다. 태어나서 시간 따라 늙어서 한 목숨 죽어 간다. 아니, 어쩌면 다모작인지도 모른다. 삶은 죽음의 시작이고 죽음은 삶의 시작이니까. 우리 몸의 세포는 매일 죽어가며 다시 태어나고 있다. 피부의 낡은 세포가 죽어 떨어지고 새로운 세포가 채워진다. 심장의 한 부분도, 뼈의 한 조각도, 죽어 없어지면서 또 다른 새로운 세포로 심장과 뼈를 계속 만들어간다. 어찌 보면 6개월이면 우리 육신은 다시 태어난 세포로 갈아입은 새로운 몸이다.

몸이 이렇듯, 마음도 그러하리라. 몸은 늙어가도 마음은 언제나 어린아이처럼 순수하고, 열정은 항상 청년처럼 끓어오르고, 생각은 익어서 지혜롭게 살아간다면, 나이를 먹어도 인생의 삼모작은 계속될 수 있지 않겠나.

모내기 하듯 나의 마음 밭을 풍성하게 가꾸고, 적당할 때 비가 내리듯 삶에 촉촉하게 여유를 갖고, 따스한 햇볕처럼 가슴을 항상 따스하게 한다면, 주름살이 늘어가도 하고 싶은 일을 언제라도 시작할 수 있고 언제라도 풍성한 추수를 할 수 있겠다.

아름다운 죽음을 위하여 삶의 의미를 만들어 가는 일에, 있는 힘을 다하여 탁월함을 추구하는 일에, 무르익은 것을 때맞추어 거두어드리는 일에 온 힘을 기울인다면, 나도 멋진 삼모작 인생을 살 수 있으리라.

뒤늦게 칠순이 되어 시작한 글쓰기이다. 하지만 한편으로는 계속 모판을 만든다. 다른 편으로는 잡초를 뽑고 거름을 준다. 풍성하지는 못하더라도 가끔은 이삭을 거두어드린다. 이런 기쁜 날이 내게도 오리라 상상해 본다.

차창 밖으로 한 농부가 우리를 쳐다본다. 일손을 멈추고 손을 흔든다. '너는 할 수 있어'라고 소리치는 것만 같다.

슬픈 눈의 바다거북이

일행 12명이 멕시코 만에 위치한 캉쿤에 여행을 갔다. 4박 5일 여정이었다. 여행 첫날, 2014년 9월 16일. 음력으로 8월 15일 추석날이었다. 일 년 중 달이 가장 밝다는 '한가위 보름달'이 태평양 건너 대서양이곳 카리브 해안에서 환히 웃고 있다. 우리는 바닷가에 모여 앉아 친구의 구수한 입담으로 한창 웃음꽃을 피우고 있었다. 밤 9시가 조금넘은 시간이었다.

일행 중 한 여자분이 '저게 뭐야!'하며 갑자기 소리쳤다. 달빛 아래모래가 바닥에서 뿜어 나오듯 계속해서 한 움큼씩 치솟았다가 떨어진다. 모두 일어나 다가가려고 했다. 그때 유니폼을 입은 키가 자그마한남자가 '쉿' 하면서 조용히 하란다. 작은 바위만 한 '바다 거북'이었다. 'Oh! My God!' 누군가가 참지 못하고 입을 열었다. 길이가 1m가 넘었다. 거무죽죽한 등판이 암반만 했다. 양팔로 모래를 파헤치고 있었다.

궁금하여 유니폼을 입은 사람에게 물어보았다. 그는 호텔 소속이 아니고 멕시코 정부에서 자연 보호를 위하여 파견된 공무원이었다. 일년에 한 번, 6월에서 9월 사이 음력 보름 때면 거북이가 알을 낳기 위해 이곳 바닷가에 올라온다고 설명했다. 연어의 회귀 본능처럼 거북이도 태어났던 곳을 다시 찾아와서 알을 낳는 모양이다. 이제 산란기가 끝나가는 때란다.

우리는 저마다 흥분을 감추지 못했다. 마치 우리에게만 엄청난 행운이 찾아와서 이런 진기한 광경을 볼 수 있는가보다 했다. 분위기는 신기함에 사뭇 달아올랐다. 밤은 깊어 자정에 가까웠다. 우리는 그가 언제 알을 낳을지 모른다. 한밤중에서 해 뜰 때까지란다. 산모 옆에서 분만을 기다리는 남편처럼 초조하기만 했다. '유도 분만이라도 하면 좋으련만'하는 아쉬움을 안고, 내일의 일정을 위하여 숙소로 돌아와야 했다.

행운은 그 순간만이 아니었다. 그곳에 머물던 며칠 동안 매일 밤, 알 낳는 장면을 여기저기에서 지켜볼 수 있었다. 어디까지 갔다가 다시 돌아온 것일까. 용궁일까. 험난한 파도와 맞서며 카리브 해역까지 헤엄쳐왔다. 과학자의 연구에 따르면, 지구의 자기장은 장소마다 다르며 거북이는 자기가 태어난 곳의 자기장을 기억하고 다시 찾아온단다. 어떤 놈은 대서양, 태평양을 단독 횡단하고 8천 여 리를 돌아온다고도 한다. 그들 나름의 GPS를 갖고 있나 보다.

지느러미로 발달한 팔과 다리로 무거운 몸을 끌고 엉기적거리며 물가로부터 모래밭으로 기어 올라온다. 그러고는 안전한 곳을 찾아 머문다. 지난밤에 본 것처럼 앞발 뒷발로 모래를 파내며 그곳에 보금자리를 만든다. 관찰자에 의하면 자기 등이 구덩이에 감추어질 때까지 50센티 정도 깊이로 모래 구덩이를 판다고 한다. 너무 깊으면 나중에 부화한 새끼가 빠져나올 수 없고, 낮으면 주위의 너구리, 까마귀, 갈매기 등 포식자에게 수난을 당한다. 자기 감각으로 적당한 깊이를 가늠한단다.

1.5m×1m 정도의 충분한 크기의 구덩이를 파고 나더니, 진통이 올 때를 기다리는지 안 동안 숨을 고르고 있다. 한 마리가 무려 100여 개 이상의 알을 낳는다고 한다. 20여 분을 기다렸다. 숨만 죽이고 엎드려 있더니 뒷발을 세우고 엉덩이를 들어 올린다. 산란을 시작한다. 한 알 한 알이 천천히 자궁에서 빠져나온다. 탁구공만 한 알이 달빛에 번득인다. 계속해서 구덩이에 수북이 쌓인다. 생명의 신비함이다. 모두들 구덩이 주위에 둘러서서 거북이에게 눈을 고정하고 말 한마디 없이 긴장하고 있다. 숨소리만 들린다. 달빛을 받아서인지 봉우리처럼 쌓인 알에서 은은한 빛이 퍼져 나온다.

산란 후에는 다시 앞발 뒷발로 모래를 모아서 구멍을 덮는다. 포식자로부터 알을 보호하는 어미 본능이다. 이렇게 하여 약 3시간에 걸친 위대한 산고를 마친다. 그러고는 모래사장에 전차 트랙 같은 발자취를 남기고 바닷물 속으로 '첨벙' 되돌아간다.

어미는 위대한 종족 번식의 사명을 마쳤나 보다. 그러나 생명을 남기고 떠나는 어미의 글썽글썽한 눈이 왠지 서글퍼 보인다. 깊은 걱정에 잠기리라. 녀석들이 알에서 제대로 깨어날까. 순간순간 닥쳐오는 위험을 피할 수 있을까. 무사히 바다로 돌아올 수 있을까. 바다에서는 어느 큰 물고기가 잡아먹지는 않을까. 미덥지 않아서 100개가 넘는 알을 두고 가는 걸까. 그래도 몇 녀석은 살아서 자연의 품으로, 바다의 품으로 돌아와 건강히 자라주기를 간절히 기도하고 있으리라. 태어난 100여 마리 가운데 1~2마리만 안전히 바다로 돌아가는 경우도 있다고 한다.

20여 미터쯤 떨어진 모래사장 안쪽에는 산란한 알을 부화시키는 곳이 있었다. 관광객이나 천적들에게 다치지 않도록 따로 부화장을 마련했다. 어미 거북이가 알을 파묻고 떠나면, 감시자들이 조심스레 구덩이를 다시 판다. 알을 꺼내다가 이곳에다 구멍을 파고 다시 묻어서 부화시킨다. 산란 날짜, 시간, 크기, 수량 등의 내용을 적은 팻말을 그 앞에 전시해 놓았다. 이곳에서 50여 일 동안 햇볕, 달빛을 받으며 부화한다고 했다.

다음 날 밤 10시. '거북이 방생 행사'가 있다고 했다. 그 시간에 스케줄을 맞추었다. 구덩이를 덮었던 모래를 조심스레 해치는데 알을 깨고 나온 새끼들이 비척거리며 백사장으로 기어 나왔다. 2~3센티의 새 생명들이 몇 번씩 미끄러지며 구멍을 기어 나와 바다로 향했다. 물결에 번뜩이는 빛을 따라 '게' 같은 다리로 살겠다고 어기적거리며, 수천 마리가 모래사장을 달린다. 마라톤 출발선 같다. 아등대는 삶의 현장을 넋을 놓고 바라보았다. 한 마리 한 마리가 첨벙첨벙 일렁거리는 파도 속으로 사라져 갔다.

바다에 비치는 달빛을 좇아 방향을 잡는다고 했다. 주위는 가로등하나 없이 달빛만 고요하다. 출렁대는 파도 따라 달빛이 생선 비늘처럼 희끗희끗 번뜩인다. 감시자나 부화장이 없는 곳에서는 해변의 인공조명을 따라 숲이나 도시로 향하다가, 길을 잃고 말라 죽는 새끼를 발견할 수 있다고 했다.

부화장이 없으면 구덩이에서 바닷물까지 가는 동안에도 반 이상이 바닷새나 다른 포식자의 먹잇감이 된단다. 그 후 바다를 여행하며 성년이 되기까지 다만 몇 마리만이 생존한다고 한다. 생각해 본다. 수백 년을 살 수 있다는 거북이인데 부화하는 알 모두가 생존한다면, 생태계는 어떻게 변할까? 그저 자연의 조화가 신기로울 뿐이다.

자연을 돌아본다. 바람에 나부끼는 민들레는 종류에 따라 만 개에서 수십만 개의 홀씨를 날린다는데 그중 몇 개나 싹을 낼까. 인간은 2억의 정자를 분출하여 그중 하나가, 하나의 난자와 만나 인간의 생명을 이어간다. 이렇듯 자연의 생성과 소멸 속에서 인간으로 태어난 나는 얼마나 귀하고 소중한 존재인가. 내 주위 사람 또한 어떠한가. 모든 생명은 이렇게 귀하게 태어난다.

자신의 신비로운 존재를 알게 되면 다른 생명도 귀하다는 것을 느끼게 된다. 자연의 조화 속에서 얽히고설키면서도 서로 사랑하며 살아야 하리라. 너와 내가 아니라 '우리'로 자연과 더불어 살아야 한다는 생각이다. 그런데도 우리는 개발이라는 이름 아래 자연을 파괴한다. 먹이사슬이 끊어지고 생태계가 불균형을 이루면서 재앙을 불러온다. 알 수 없는 힘으로 생태계를 이루어가는 자연과 우리는 함께 가야 하지 않을까.

달빛 아래 출렁이는 물결. 온통 은빛 가루를 뿌려 놓고 어린 새끼들을 축복하는 것 같다. 출발선을 떠난 저들이 어떤 삶을 살다가 언제 몇 마리나 이 자리로 돌아올 수 있을까. 생명을 이어가기 위한 자연의 여정이다.

　지금, 내 삶은 어디까지 와 있는가. 4명의 아들딸, 8명의 손자 손녀. 숫자만을 늘리며 유전자적 삶을 살아온 것은 아닐까. 이웃과 함께하며 자연과 하나 되어 신이 나에게 주어진 소중한 삶을 조금씩 마무리해야 하리라.

　저 은은한 달빛을 따라가면 태평양 건너 내 고향, 동해 낙산 앞 바다 모래사장에 누워보려나. 따사한 모래를 덮고 밤새 잠들었다가, 떠오르는 아침 햇살에 눈이 부셔 잠에서 깨어나던 어린 시절. 가슴에 불타오르는 태양을 품어보던 그때가 그립다. 지금이라도 달려가 볼거나.

파도 속에서 스노클링

2014년 9월, 쿠바 여행이 가능하다는 여행사 광고를 보았다. 매달 모임을 하는 친구 여섯 부부가 5박 6일 일정으로 쿠바 여행길에 올랐다. 멕시코만 '칸쿤'이 첫날 일정이었다.

검은 구름이 여기저기 뭉치며 찌뿌듯한 날씨에 끈끈한 습기가 온몸을 감싸는 무거운 아침이었다. 로비에 '천둥 번개를 동반하는 폭풍'이란 일기 안내판이 떴으나, 쨍쨍한 하늘에 소낙비가 퍼붓는 이곳 날씨라 별다른 의미를 두지 않고 스노클링 놀이를 하러 출발했다.

'Blue Ray'라고 간판을 단 갑판장에서 2인용 모터보트의 시험 운전을 5분간 교육받았다. 안내자는 운전대와 기아 사용법, 안내자의 수신호 등을 말로만 설명했다. 그러고는 두 사람씩 조를 짰다. 각기 부부가 짝이 되고, 스노클링이 무섭다고 아내가 따라오지 않은 나와 배 선배가 짝이 됐다.

같은 여행사로 함께 온 다른 그룹의 한 부부가 우리 일행과 함께했다. 남자는 우리보다 젊은 나이에 어깨가 우람하고 균형 잡힌 건장한 체격이었다. 자기는 수영을 잘해서 바다를 좋아한다고 싱글벙글이었다.

우리 보트는 내가 운전대를 잡았다. 정지·후퇴·전진·전속력이 표시된 기아형 손잡이에 어설프게 손을 얹고 소년처럼 들뜬 기분으로 모터보트를 운전했다. 난생처음이었다. 선두에서 달리는 안내자의 보트를 따라 오른쪽 왼쪽으로 회전하며 7대의 보트가 일렬로 선을 그리며 시험 운전을 했다.

바다처럼 넓은 석호(潟湖)[1]인 'nichuple' 호수 위에 큰 원을 그리며 한 바퀴 돌았다. 그러고는 검푸른 호수를 가로질러 달렸다. 부드러운 호수 바람에 실려 하늘을 나는 기분이었다. 전속력으로 달리는 보트를 따라 부서지는 물거품이 뱃전을 두드렸다. 5~10분이면 스노클링 장소에 도착하리라는 기대와는 달리 계속 물 위에 흰 거품을 만들며 날았다.

호수 어귀가 맞닿는 곳에서, 거친 바다가 큰 입으로 우리를 빨아들였다. 바다로 나온 것이다. 호수와는 달리 점점 거칠어지는 파도가 작은 보트를 덮쳐왔다. 하늘은 검은 구름으로 어두워지기 시작하고 바람도 점점 예사롭지 않았다. 보트는 파도타기라도 하듯 숨 가쁘 달려오는 성난 파도를 타고 올랐다가는, 중력을 잃은 듯 갑자기 뚝 떨어진다. 아찔아찔할 때마다 머리카락이 쭈뼛쭈뼛해진다. 숨 고를 틈도 없이 50여 분을 달렸다.

멀리 육지가 가물가물 흔적만 보였다. 바다 한가운데에 닻을 내렸다. 보통은 모래사장 가까운 연안에서 스노클링 하는데, 멀리 이곳까지 나온 것을 보니 무언가 색다른 경험을 할 것 같은 기대에 부풀었다. 조금 떨어진 곳에는 먼저 도착한 유람선 한 척이 있었다. 이 배에

---

1 바다의 일부가 외해(外海)와 분리되어 생긴 호수

서는 둥글고 크게 원을 따라 부이를 띄우고, 관광객들이 한둘씩 스노클링 차림으로 배에서 뛰어내리는 모습이 보였다.

우리 안내자는 보트 7대 하나하나를 밧줄로 조기 엮듯이 줄줄이 매었다. 일렁이는 파도에 뗏목처럼 흔들리는 보트에는 물 밑으로 내리는 밧줄 계단도 없었다. 그냥, 물 위에 밧줄 하나 덜렁 던져 놓았다.

일행 대부분은 처음 해보는 스노클링이라 장비 착용도 서툴고 두려움 때문인지 뱃전에 매어 놓은 밧줄을 잡고 어기적거렸다. 나는 하와이 여행 때 한번 해 본 경험이 있었다. 그때는 깨금발을 하면 설 수 있을 정도의 깊이였고, 파도도 없는 해안 어귀여서 별다른 두려움이 없었다.

그러나 이번에는 바다 한가운데이다. 새로운 도전이었다. 물속으로 뛰어내렸다. 십여 미터 바닥이 훤히 들여다보이는 맑은 물속에 형형색색의 열대어가 놀라 달아났다. 번득이는 코발트 색 '엔젤피시'를 따라 몇 번 오리발 갈퀴를 저었다 싶었는데, 고개를 들어보니 배에서 50여 미터 떨어져 있는 것이 아닌가.

우리 보트는 안전 경계선 부이도 설치하지 않았다. 너무 멀리 나온 듯한 두려운 마음이 불쑥 들었다. 뛰어내릴 때는 배의 동쪽이었는데 어느덧 남쪽에서 허우적거리고 있었다. 일행이 타고 있는 배 쪽으로 돌아가려고 발 갈퀴를 버둥거리며 발버둥질 쳐 보았으나 배와의 거리가 좁혀지지 않았다. 조류가 이쪽으로 흐르고 있는지 좀처럼 앞으로 나아가지 못하였다.

급히 허둥거리다 몇 모금 바닷물을 마셨다. 짜디짠 기운이 온몸을 오그라뜨린다. 바로 눈앞에 일행이 보이는 데도 다가갈 수 없어 겁이 덜컥 났다. 파도에 휩쓸려 몇 번 물을 마시고 고개를 쳐드니, 배에 탄 일행의 모습이 멀리서 어른거린다. 점점 더 멀어지는 것 같았다. 소리를 지르려 해도 소리가 안 나온다. 물안경에 입과 코가 막혀있다. 파도가 계속 얼굴을 친다. 물안경은 거추장스럽기만 하다. 몸이 파도에 휩쓸릴 때마다, 코로 입으로 짠 물이 들이닥쳤다.

구명조끼를 입고 있어서 몸이 물속으로 가라앉지 않을 뿐, 성난 파도 앞에서는 속수무책이었다. 거친 파도는 숨 쉴 때마다 물을 먹이고 뺨을 갈긴다. 온몸을 흔들어댔다. 물 위로 치솟았다가는 곤두박질친다. 그러기를 몇 번이나 했다. 의식이 가물가물했다.

그때였다. '아 유 오케이? 오케이?'하는 소리가 귓전에 아련히 들리며, 큰 배가 다가오는 것이 어른거렸다. 유람선 위에 사람들이 지켜보고 있는 가운데, 파도 위에 흔들리는 잎사귀 하나 되어 건져 올려졌다. 배에 오르자 흔들리는 뱃전을 붙잡고 토해내기 시작했다. 광풍과 파도에 튀기면서 오물이 되어 휘휘 날렸다. 구조되었다는 안도감에 긴장이 풀렸는지, 위 속에 있는 것을 마구 쏟아내며 어지러워 쓰러졌다.

유람선은 나를 우리 보트에 내려 주었다. 그런 다음 주섬주섬 자기네 여행객을 태우고는 아무 일 없었다는 듯이 왁자지껄 떠나갔다. 아무런 응급치료조차도 없는 보트 위에서 나는 사경을 헤매고 있었다.

조금 후 정신이 들면서 사태를 짐작할 수 있었다. 내가 파도 속에서 사투를 벌이고 있는 동안, 우리 일행 중 다른 한 사람이 나보다 30여 미터 더 떨어진 곳으로 떠내려갔단다. 우리 안내자 둘이 보트를 타고 구조하러 갔으나, 심폐소생 중에 피까지 토하여 육지로 긴급 이송을 했다고 한다, 그때야 비로소 주위에 있던 유람선의 안내자가 위급하게 나를 구조한 모양이었다.

우리 일행은 남은 안내자의 지시에 따라 모든 것을 중지하고 항구를 향해 출발했다. 하늘은 점점 검어지고 비까지 퍼붓기 시작했다. 바다는 성난 파도를 몰아붙였다. 쏟아지는 폭우와 부서져 날뛰는 파도로 눈을 뜰 수 없었다.

흠뻑 젖은 옷 위에 구명조끼 하나만 걸쳤으니, 폭포수 같은 물세례에 체온이 급감하기 시작했다. 오들오들 떨렸다. 준비해 온 수건을 찾아 몸에 둘러보았으나 물속에 들어앉은 정황이었다. 아래윗니가 딱딱 마주쳤다. 아직도 남아 있는 찌꺼기가 속을 뒤집으며 쏟아져 나왔다. 정신 줄만 놓으면 그대로 쓰러져 버릴 것만 같았다.

내가 운전한다고 하여 시범 교육에 별로 관심을 기울이지 않았던 배 선배님은 두려움과 공포로 조정 간을 잡고 달린다. 파도를 뒤집어쓰고 있는 그의 모습이 캄캄한 지하실의 무거운 석고상 같아 보인다. 보트가 파도에 붕 떴다가 꽝 떨어진다. 기중기에 매달린 컨테이너가 떨어지는 것 같은 무서운 소리다.

조금 전만 해도 일흔 살 나이에 두렵기는 했지만, 콧노래를 부르며 흥분에 젖어 있었다. 그러나 지금은 생사의 갈림길에서 불안 공포의 도가니 속으로 빠져들어 갔다. 검은 구름은 비를 쏟고, 바다는 파도를 일으키고, 보트는 쓰러질 듯 말 듯 파도를 뚫고 나갔다.

인공호흡을 받으며 병원으로 실려 간, 오늘 처음 만난 동료는 지금쯤 어떻게 되었을까. 안전대책을 제대로 이행하지 않은 현실을 당하고 나니, '세월호' 사건이 떠오르며 점점 불안해졌다.

비 쏟아지는 해안 도로를 따라 수많은 차가 달리는 모습이 멀리 아른거린다. 제각각 살려고 안간힘 쓰는 분주한 삶의 일상이다. 나에게는 생사가 갈리는 엄청난 일이 벌어지고 있지만, 저들에게는 그저 잠시 일었다가 스러지는 파도일 뿐이다.

영원한 시간, 무한한 공간 속에 티끌보다 작은 자신의 존재를 본다. 나를 중심으로 존재하던 세상이 갑자기 나를, 한낱 가물가물한 점으로 몰고 간다. 무언가 거대한 존재가 우주 전체를 움직여 가는 것 같다. 나는 그냥 휩쓸려 갈 뿐이다. 텅 빈 허전한 마음을 계속 세찬 파도가 후려친다.

다음 날, 그 동료가 밤사이에 운명했다는 소식이 전해졌다. 30m를 사이에 두고 그는 가고, 나는 아침밥을 먹고 있다. 육신의 30m가 3천만km, 아니 영원한 거리를 만들었다. 그의 아내가 울먹였다.

"캉쿤에 몹시도 오고 싶어 했는데…… LA에서 급히 달려온 아들딸에게 작별 인사 한마디 못하고 떠난 못난 사람!"

그들은, 쓰라린 가슴에 사랑하는 사람의 추억 파편만을 안고, 또다시 일상으로 돌아가야 하리라. 커피를 나르는 웨이터가 '좋은 아침!'하며 곁에서 인사를 건넨다. 아내가 내 손을 꼭 잡고 눈물을 흘린다.

"살아와서 고마워요."

잡은 손이 따스하다. 출렁이는 바다 위로 아침 햇살이 눈에 부시다. 그래, 오늘이라는 새로운 날이 또 시작하는구나!

뱅골보리수

하와이, 마우이 섬에 도착했다. 둘째 날, 뱅골보리수(banyan tree)를 찾아 나섰다. 나무 한 그루가 시가지(市街地) 한 구획(block)을 덮을 만큼 큰 숲을 이루고 있다고 했다.

'Kaanapali beach'에 위치한 숙소에서 남쪽으로 뻗은 'Honoapiilani highway'를 벗어나 시내로 'Front street'를 따라 조금 내려가니 'Lahaina 항구'가 나왔다. 바다낚시, 스노클링, 고래 관광 등을 준비하느라 크고 작은 선박에는 관광객으로 붐볐다. 각양각색의 깃발로 치장한 유람선이 옹기종기 모여 있고, 많은 관광객이 오르내리며 술렁거렸다. 넘실거리는 태평양 바다 위에는 흰 돛단배가 하늬바람에 미끄러지듯 달리고, 몇 점 흐트러진 구름 사이로 '낙하산 비행 놀이(para sail)'를 하는 사람들이 큰 풍선에 매달려 점점이 흔들렸다.

항구 건너편에 옛날 법원이었다는 건물이 고풍스럽다. 앞마당은 정구장 4개 정도를 합쳐 놓은 크기의 공원이다. 거대한 나무숲이 뜰의 2/3를 그늘지게 하고 있다. 높이 20m 정도 되는 나무들이 서로 얽히고설키면서 무성한 초록색 잎으로 하늘을 가렸다. 근원(根源) 밑지름이 한 아름이 넘는 억센 줄기들이 여기저기 긴 가지를 받치고 있다. 한낮의 볕은 아직도 따갑다. 관광객들은 아이스크림을 손에 들고 신기한 나무를 둘러보며, 나무가 만든 그늘에서 환담을 즐기고 있다.

언뜻 보면 여러 나무가 어울려 숲을 이루고 있는 것처럼 보인다. 그러나 중앙에 대여섯 아름의 원줄기가 위로 옆으로 몇 갈래의 가지를 뻗고 있다. 뻗은 가지를 하나씩 따라가 보면, 가지 중간마다 공중에서 밧줄을 내리듯이 수십 개의 뿌리를 제 팔뚝에서 뻗어 내렸다. 땅에 닿은 뿌리는 흙을 움켜쥐고 거기서 자리를 잡아 싹을 내고, 또 다른 나무의 밑동으로 자라서 가지를 뻗으며, 같은 방법으로 한없이 자랐다. 밑으로 드리웠던 뿌리는 다시 단단한 나무 기둥이 되어 새로 자라난 줄기와 엉키면서 큰 가지를 지탱하고 철근처럼 버텨준다.

구글 검색에 따르면, 하와이 선교 50주년을 기념하여 인도에 있는 선교사가 보냈다고 한다. 1873년 4월 24일에 이곳에 심었다. 당시에는 2m 정도의 어린나무였다. 144년이 지난 지금, 수십 아름의 여러 줄기로 자랐다. 공중에서 뿌리를 내리며 가지로 뻗어 나가 현재까지 16개의 새로운 나무 기둥을 이루며 서로 버티고 있다. 이들 모두가 원줄기와 가지로 연결되어 서로 꼬이고 합치면서 나무 한 그루가 공원 전체를 덮고 있다.

숲 아래 그늘에 앉았다. 대가족, 한 부족의 형성을 떠 올려봤다. 족장을 중심으로 혈연으로 묶어진 공동체는 함께 일하고 서로 도우며 족장에게 충성한다. 단결하여 적을 물리치고 영토를 확장하며 국가를 세우고 나중에는 거대한 제국을 이룬다.

주군(主君)은 그들을 보호하고, 가신(家臣)은 충성을 약속하며 영주와 농노의 관계가 이루어 간다. 왕은 제후를 분봉하고 중앙집권제로 봉건 제후들을 다스리며 제국을 만들어 간다. 이렇게 이루어진 로마, 중국, 일본 등 저들 제국주의는 이 나무의 생태(生態)를 고스란히 닮았지 아니한가. 위로는 햇빛을 가리고 아래로는 흙의 표면을 뿌리로 점령하면서 다른 나무가 자라지 못하게 철저히 제거하며 자신들만의 영역을 넓혔다.

달리 보면 하찮은 생명이라도 나누고 도우면 이렇게 번성하여 뜨거운 태양을 가리고 그늘이 되어주며 쉼을 주지 않는가. 'banayan'이란 이 나무 이름은, 그늘 밑에서 쉬며 장사를 벌렸던 '힌두 상인'을 일컫는 말이란다. 나무의 원명(原名)은 '뱅골보리수(Ficus benghalensis)'이다. 인도, '보드가야'에서 석가모니가 수행하며 나무 아래에서 깨달음을 얻고 해탈하였다고 전해지는 그것과 같은 종(種)의 '보리수나무'이다.

가지에서 공중으로부터 뿌리가 내려와 줄기를 만들고, 그것이 다시 가지로 뻗으며 또 다른 뿌리를 내리는 이 나무를 지켜보며 연기(緣起)의 도리를 깨우쳤나 보다. 인(因)이 연(緣)을 만나 과(果)를 이루고 이 과에서 다시 인연(因緣)이 이루어져 가는 업보(業報)의 과정을 이 나무에서 터득하였을까.

나는 지금 어떤 과보(果報)에 의하여 이곳에 와 있으며, 무슨 연(緣)을 만나 다음의 업(業)을 이루어 갈까. '불씨가 떨어져도 주위에 탈 물건이 없으면, 불은 붙지 않는다. 탈 것이 잔뜩 쌓여 있어도 불씨만 떨

어지지 않으면 불은 일어나지 않는다.'는 불교 경전의 한 말씀이 생각
난다. 이렇듯 인과 연을 헤아려보는 깨달음으로 마음을 다스려보자.
만인에게 서늘한 그늘을 줄 수 있는 나의 삶을 그려본다. 지금 나의
업보가 어떠하든 다음 생을 위하여 더 나은 업보를 쌓아야 하지 않겠
나. '스치는 인연을 귀히 여기고, 배려하며, 저렇게 어울리며 살리라.'
하며 조심스레 발걸음을 옮겼다.

　이 나무 둥지에 보금자리를 마련한, 자주색 광택이 나는 검은색의
작은 '구관조(九官鳥, Myna)' 새 떼들이 저녁 햇살을 받으며 여기저
기서 "짹짹"거린다. 이들의 합창이 은은한 파도 소리와 어울려 심포니
로 울리며, 붉게 물든 저녁노을 속으로 은은히 퍼져 나간다.

스펑나무(spung tree) 뿌리

 2013년 4월. 해외 한인 약사 심포지엄 차 캄보디아에 들렀다. 일정을 끝내고 '타 프롬' 사원을 방문했다. 아내와 함께였다. 관광객들이 사진을 찍으려고 줄을 서 기다리고 있었다. 거대한 나무가 눈길을 끌었다. 갈기갈기 찢어져서 수많은 다리를 가진 거대한 괴물 같기도 하고, 어마어마한 거인이 큰 다리를 뻗고 성벽에 걸터앉은 것도 같았다. 어마어마한 기중기로 성벽을 몽땅 들어 올리려는 듯 그것을 움켜잡고 있는 웅장한 나무였다. '타 프롬(Ta Prohm)' 사원 안에 있는 거목, 바로 '스펑나무'다.

 스펑나무를 소개하자면, 우선 사원의 내력을 알아보는 것이 순서일 듯하다. 이 사원은 12세기 동아시아를 지배했던 캄보디아(Cambodia)의 위대한 조상 '크메르(Khmer)' 족의 유산으로, 캄보디아 '시엠립(Siem Reap)'에 있다. '앙코르(Angkor)' 제국의 전성기를 구가했던 '자야바르만(Jayavarman) 7세'가 자신의 어머니를 위하여 건축한 사원이다. 규모는 '앙코르 와트(Angkor Wat)'[1]에 버금가는

---

1 캄보디아의 앙코르(Angkor)에 있는 사원으로, 12세기 초에 자야바르만(Jayavarman) 2세에 의해 옛 크메르(Khmer) 제국의 도성으로 건축된 사원으로, 세계에서 가장 크고 아름다운 건축물.

건축물이다.

당시 수도승과 더불어 12,500여 명이 사원 안에 기거했고, 물자 조달과 건물 유지를 위해 인근에 80,000여 명이 거주했다는 기록이 있다. 제왕의 위세도 위세이지만, 이것만 보더라도, 가보지 않은 분들도 사원의 규모를 대충 짐작하리라 믿는다.

돌 하나의 무게가 300kg이 넘는단다. 돌을 깎아서 차곡차곡 쌓아 올려 벽을 만들고 탑을 건립하였다. 벽마다 기둥마다 빈틈없이 각종 형상(形象)으로 조각(彫刻)했다. 이 거대한 작품이 단 5년여 만에 이루어졌다고 하니 놀라운 일이다. 저 건물을 짓느라고 애먼 백성이 얼마나 많이 희생되었을까. 변변한 건설 장비도 없던 때이니 불 보듯 뻔한 일이다.

이 중 내 눈길을 사로잡은 것은 뭐니 뭐니 해도 건물의 돌 틈을 파고들며 자라난 스펑나무다. 일명 '카폭(kapok)'이라고도 부르는 나무는 기괴했다. 이 나무는 본디 멕시코, 중앙아메리카가 원산지로 아열대 지방에서 자라며 나무 높이(樹高)가 60~70m에 가슴높이의 지름(胸高)은 3m까지 굵어지는 그야말로 하늘을 뒤덮는 큰 나무다. 수명은 400~800년이라 한다. 나무가 본향을 떠나 머나먼 이국땅에 와서 정착했다는 사실이 놀랍다. 양토(壤土)가 아닌데도 성곽의 그 거대한 암벽 틈새를 비집고, 그토록 장구한 세월 동안 자랐다는 사실이 도저히 믿기지 않는다. 그건 숫제 수수께끼이며 기적에 가까운 일이다.

'앙리모우'는 프랑스 탐험가이자 자연 학자였다. 1860년, 그는 앙코르 주변의 캄보디아 정글 속에 묻혀있는 옛 크메르 문명의 유적지를 우연히 발견했다. 바로 이 사원이었다. 내가 생각하기에는, 당시 고고학자들이 장차 사원의 손상을 염려해서라도 나무들을 후에 제거했어야 옳았을 터였다. 하지만 그들의 생각은 달랐다. 그토록 장구한 세월 속에 숨겨져 있던 사원을 발견했다는 증거. 그 자체를 중시하여 일부러 베지 않고 내버려두었단다. 결과적으로 그들의 탁견(卓見)이 빛났다. 사실 관광객들은 '타 프롬' 사원뿐만 아니라 나무들을 보기 위해 세계 도처에서 모여든다고 했다.

나무는 마음대로 자라면서 겉 뿌리 하나가 족히 한 아름이 넘는 굵은 줄기 모양으로 변했다. 이것이 벽면을 타고 내려와 바닥까지 파고들어간 채 버티고 섰다. 뿌리와 줄기는 벽과 건물의 돌 틈으로 뱀처럼 구불구불 뻗어 나갔다. 금이 생긴 벽의 형상과 돌벽 사이로 파고들며 육중한 담벼락을 뒤덮었다. 앙코르 제국의 위대하고 완벽한 건축물을 이렇듯 무참하리만치 짓밟았다. 인간의 업적을 비웃기라도 하듯, 통째로 삼켜버리려는 기세다. 우리네 인간이 도저히 범접할 수 없는 자연의 거대한 힘이다.

한 군주가 자신의 효심을 과시하기 위하여, 돌 벽돌 한 장 한 장을 갈고 닦아 쌓아 올렸다. 그 속에는 수십만 일꾼의 허기진 땀, 채찍에 맞아 엉겨진 피가 스며있다. 이를 먹고 자란 나무가 그들의 가슴에 맺힌 한과 억울한 죽음을 들추어내려는 듯 갈퀴처럼 엉킨 뿌리로 돌벽을 휘어잡고 있다.

그 '꿈틀거림' 속에는 목숨 줄을 놓으며 마지막까지 아이들을 찾던 애처로운 신음, '엄마! 아빠!'하고 부르짖는 허기진 목소리를 듣던 어미의 가슴 저린 아픔이 있다. 들리지 않는 아우성 때문인지 귓전에 스치는 스산한 바람이 괴괴하게 느껴진다.

나는 스펑나무 그 억센 뿌리 하나를 쓰다듬으며 잠시 생각에 잠겼다. 사원의 돌 벽돌 틈에 떨어진 홀씨는 바람에 쌓인 흙먼지 속에서 겨우 싹을 내고, 천신만고 돌쩌귀 틈으로 뿌리를 내렸다. 주어진 환경의 악조건을 견디고 이겨내며 가까스로 생명을 유지해 왔다. 열대 폭우가 쏟아져 땅을 흠뻑 적실 때에도 어린 싹에는 넉넉지 못하였다. 겨우 돌 틈에서 방울방울 떨어지는 빗물로 해갈하며 살아남아야 했다. 그런데도 뿌리를 내리고 가지를 뻗으면서 수백 년 동안 거대한 작품을 이루어 놓았다.

구불텅구불텅 뻗어진 나무뿌리를 바라보노라니, 느닷없이 서울에서 겪었던 나의 대학 생활이 기억 속에 피어났다. 내가 18살일 때에 당시 39세였던 아버지가 심장마비로 돌아가셨다. 졸지에 동생 넷을 거느린 가장이 되었다. 지병으로 허약한 어머니를 도와 어려운 집안을 돌보고자 학업을 포기하려 했다. 그때 그냥 시골에 머물렀더라면, 숲속의 작은 나무처럼 그저 왜소하게 자라났을지도 모른다.

하지만 꿈을 품고 서울이라는 곳에 건곤일척(乾坤一擲) 내 한 몸을 씨앗으로 던졌다. 분침, 초침 따라 비집고 들어갈 수 있는 자리마다 뿌리를 내려 보며, 기고 엉기면서 살아남으려 애썼다. 다들 가는 대학. '그때는 다들 그렇게 고생하며 졸업했다'고 남들은 생각할는지 모른다. 그러나 나에게는 열정과 투혼을 불태운 투쟁의 현장이었다.

눈을 들어 옆을 보면 흘러넘치는 것들도 많았는데, 나에게는 어찌

그리도 부족한 것뿐이었는지. 내 팔다리는 멀쩡해 보여도 머릿속의 뇌세포들은 저 뿌리처럼 꼬이고 단단해져서 무엇이든지 견디어 내고 움켜잡을 수 있는 강인한 것들로 변했는지 모른다.

내 나이 칠십. 이제 보니 정말이지 스펑나무는 자연이 만든 대형 분재이다. 나는 내가 만든 소형 분재가 아닐까. 대체로 분재 애호가들은 좋은 흙 대신에 자양분이 거의 없는 마사토(磨砂土)나 암석(巖石)을 애지중지하는 자신의 분재 발치에 넣는다고 한다. 뿌리는 그 열악한 환경을 타개하여 뿌리를 뻗고자 자신의 실뿌리에서 암석을 녹이는 물질을 내어놓는다.

그렇다면 저 거대하고 두려움까지 자아내는 스펑나무는 실뿌리를 통해 강력한 용암 물질을 얼마나 많이 내놓았을까. 또 나를 사랑한 신은 얼마나 나를 아꼈기에 세상 암벽을 뚫을 수 있는 강인한 신경 뿌리를 내리게 했을까.

생각해 보면, 한 시대를 떵떵거렸던 자야바르만 7세의 위업도 자연에 비하면 대단한 게 못 되는 듯싶다. 고고학자들이 '죽기 전에 꼭 가 보아야 할 명소'로 꼽을 만큼 대단한 사원이지만, 이 사원의 축대 벽마저도 헤집고 온통 뒤덮어버린 스펑나무야말로 위대한 자연의 힘으로 만들어진 걸작이다.

인간이 '성업(聖業)의 산물(産物)'로 여기는 성전(聖殿)마저도 장구한 세월 동안 서서히 아주 서서히 허물어버리는 스펑나무를 보라. 이런 '허물어짐의 장관'을 보기 위해 세계 곳곳에서 관광객이 몰려온다. 엄청난 파괴가 오히려 최고의 예술품이 되었다. 바닥까지 파괴된

실패를 극복하고, 성공을 이루어내는 삶도 결국 자연에서 배우게 되나보다.

성문을 나서려다 이번엔 또 다른 광경에 흠칫 놀랐다. 스팽나무가 거대한 암석 벽과 공존동생(共存同生) 하며 조화를 이루는 광경에 눈길이 멎었다. 수천 년 동안 요리조리 파고든, 악어 껍질처럼 거친 뿌리는 갈기갈기 담벼락의 돌 벽돌들을 움켜잡고 있었다. 얽히고설킨 뿌리는 담을 무너뜨리기는커녕 돌들과 하나 되어 그 벽을 단단히 붙들고 있었다. 마치 콘크리트 속 철근과 같았다.

인간의 걸작을 여지없이 지배하고 무력화하는 파괴자 내지는 정복자로만 보았는데, 또 다른 신선한 충격이었다. 무너져 내릴 담벼락을 붙들어 세우고 견고하게 지탱해 주는 조력자요 후견인이다. 무서운 파괴력과 창조력을 가진 자연에 대한 경외심은 물론 인간의 연약함을 지탱해 주고 사랑해 주는 신의 위대함을 함께 느끼고 생각하게 했다.

문득, 눈물로 범벅된 나의 '시련의 삶'을 반추한다. 자갈밭 같은 내 삶을 생애 최고의 작품으로 만들어 보려고 발버둥 쳤던 지난날. 살벌한 경쟁 속에서 무너뜨리고 이기는 것만이 능사였던 젊은 날의 모습을 뒤돌아본다. 서로 붙들고 함께 살아가는 온전한 삶. '공생'과 '상생'의 삶이 있었음을 깨닫지 못하고 살았던 것은 아닌가 싶다. 엄숙한 자연 앞에 부끄럽기만 하다.

엉켜 뻗어있는 굵은 뿌리 위에 올라서서 아내의 두 손을 꼭 잡고 기념사진 한 장을 찍었다. 4월의 햇살이 포근했다.

뒤틀어진 몸통

오랜 망설임 끝에 등산을 시작했다. 아름드리 소나무, 삼백 나무, 세 쿼이아, 상수리나무들이 빽빽이 하늘을 메우고 있다. 하늘 높이 쭉쭉 뻗은 나뭇잎 사이로 푸른 하늘이 보인다. '톡' 쏘는 것이 송진 냄새 같기도 하고 갓 내린 구수한 커피 향 같기도 하다. 이런 야릇한 기(氣)를 음미하며 깊이 들이마셨다. 취하는 기분이다.

요즈음 사람들 입에 오르내리는 '피톤치드phytoncide)'[1] 라는 특수한 삼림향(森林香)이다. 아시다시피, 이 향은 수목이 분비하는 특수 휘발 물질이다. 이것이 외부로부터 공격해 오는 곰팡이, 세균, 바이러스 등 미생물에 항균 작용을 하므로 각종 질환 치료에 아주 좋다고 알려져 있다. 20세기 초, 치료약이 개발되지 않았을 당시까지만 해도 폐결핵의 가장 효과적인 치료법으로 삼림욕이 추천되었을 정도였다.

간간이 솔바람에 실려 오는 나무 향이 코끝을 간질이는데 깎아지른 듯한 산비탈을 끼고 도는 좁은 산길을 숨 가쁘게 한 발 한 발 내디뎠

---

1 이 용어는 '식물의'라는 뜻의 '파이톤(phyton)'과 '죽이다'라는 뜻의 '사이드(cide)'를 합쳐 만든 말로서, '식물이 분비하는 살균물질'이란 뜻이 된다. 이 말은 1943년 러시아 태생의 미국 세균학자 왁스만(S. A. Waksman)이 처음 만들었다. 그는 스트렙토마이신을 발견해 결핵을 퇴치한 공로로 1952년 노벨 의학상을 받기도 했다. '파이톤사이드'라고 부름이 옳으나, 일본에서 주로 공부한 우리네 산림 관련 학자들이 일본어 식으로 번역한 것이다.

다. '폴시 크릭(Foresee Creek)' 등산로를 따라 가파른 산을 오르고 있다. 멀리 해발 3,400m가 넘고 백두산보다 훨씬 높다는 남가주 최고봉 '샌 고고니오(San Gorgonio)' 정상이 어서 오라고 손짓한다, 언젠가는 저곳에 오르리라 다짐해 본다. 가끔 깊은 숲 사이로 드러나는 뭉게구름이 쉬었다 가라고 미소 짓는다.

눈앞에 높이 20~30m가 됨직한 거목이 버티고 섰다. 금빛 나는 두툼한 껍질로 무장하고, 아테네 성전의 웅장한 코린트식 기둥보다 더 큰, 서너 아름이 넘는 원기둥에는 세월의 주름살이 굵게 새겨져 있다. 나이가 수백 년은 되지 싶다. 멋지고 우람한 '금송(金松)'이다. 이 나무는 식물분류학상 구과목(毬果目) 낙우송과(落羽松科)에 속하는 상록 침엽 교목이다. 여기서 '구과'란 '솔방울'을 일컫는다. 그리고 '낙우송과'란 잎이 깃털(羽)처럼 떨어지는 수목을 통칭한다.

식물분류도 이처럼 흥미롭다. 이것의 오래된 화석은 2억 3천만 년 전의 것이 발견되어 이 나무는 '살아있는 화석'으로도 불린다. 본디는 그 바늘잎이 황금빛을 띠기에 '金松'이라는 이름을 붙였겠지만, 수려하고 우람한 자태를 지니고 있어 그 많은 소나무류 가운데서도 가장 뛰어난 수종(樹種)이다. 그러기에 보석들 가운데 으뜸인 '금(金)'이란 이름을 붙였을 것만 같다. 쭉 뽑은 몸매에 햇살이 드리워 황금빛 광채가 난다.

그런데 밑동을 보니, 비탈면으로부터 수직으로 자란 몸체가 다시 하늘을 향해 둔각으로 꺾이며 위로 자랐다. 'ㄴ' 자가 거울에 비친 모양. 달리 말하면 난로의 연통이 지붕을 향하여 '팔꿈치' 모양으로 굽어 있듯이 몸통을 구부려서, 그 육중한 몸이 곧게 하늘을 향해 뻗어 오른 것이다. 아마도 새싹이 돋아나서 땅 밖으로 나올 때는, 씨앗 속의 유전자는 어디가 가장 가까운 곳인지 아는 모양이다. 그러기에 심한 경사가 진 비탈에서, 수직이 아닌 경사각에 직각 되게 솟아 나왔다. 위에서 내려다보면 옆으로 삐져나온 모양으로 자라기 시작한 것이다.

이 어린 싹이 자라면서 가지가 되고 몸통이 되어가면서부터 우주의 이치를 아는가 보다. 아니면 중력을 느껴서인가. 목수가 추를 내려 수직으로 기둥을 세우듯 몸통을 뒤틀어서 비탈과는 방향이 다르게 하늘을 향해 곧추세워간다. 어린나무 때는 비탈에 수직으로 자라든, 하늘을 향해 곧추 커가든 뿌리에 미치는 힘에는 커다란 영향이 없을 것이다. 그래서 그런지 주위의 작은 잡목들은 고작해야 2~3m 높이로 여기저기 사방으로 가지를 뻗어 나간다. 이것들은 비탈을 아랑곳하지 않고 경사면을 따라 비스듬히 잘도 자라고 있다. 그러나 무게가 몇 톤이나 되는 이 거목이 자라는 동안 싹이 자란 방향으로, 즉 옆으로만 자꾸 뻗어 나간다면 어떻게 될까. 결국 나무에 무게가 더해 갈수록 뿌리는 그 무게를 견디다 못해 쓰러지고 말 것이다.

문득, 누군가의 말이 생각난다. 정치가로서의 위대한 꿈, 리더로서의 원대한 계획이 있다면, 어릴 적부터 작은 일도 성실하고, 정직하고, 곧고, 바르게 이루어내는 성품을 길러야 한다. 그래야 나중에 아무리 무거운 무게라도 견딜 수 있다고 했다. 우리가 아는 위대한 위인들은 이렇듯 바르게 행동하며 자기를 성찰해 온 사람일 거다. 악과 싸워가며 금전의 유혹에 휘둘리지 않고 꿋꿋이 자기 뜻을 이루면서 살

앉으리라. '무게가 무겁고 높이가 높을수록 곧바로 서야 한다.' 그렇지 않으면 강하게 몰아치는 폭풍과 폭우를 견디지 못하고 뿌리는 뽑히고 만다는 이치. 그들은 일찍부터 이것을 터득한 사람들일까.

어쩌다 청문회 광경을 지켜보면, 일찍부터 허리를 쥐어틀어 온갖 욕심을 이기고 자신의 성실, 정직을 지켜온 사람들은 거센 바람을 이겨낸다. 소시민으로서 나의 생활은 결코 그들과 같은 위대한 삶은 아닐 것이다. 그럴지라도 이제 나에게 매달리는 유혹의 잎과 욕망의 가지를 다 쳐버리면 나도 저렇게 의연하고 곧게 뻗어 오를 수 있을까.

세상 것이 근접할 수 없는 고고함으로, 고행하는 수도승처럼 꿋꿋이 서 있는 나무를 만져본다. 위선과 가식의 껍질을 모두 벗어던지고 푸른 하늘 아래 한 점 부끄러움 없이 찬란한 태양을 바라볼 수 있는 삶을 나는 살 수 있을까. 칠순이 넘은 지금이라도, 저 '금송'처럼 '피톤치드' 향을 뿜어내고, '뒤틀림'의 아픔을 이겨내면서 그의 그 '몸틀림'을 배우며 노년을 마무리해야겠다고 다짐해 본다.

비탈에 왼쪽 다리를 비스듬히 구부리고 금송처럼 바로 서 본다. 나는 잡목처럼 자랐는가. 아니면, '금송'처럼 밑동을 바로 세우려고 발버둥 치며 살았는가?

오후의 햇살이 푸른 잎새 사이로 번뜩일 뿐, 말이 없다.

셔먼 장군 나무를 바라보며

  킹스 캐니언에 캠핑하러 갔다. 봄 내음이 물씬한 4월, 도심의 복잡한 생활을 떠나 숲속에서 자연과 하나 되고 싶었다. 아이들이 어렸을 때 다녀왔으니 20년도 넘었다.

  산속 아침 공기에 코끝이 싸하다. 꽃샘바람이 옷깃을 여미게 한다. 시원히 흐르는 냇물 가에서 맑고 차디찬 물로 얼굴을 씻었다. 빨강 노랑 파랑으로 염색한 것 같은 펑크 머리의 딱따구리가 이 나무, 저 나무로 날아다닌다.

  세코야 숲속을 거닐었다. 산새들이 여기저기서 지저귄다. 서로 아침 인사를 나누나 보다. 잎 사이로 간간이 비춰는 눈부신 아침 햇살에 이슬이 반짝인다. 주름진 얼굴이 환히 밝아진다. 마음은 몇 점 구름 따라 한가히 흘러간다.

  아침 식사 후, 살아있는 나무 중 세계에서 부피가 가장 크다는 '셔먼 장군(General Sherman)' 세코야 나무를 보러 갔다. 미국에서 가장 깊은 광대한 빙하 협곡이 펼쳐진다. 시에라네바다 산맥을 타고 내리며, 남쪽과 중앙의 분기점을 이루는 킹스 리버(Kings river) 일대는 그랜드 캐니언 보다 더 깊다고 한다. 해발 1,800m에 세코야 나무들이 숲을 이루고 있다. 키 30m, 밑 둥지 지름이 3m가 넘는 거목들이 병풍처럼 늘어서 있다. 울창한 늪, 코발트색의 호수, 감청색의 하늘이 몇 점 구름과 어울려 신비로움을 자아낸다.

　세코야 국립공원 안에 있는 자이언트 포리스트(Giant Forest)에 도착했다. '셔먼 장군' 나무가 거대한 자태를 드러내며 우뚝 솟아있다. 키 83.8m, 밑동 둘레 31m, 지름이 7.7m이며 나이는 2,300~2,700년으로 추산된다고 한다. 나이가 가장 많은 것은 아니며 키가 가장 큰 것도 아니지만, 부피가 세계에서 가장 크다고 한다. 1,487 세제곱 피트라고 적혀있다. 감이 안 잡힌다. 이 나무에 물을 가득 채운다면, 한 사람이 27년 동안 매일 욕탕을 채우고 목욕할 수 있는 양이라고 하니 실감이 난다.

　2,700여 년 전, 인간의 발길이 닿지도 않았을 거대한 숲에 뇌성 번개가 치며 사나운 불길이 일었을 것이다. 거센 불길은 모든 것을 태워버렸다. 숲은 잿더미로 덮였다. 그 속에서 타다 남은 단단한 솔방울 속의 세코야 나무 씨앗 하나가 생명의 뿌리를 내렸다. 볍씨보다도 작고 가벼운 씨앗이다. 여리디여린 연두색 작은 잎을 피웠다. 폭풍과 열기와 눈보라를 견디며 자라고 또 자랐다.

　수천 년을 자라며 밑동의 작은 가지들은 다 떨어 버렸다. 감싸고 보호해 주던 두꺼운 껍질마저도 벗겨져 나갔다. 지금은 늘씬한 몸체만이 붉은빛을 발하며 하늘을 향하여 뻗어 있다. 강풍과 비바람이 수없이 흔들어 댔을 텐데, 어떻게 이처럼 곧게 높이 자랄 수 있었을까.

나무는 뿌리가 깊어야 똑바로 높게 자랄 수 있다고 한다. 그러나 세
코야 나무는 뿌리가 깊지 않다. 혼자서는 몸통을 지탱하기 어려워 서
로 적당한 거리를 두고 자란다고 한다. 여러 뿌리가 서로 엉키면서 군
집을 이루며 대지를 움켜잡고 있다. 각자의 거대한 몸통을 그 위로 키
운다. 마치 높은 빌딩을 세우기 위하여 터 전체를 콘크리트로 덮고 그
판 위에 기둥을 세우는 모양새이다.

　그들은 '네가 있기에 내가 있다.'라는 공생의 삶을 살아간다. 우리네
삶은 어떠한가. '네가 죽어야 내가 살 수 있다.'라는 경쟁이 아닌가. 결
국은 자신을 파멸시키고 자연을 훼손하며 살아가는 우리네 현실이다.
나무는 인간에게 상생의 삶이 무엇인지 일깨워준다. 우리가 함께하여
거대한 세코야 숲 같은 이웃을 이루고, 그 가운데 우뚝 서 있는 자신
들을 발견하는 통합의 삶을 살아야 한다고 말하여 주는 것 같다.

　세계 제일을 자랑하는 이 장군 나무의 밑동을 보라. 굵은 옹이가 박
힌 발굽은 수천 년의 모진 세월을 말해준다. 묵직한 몸통을 키워 올리
느라 대지를 움켜잡고 있다. 몸통은 두꺼운 껍질이 갈라지며 화마(火
魔)에 까맣게 그슬렸다. 그동안 몇 번의 불바다가 휩쓸었을까. 모진
비바람도 이겨내고 버티고 일어섰다. 장군이 된 것이다.

　아직도 윗가지에는 파란 잎이 하늘거리며 생명 있음을 과시하고 있
다. 푸른 하늘에 진한 녹색 물감으로 가지와 잎을 그려 놓은 것 같다.
잎이 바람 따라 햇빛에 번득인다.

　지름이 7m가 넘는 몸통에는 50m여 높이까지 잔가지가 하나도 없
다. 힘이 쇠한 가지는 땅을 향하여 밑으로 뻗다가는 마침내 부러져 떨

어졌다. 그 자리에는 속으로 옹이가 생겼을망정 겉으로는 상처 하나 없는 매끈한 몸통이다.

어려운 살림에 지아비 없이 다섯 남매를 키워 짝 지워 보내면서도 웃음을 잃지 않았던 엄마. 그 가슴에는 얼마나 많은 응어리가 박혀 있었을까. 껴안기보다는 떨쳐 보내야 하는 쓰라린 아픔에도 눈물을 감추어야 했던 의연한 모습이 이런 것이었을까.

자신을 감싸고 있던 두꺼운 껍질을 모두 벗어던진 발그스레한 몸체가 고행하는 수도승처럼 고고하다. 나를 보호하기 위하여 덕지덕지 붙여놓은 껍질들. 자존심, 이기심, 위선, 가식 등을 벗겨버리고 나 자신을 벌거숭이로 드러내고 싶다. 푸른 하늘 아래 부끄러움 없이 찬란한 태양을 그대로 드러내고 있는 이 장군 나무처럼. 변화 산에 예수의 후광, 해탈할 때 부처의 눈부심이 이런 아우라일까.

이제, 나에게 매달리는 유혹의 잎, 욕망의 가지를 다 쳐내버리고 자연과 더불어 살아보련다. 이 나그네의 간절한 마음이 수천 년 나이테에 한 줄 소망으로 남겨지려나.

'푸라 비다', 코스타리카

2016년 11월, 5박 6일 일정으로 중남미 코스타리카 여행을 떠났다. 북쪽은 니카라과, 남쪽은 파나마와 국경을 접하고 있다. 국토의 절반이 때 묻지 않은 원시림이고, 1/4이 국립공원이란다. 세계 최대의 생태공원으로 다양한 동식물의 보고로 알려져 있다. 서쪽은 태평양, 동쪽은 카리브해를 끼고 보석 같은 해안이 펼쳐져 있는 아름다운 나라로 소개된 나라이다.

코스타리카 산호세 공항에 도착했다. 비에 흠뻑 젖은, 야자수며 아열대 식물들이 녹즙을 짜 놓은 듯 푸르다. 아직 남은 오후의 햇살을 받아 나뭇잎이 눈부시게 싱그럽다.

가이드가 없는 첫 외국 여행이다. 가뜩이나 두려움 많은 아내는 안절부절못한다. 골프가방마저 도착하지 않았다. 분실 신고로 여기저기 뛰어다녔다. 렌터카 픽업 예약 시간까지 놓치는가 싶었다. 시작부터 가슴이 동동 뛰는 숨 가쁜 여행이었다.

렌터카 대여 회사들은 공항에 작은 부스 하나씩 가지고 셔틀로 운영하면서 인터넷상에는 공항에서 직접 차를 픽업하는 것으로 고객을 유혹하고 있었다. 엔터프라이즈 회사 셔틀로 30분이 걸려 겨우 공항을 빠져나와 렌터카 회사에 도착했다.

믿을 수 있을 것 같아 AAA를 통하여 출발 전에 렌터카를 예약하고 왔다. 렌트 비용이 생각보다 저렴하여 무슨 속셈이 있으려니 예상은 했다. '도요타' '코로나' 렌트 비용이 1주일에 $40으로 부대비용을 합하여 $54에 불과했다. 하지만 생각보다 엄청난 보험료를 지급해야 했다. 이것저것 합하여 6일 동안 $353의 보험료를 내야 했다.

빌려주는 GPS보다는 'Waze App'이 더 자세하다는 귀띔에 따라 I-phone에 다운로드하고 로밍하였다. 공항에서 10마일 떨어진 첫날 숙박지 'Escazu' 시에 있는 'Marriott Residence Inn'으로 향했다.

이런저런 수속으로 저녁 7시가 넘었다. 주위는 벌써 어둑어둑하다. 가끔 비가 뿌리는 혼잡한 길을 방향도 가늠하지 못하면서 GPS만 의존하고 따라갔다. 도로 이름이 스페인어라 생뚱하고 어려웠다. 중앙선도 없는 외길 왕복 차선이 대부분이고 길에 표시판이 없는 곳이 많았다.

좁은 골목을 통하여 다음 길이 연결되므로 아차 하는 순간에 다른 길로 들어서게 된다. 한번 잘못 들어서면 1~2마일은 돌아야 다시 그 길로 돌아올 수 있었다. 길을 찾느라 돌고 또 돌기를 몇 번, 같은 롤게 이트를 세 번씩이나 통과하고 나서야 나가는 길을 바로 찾을 수 있었다. 호텔에 도착하니 9시가 넘었다.

첫날 숙박은 타바쿤 호텔로 하려 했다. 공항에서 타바쿤 온천까지 80마일. 오후 4시에 공항에 도착하면, 늦어도 7시경에는 온천장 숙박 호텔에 도착할 수 있으려니 했다. 그러나 모르는 길을, 그것도 말도 안 통하는 외국에서 밤에 운전하는 것이 얼마나 위험한 짓이냐고 아내는 극히 반대했다. 하는 수 없이 충고를 받아들였다. 공항 부근에서 1박을 하기로 예약한 것이 얼마나 다행이었는지 모른다. 아내의 잔소리가 약이 되었다.

호텔 안내원이 "푸라 비다."(pura vida) 하며 반겨 인사한다. 이곳 사람이 즐겨 쓰는 말이다. 푸라 비다는 'pure life'라는 뜻으로, '고맙다. 괜찮다, 행운을 빈다, 아름답다'라고 말하고 싶을 때, 심지어는 그릇이 깨져도 "푸라 비다", 건배할 때도 "푸라 비다"라고 한단다.

기쁠 때도, 힘겨울 때도, 좋은 순간에도, 나쁜 순간에도 일상 하는 말이니, 글자 그대로 순수한 인간의 삶을 드러내는 이들의 삶의 철학인가 싶다. '푸라 비다'를 음미하며 잠들었다.

11월 8일

첫 목적지는 'Aerial 화산'과 'Tabacoon hot spring'이다. 이곳으로 가는 도중에 '나무공원'을 방문하기로 했다. 지도상으로 국도인지라 미국의 고속도로로 생각하고 들어섰다. 그런데 좁은 산길을 굽이굽이 돌아간다. 때로는 비포장도로를 털럭거리며 골목골목을 달린다. 마치 강원도 시골 고향에 온 것 같았다. 한편으로는 길을 잘못 든 건 아닌가 하여 불안했다. 오직 GPS만 믿고 따라가야 했다. 나중에 안 일이지만, Waze 앱은 조금이라도 단축되는 길이면 큰 길이 아니라 골목길을 택한다고 했다.

바람은 약간 싸늘하며 상쾌한 산 공기가 향긋하다. 주위는 높지 않은 능선으로 온통 푸르며, 한가로이 노니는 소와 말들이 그나마 마음을 다소곳이 가라앉혀준다. '남미의 스위스'라는 말이 실감 난다.

해발 1,736m로 '사르셀로(Zarcero)' 시에 있는 자그마한 공원인데, 그곳 이름은 'Parque Francisco Alvarado'인데 여행사는 '나무공원'으로 부르고 있다.

3대로 내려오면서 개인이 이 공원을 조경하고 있다고 한다. 1960년 때부터는 'Evangelisco Blanco' 할아버지가 무보수로 관리해 온단다. 향나무 과(科)의 사철나무를 여러 가지 동물 모양으로 다듬어 놓았다. 공룡, 거북이, 코끼리 같은 눈에 익은 동물, 이름을 알 수 없는 기괴한 형상, 생각한 대로 보이는 추상화 같은 형태 등등. 전지가위 하나로 혼자서 다듬는단다.

그 나름의 독특한 예술의 경지에 몰두하며, 자신의 존재 가치를 느끼는가 보다. 많은 사람이 즐기는 것을 바라보면서 자신만의 행복에 만족하며 살고 있나 보다.

정오가 조금 지나 'Misco Arena'에 있는 'Hanging Bridge Park'에 도착했다. 다행히 날씨가 좋아서, 큰 구름이 몇 점 'Arenal Volcano' 정상 주변으로 움직이고 있었다. 선명하게 전체를 관망할 수 있었다.

이곳은 'Arenal Volcano National Park'로 1968년에 화산 폭발이 있고난 이후, 24년 전에 또 한 번의 폭발이 있었다 한다. 이 국립공원은 지금도 활화산으로 알려진 'Arenal Volcano'와 이 지역의 생성과 더불어 휴화산으로 남아있는 'Chato' 화산과 주위의 'Lake Arenal'을 포함하는 광대한 지역이다. 이 호수에는 이 나라의 가장 큰 수력 발전소를 위한 댐이 계획 중이라고 한다.

공원 입구의 ranger station에서 등산로를 따라 2km 정도 걸어 올라가면 열대 다우림과 최근에 흘러내린 용암을 볼 수 있다고 했다. 하지만 시간이 없어 아쉬운 발길을 'Hanging Bridge Park'로 돌렸다.

이곳에는 유난히도 고운 색깔의 'Macaw Parrot'을 비롯한 300여 종의 아름답고 신기한 새들이 서식한다고 한다. 정글과 정글 사이를 흔들리는 다리로 연결하여서 'Hanging Bridge'라고 불린다. 다리 위에 서면 비틀거리며 어질어질하다.

정글 나무숲 위에서 철 그물 사이로 내려다보이는 70~80m 아래의 열대 다우림은 녹색의 바다다. 그 속에서 새, 벌레들과 더불어 헤엄치고 있는 기분이다. 15개 다리 중 6개가 기둥이 없이 공중에 매달려 있고, 그중에는 길이가 100m가 되는 것도 있다.

끈끈한 습기가 피부에 느껴진다. 속이 들여다보이지 않는 깊은 정글. 빛은 차단되고 숲이 빚어내는 스산한 소리. 바람 따라 어디선가에서 가끔 빗방울이 이마에 떨어진다. 마치 영화, '쥬라기 공원'에 들어선 것 같다. 공룡에 쫓기며 정글을 헤매는 듯, 머리끝이 주뼛하며 소름까지 돋는다.

정글의 음산한 기분을 그대로 간직한 채, 'Volcano Lodge and Springs 호텔'에 여장을 풀고 곧바로 '타바쿤(Tabacoon) 온천'으로 향했다. 커다란 식당과 앞마당의 수영장은 일반 온천장과 다를 바 없으나 열대 식물과 정글 숲으로 둘러싸인 주위 경관은 눈길을 끌었다.

막상 옷을 갈아입고 길을 따라 들어가니, 완전히 다른 세계가 펼쳐졌다. 이곳저곳 골짜기에서 층층으로 폭포수가 쏟아지고 있다. 물 밑에서 물맞이하는 연인들, 부부들, 가족들이 숲 사이로 얼핏얼핏 보였다.

물을 흠뻑 먹은 채 오후 햇살에 흐드러진 자태를 드러내는 이름 모르는 열대 식물과 꽃들이 나를 반긴다. 빨강 노랑 초록 그 자체의 선명한 색깔로 태양과 어우러져 다양한 색상으로 온 주위를 물들이고 있었다.

일반 온천은 지하수를 펌프로 뽑아 올려 식히거나 데워서 사용한다. 때로는 재순환 과정을 거쳐 여과하고 재가열하여 온도를 조절한다고 들었다. 그러나 이곳 온천수는 'Arenal Volcano'의 지하 마그마(magma)에서 끓어오른 지하수다. 이 부근 다섯 군데에서 일 분(分)마다 수천 갤런을 뿜어낸다고 한다. 그런데 섭씨 22도에서 40도로 각각의 온도가 다르단다.

계곡마다 각기 물 온도가 다르므로, 자기가 좋아하는 곳에서 다른 사람의 시선을 받지 않고 오붓이 즐길 수 있도록 설계되어 있다. 이 온천수가, 그대로 내(川)를 이루며 여러 골짜기를 흘러내리며 이곳 온천장을 지나서 타바쿤(tabacoon) 강으로 흘러간다.

골짜기마다 열대 숲에 가린, 크고 작은 욕실(?)들이 고즈넉이 숨겨져 있고, 층층으로 만들어진 작은 폭포는 보기보다 물살이 세다. 몸을 담그고 있으면, 일반 자쿠지(jacuzzi)보다도 강한 '물 안마'로 온몸이 자연과 더불어 하나 되어 노곤하게 풀어진다.

해가 지고 어둠이 깔리면서 '쏴쏴' 물소리가 들린다. 고요 속에 벌레 소리와 더불어 교향곡을 연주한다. 울창한 정글 사이사이로 드러나는 반달은 별과 별 사이를 수줍은 듯 살며시 비껴간다. 천상의 선남선녀가 하계(下界)에 내려와서 총총한 별빛 아래 물장난을 치고 있는 기분이다. 곧바로 천상(天上)으로 오를 것만 같다.

11월 9일

아침 일찍, '포아스 화산'을 향하여 출발했다. 북부 평원 지역을 1시간 반 달리고 녹지와 목장으로 둘러싸인 구릉을 지나며 'La Paz waterfall'에 이르렀다. 손에 잡힐 듯 길가에서 가까운 거리다. 밀림 사이로 쏟아지는 물줄기는 폭포가 되어 하늘에서 그냥 내리붓는 것 같다.

주위에는 주차장 시설도 준비되어 있지 않았다. 나무로 얼기설기 엮어 천막을 친 노점상에서 소년이 과일을 팔고 있다. 폭포 아래로 내려가 소(沼)에서 물맞이라도 했으면 좋으련만 길도 따로 없는 위험천만이다. 이것이 '자연을 그대로 보전한다'라는 의미인가 보다. 하지만 관광객을 위한 배려가 전혀 없다는 생각이 들었다.

2009년에 규모 6.1의 큰 지진이 나서 도로와 주위 절벽이 많은 손상을 입었다고 한다. 아직 보수가 이루어지지 않고 있는 모양이다. 폭포 뒤쪽에 있는 호텔과 'La Paz Waterfall Garden'이 볼만하다고 하는데, 시간에 쫓기어 지나친 것이 아쉽기만 하다.

산길 15마일. 아찔한 낭떠러지를 굽이굽이 돌아올라 '포아스 화산'에 도착하였다. ('포아스 화산'은 다음 수필 '5분간'에서 계속)

포아스 화산을 구경하고 한 시간여 산길을 굽이굽이 돌아 내려왔다.

아담하고 조용한 조그만 도시, 'Barva de Heredia'의 명물인 'Britt Coffee Company' 농장에 도착했다. 코스타리카에서 처음 시작한 커피 농장이다. 아열대 기후와 미네랄 성분이 풍부한 화산토질로 자란 커피는 그 향이 세계적으로 알려져, 'Britt Coffee'의 브랜드를 자랑한다고 한다.

입구에서부터 진한 커피 향이 진동한다. 여기저기 빨갛게 익어가는 커피나무 사이로 신기한 모양의 나비들이 춤추며 나불댄다. 전통식 뷔페가 일품이라고 하나 시간이 늦어서 맛을 보지 못했다. 아쉽다.

남쪽으로 95km 떨어진, 'Herradura'시에 있는 'Los Suenos Marriott Ocean & Golf Resort' 숙소까지 2시간이 더 걸렸다. 고속도로라고는 하나 대부분 2 way 길이라 큰 트럭들이 길을 막으면 뒤로 10~20대의 차들이 늘어섰다.

산간 지역을 벗어나 해안가를 달리지만, 구릉으로 이어지는 산야는 온통 정글로 뒤덮여 짙은 녹색 바닷속을 달리는 것 같다. (다음 수필로 계속)

5분간

코스타리카 여행 3일째다. 자동차를 렌트하여 여기저기 둘러보는 중이다. 산길 15마일 아찔한 낭떠러지 길을 굽이굽이 돌아 '포아스 화산(volcan poas)'에 도착했다. 아직 이른 아침이라선지, 아니면 날씨가 흐린 탓인지, 주위가 온통 구름과 안개로 뒤덮여 있다. 10m 앞이 안 보인다. 입구에서 매표 점원이 구름 때문에 화산을 볼 수 없을 텐데 그래도 입장하겠느냐고 물었다.

이곳 우기(雨期)가 끝나가는 때라 생각하여 일정을 11월로 정했는데, 시기를 잘못 선택했나 보다. 여기까지 와서 그냥 돌아갈 수도 없고 하여 $25 입장료를 내고 걸어 올라갔다.

분화구를 볼 수 있는 관망대까지는 입구에서 2km 거리였다. 정글을 뚫고 구불구불 만들어 놓은 길은 제주 올레길을 생각나게 했다. 짙은 안개 속에 구름 속을 허위허위 걷는다. 지름이 양쪽 팔을 벌린 정도로 커다란, 풀잎 밑에 쪼그리고 앉아서 기념사진 한 장을 찍었다. 그 식물 이름이 '가난한 자의 우산'(Gunnera Insignis)이란다. 이곳은 맑은 날이 일 년에 50일 정도밖에 안 된다니. 갑자기 쏟아지는 폭우에 우산 없는 나그네에게 잠시 피난처가 되곤 하였나 보다.

가습기를 무한정 틀어 놓은 것처럼 안개가 뿌옇게 시야를 가렸다. 촉촉한 감촉이 얼굴에 스며들었다. 산소마스크로 숨을 쉬는 듯 상쾌했다. 이런 느낌만으로도 아침 산책 겸 여기에 올 만한 가치는 있다고 스스로 위로하면서 관망대에 올랐다.

이마를 간질이는 빗방울이 금시라도 소나기로 쏟아질 것만 같았다. 점점 짙어지는 안개와 검은 구름으로 한 치 앞이 안 보였다. 동동걸음으로 기다리던 몇몇 관광객들도 그만 포기하고 가벼운 비를 맞으며 흩어져 갔다. 가까스로 윤곽만 보이는 안내판 앞에서 인증 사진을 찍고 아쉬운 마음으로 돌아섰다.

바로 그때, 눈 아래 희끄무레한 속에 무언가가 어른어른 움직이기 시작한다. 구름 속에 해가 잠시 모습을 드러내며 안개가 스멀스멀 물러간다. 우주선이 내려오듯 둥글게 뚫린 구름 사이로 햇살이 쏟아진다. 수백 미터 절벽 아래 커다란 분화구가 조금씩 보이기 시작하며 서서히 비장(秘藏)한 모습을 드러낸다. 산 정상과 분화구 바닥으로 이어지는 절벽 둘레에는 울퉁불퉁하고 삐쭉삐쭉한 바위들이 늘어서 있다. 방금, 구름 사이로 쏟아지는 빛을 받아 구리색, 아연색, 코발트색 등등 형형색색으로 변한다.

지름이 1.7km가 된다는 분화구, 300m 아래 바닥에는 코발트색 호수 위로 노르스름한 유황 가스가 뭉글뭉글 피어오른다. 마치 핵폭탄이 터지듯 거대한 구름 기둥이 솟아오를 것만 같다. 2009년, 규모 6.1의 진원지이며, 백만 톤의 화산 재를 뿌렸다고 한다. 2년 전에도 분화구 호수 위로 300m 높이의 기둥을 이루며 가스가 분출하여 입장을 금지했던 활화산이다.

두려운 마음으로, 구름을 만나 어울리는 가스의 흔적을 쫓고 있었다. 갑자기 짙은 구름이 북쪽에서 몰려왔다. 분화구가 베일에 싸이듯 바닥부터 감추어지기 시작했다. 무대에 무거운 커튼이 내려졌다. 언제 무엇이 있었느냐는 듯, 짙은 안개구름이 발밑을 덮었다. 나는 그냥 공중에 들리어졌다. 주위가 온통 희뿌옇게 둘러싸이며 다시 앞이 보이지 않았다.

짧은 5분여간이었다. 무(無)에서 유(有)를 만들어 내듯 안개 속에 드러나는 모습. 그러고는 다시 무로 돌아가듯 사라지는 광경. 이런 것이 나에게는 알 수 없는 행운인 양 싶었다. 벅찬 기쁨이 수문을 닫은 강물처럼 넘실거리며 가슴을 채웠다.

볼 수 없는 것을 볼 수 있을 때. 볼 수 있는 것을 볼 수 없을 때. 우리는 이런 것을 행(幸)이라고 좋아하고, 또는 불행(不幸)이라고 서운해하기도 한다. 밝음은 어둠을 통해서 더욱 빛난다고. 아름다움은 어려움을 겪으면서 찬란해진다고 하지 않던가.

잠시 생각에 잠겼다. 지식, 상식, 온갖 세상 것으로 가려져 있는 나. 이 장막을 벗기면 신이 만든 나. 광채가 나는 나. 사랑인 나. '미운 오리 새끼'가 아니라 '백조인 나'를 볼 수 있다. 세상 먹구름이 다시 가린다고 하더라도 '진정한 나'는 내 속에 바뀌지 않고 그대로 있을 것이다. 나를 나 아닌 다른 사람으로 만들려고 몸부림친 지난 삶. 이제 한 꺼풀 한 꺼풀씩 벗기며 진정한 나를 찾아가는 삶으로 살아가야 하리라.

숨겨진 나를 볼 수 있는 5분간이었다. (다음 수필로 계속)

정글의 미아(迷兒)

2016년 11월. 5박 6일 코스로 중남미 코스타리카로 여행을 갔다. 그곳은 11월부터 건기가 시작되어 5월까지 날씨가 좋다고 했다. 이번에는 여행사 패키지여행을 마다하고 아내와 둘이 함께 떠났다. 그 나라는 세계에서 자연환경을 잘 보전하고 있는 나라 중 하나란다. 자연을 훼손하지 않으려고 필요한 개발도 하지 않는다고 했다. 스페인어도 못하면서 개인으로 여행하기에는 불편하고 어려운 점이 많을 것이라고 아들은 반대했다.

첫날부터 산세는 험하고, 도로는 좁고, 이정표도 잘 되어있지 않아서 어려움을 겪었다. 넷째 날, 태평양 쪽에 위치한 'Carrara National Park'을 찾았다. 수도 산호세에서는 남쪽으로 자동차로 두 시간 거리이지만, 우리 호텔에서는 20분 거리였다.

찌뿌듯한 날씨였으나, 우기가 끝나가는 11월의 이곳 날씨가 늘 그러하다는 얘기를 듣고 개의치 않았다. 꼬불꼬불한 38번 도로가 태평양 해안을 따라 엷은 안개 속에 짙푸른 숲으로 싸여 있다. 짜면 진한 녹즙이 뚝뚝 떨어질 것만 같다. 희뿌연 물안개로 가려진 산봉우리들은 신비에 싸여있는 마법의 성을 닮았다.

GPS를 따라갔으나 지나쳤다가 다시 돌아왔다. 입구에 안내 표시가 없었다. 국립공원으로 많은 관광객이 찾아오는 유명한 관광지로 알고 찾아왔는데 허술하기 짝이 없다. 입장료를 $15 받으면서 공원 안내 책자도 없다. 안내 게시판에 간략한 약도만 그려져 있었다.

공원 입구의 산책로는 넓게 잘 다듬어져 있었다. 깊은 정글 속으로 빨려 들어갔다. 무성한 고사릿과 숲 덤불 사이로 이름 모르는 열대 나무들이 하늘을 덮었다. 이 나무 저 나무를 휘어 감는 넝쿨과 나무에 기생하는 착생 식물로 뒤엉켜 음산한 기운마저 감돌았다.

발을 딛으려 하는데, 새파란 나뭇잎들이 긴 줄을 지어 흔들흔들 길을 건너간다. 신기하여 자세히 들여다보니, 약간 붉은 색깔의 개미 떼가 각자 자기보다 몇 배가 큰 나뭇잎 하나씩을 입에 물고 줄줄이 지나간다. 책에서 본 가위개미(leaf cutter ant)였다.

이들은 나무에 붙어 있는 나뭇잎을 1달러짜리 동전 크기로 자른 다음 자기 몸무게보다 20~30배가 넘는 것을 물고 깃발을 들고 가듯, 흔들거리며 20여 미터의 긴 행렬을 만들며 자기 집을 찾아간다고 했다.

구글 검색에 따르면, 지구에서 인간 다음으로 커다란 군집을 이루고 산다. 크기에 따라 4계급으로 나뉘어 각자의 임무를 수행하며 개미 사회를 이루고 있단다. 한 계급은 2mm도 안 되는 작은 머리로 집채만 한 크기의 잎을 나르고, 좀 큰 놈들은 가는 길에 놓인 장애물을 치우고, 또 다른 녀석들은 적들로부터 이들을 보호하는 일을 하고, 여왕개미를 중심으로 한 계급은 생식을 맡고 있다고 한다.

서로 경쟁하며 다투며 살아가는 우리와는 다르게 서로 협조하며 살아간다. 한 집단의 숫자가 8백만 이상이며 이들이 한번 공격하면, 한 그루의 오렌지 나뭇잎을 24시간 안에 모조리 잘라낼 수 있다고 한다. 놀라운 일이다.

이곳은 자연보호로 다양한 식물과 야생동물이 서식하고 있어 세계 여러 곳에서 관광객이 찾아온다. 오늘은 날씨가 흐리고 안개가 짙은 탓인지 관광객이 서너 명만 눈에 띄었다.

밀림에 산다는 특이한 새나 동물들을 볼 수 없어서 서운했다. 그래도 운이 좋았다. 잠시 비치는 햇살에 '금강 앵무새'(scarlet macaw) 한 쌍이 푸드덕 날아오른다. 특유의 주홍색, 현란한 노란색, 청금석이 발하는 군청색이 어울린 깃털이 밤의 네온사인처럼 반사한다. 붉은색의 긴 꼬리를 펼치고 둘이 함께해서 다정하게 날아간다.

길을 따라 깊이 들어갔다. '로열 마호가니(royal mahogany)' 나무의 억센 뿌리가 주위의 땅을 뒤덮고 있다. 웅장하면서도 날쌘 칼날이, 삼국지에 나오는 '관우(關羽)'의 '청룡언월도(靑龍偃月刀)'요, 무섭고 섬뜩함이 망나니의 칼이다. 배의 노(櫓)처럼 넓적하게 날이 선 칼날이 사방으로 뻗어있다. 뿌리가 철근을 박은 것처럼 대지를 움켜잡고 서 있는 늠름한 모습이 삶의 준엄함을 말해 주는 듯하다. 그 앞에서 고개가 숙여진다.

그때, 갑자기 요란하게 천둥이 쳤다. 빗발이 후드득 떨어지기 시작했다. 장대처럼 퍼부어 댔다. '스콜'인가 보다. 정글이라 비를 피할 수 있을 곳을 찾았지만 허사였다. 우산도 준비하지 않았다. 쏟아지는 비를 그냥 맞을 수밖에 없었다.

서둘러 돌아갈 양으로 걸음을 재촉했지만 출구가 보이지 않았다. 안으로 깊이 들어갈수록 길은 좁아지고 안내 표시도 없다. 얼마쯤 들어왔는지 알 수도 없었다.

입구의 안내판에 의하면 이 코스는 왕복 5km 정도였다. 처음 1km도 안 되는 구간에 원형으로 돌아 연결되는 고리 모양의 순환길(loop road)이 있고, 조금 더 안으로 들어가면 끝부분에서 다시 고리 모양으로 돌아 나오게 되어있었다.

하지만 마지막 고리 모양의 길에 들어선 것은 확실한데, 비와 안개 속에 길을 잘못 들어섰는지 있어야 할 출구가 나오지 않았다.

아내는 빗길에 허둥대다 미끄러져 오른쪽 다리를 다쳤다. 앞이 안 보이게 쏟아지는 비를 맞으며 절룩거렸다. 마침내 공포에 휩싸여 어린아이처럼 '엉엉' 울며 주저앉았다. 조금만 더 가면 출구가 있을 것 같았다. 그러나 더는 밀고 나갈 수 없었다. 나가는 길로 따라가는 것이 아니라 점점 산속 깊이 정글로 들어간다는 느낌이 들었다.

오던 길로 되돌아가기로 했다. 중간에 갈림길을 만났다. 마침 지나가는 두 사람을 만났다. 반가워 길을 물었지만, 말이 통하지 않았다. 그저 'No, No'라고만 하며 우리와는 다른 길로 들어갔다. 아내는 그들 일행을 따라가자고 성화다. 무턱대고 앞질러 가기를 잘하는 나를 믿을 수 없는 모양이었다.

그러나 내 생각은 달랐다. 안내판에서는 산책길이 한 길로 연결되어 있었는데, 따른 갈림길이 있는 것이 이상했다. 산에 다니다 보면 만들어 놓은 트레일 외에도 작은 갈림길이 있는 경우가 자주 있는 터라 내 생각을 밀어붙였다.

아내를 달래고 어르면서 이끌었다. 그러나 나 또한 불안하기는 마찬가지였다. 올라오면서 눈에 익혀 두었던 큰 나무들이 도움이 안 되었다. 어둑어둑한 안개 속에, 더구나 쏟아지는 빗속에서는 그 나무가 그 나무 같았다.

영화 '알 포인트'의 한 장면이 떠올랐다. 안개가 자욱한 늪지대에서 허우적거리며 죽어가는 소대원들. 무전병도 죽고 짙은 안개 속에서 헛보이는 유령으로 갈팡질팡하는 몇몇 남은 대원을 이끄는 소대장. 그의 마음도 이러했을까.

숨 가삐 지척거리며 걷고 또 걸었다. 마침내 눈여겨 보아두었던 이끼 덮인 가파른 바위가 보였다. 마지막 고리 모양의 산책로 입구이자 출구인 교차로에 돌아온 것이다. 아마도 고리 모양의 산책로 거의 출구 부분에서 다시 돌아섰던 모양이다. 출구로 나온 것이 아니라 입구로 다시 돌아 나왔으니 말이다. 금광에서 굴착을 포기하지 말았어야 했을 2m. 그 앞에서 금맥이 터져 다른 사람이 횡재했다는 이야기가 새삼스럽다.

"길을 찾았다." 나는 신이 나서 소리쳤다. 아내는 비에 흠뻑 젖어 물에 빠진 생쥐 모양으로 초췌하다. 아직도 겁먹은 얼굴로 덜덜 떨며 말없이 혼자 비척비척 걷기만 했다.

여행사를 따라왔으면 이런 일은 없었을 것이다. 아니, 면밀하게 일을 계획했더라면 아내에게 저런 어려움을 주지 않았을 터이다. 지척거리며 걷는 모습이 안쓰럽다. 그동안 일을 먼저 저질러 놓고 허둥대며 살아온 자신이 쑥스럽다. 말없이 따라와 준 아내가 고맙기만 하다.

여행이란, '겪어보지 않은 일들로 추억을 만드는 즐거움'이 아닌가도 싶다. ROTC 군사훈련 때, 완전 군장을 하고 빗속을 밤새도록 행군하며 졸면서도 걸음을 옮기던 훈련이 어른거린다. '나'라는 존재는 없어지고 그저 육신만 로봇처럼 움직였다. 이제는 코스타리카 정글에서 스콜이라는 폭우를 맞으며 흠뻑 젖은 몸으로 끝없이 뒤엉킨 넝쿨 속을 걷는다. 태고의 원시인으로 돌아가서 자연과 하나 되는 순수함을 체험하고 있다고 생각하니 이마에 흐르는 빗방울이 고맙기만 했다.

매표소까지 무사히 되돌아 나왔다. 매표소에는 아무도 없었다. 아까 만난 그 일행은 제대로 길을 알고 있을까. 굵은 빗줄기는 여전히 그칠 줄 모른다. 빗줄기는 차창 앞 유리를 콩 볶듯 때려댄다. 물독에 빠진 병아리 두 마리가 앞좌석에 앉아 있다. 서로 얼굴만 멀거니 쳐다본다. 눈물 빗물로 이지러진 아내의 얼굴을 닦아주며 꼭 감싸 안았다. 따스하다.

풍요로운 삶

오랜만에 극장에 갔다. 〈펭귄들의 행진〉이라는 1시간 30분 정도 기록 영화를 보았다. 배경은 섭씨 영하 50~60도의 얼음 벌판인 남극이다. 살을 에는 듯한 혹한이다. 눈 폭풍이 '왱왱' 사정없이 고막을 흔들어댄다. 그곳에서 자신의 짝을 찾아 알을 낳고, 부화시켜 새끼를 기르는 '황제펭귄'의 애절한 가족사랑 이야기다. 몸은 얼어붙을 것만 같은데 가슴을 찡하게 울렸다.

3월이면 남극은 여름이 끝나고 겨울이 시작된다. 이때부터 '황제펭귄'은 배불리 먹고 즐기던 바다 생활을 접고 자기가 태어났던 곳, 단단한 빙판을 찾아 내륙까지 장장 120km의 긴 여행을 시작한다. 온종일 내리는 눈은 하늘을 가리고 산을 지우며 벌판을 덮는다. 몰아치는 눈보라 속에 총총걸음으로 뒤뚱거리며 빙판을 걷는다.

그들은 새(鳥) 과(科)에 속하면서도 날지를 못한다. 발이 피곤하면 배로 기어가고, 아무것도 먹지 못하면서, 죽음을 무릅쓰고 수백 마리가 무리를 지어 묵묵히 행진한다. 포로로 잡혀 바빌론으로 끌려가는 광야의 유대인 행렬을 연상케 한다. 무엇을 위해 저들은 저토록 험난

한 길을 가야 하나.

밤낮 일주일 이상 걸리는 혹독한 여정을 마치고 살아남은 자들은 드디어 목적지에 도착한다. 눈과 얼음으로 뒤덮인 황량한 이곳을 그들은 어떻게 기억하고 매년 같은 장소, 자기가 태어난 곳으로 오는지 모른다. 그러나 목적지라고 더 나은 환경은 아니다. 바람을 막아줄 작은 언덕이 있기는 하나, 더 춥고, 더 눈보라치고, 더 두꺼운 얼음판이 있을 뿐이다.

얼어붙은 달빛 아래, 해도 없이 밤만 계속되는 황량한 얼음 벌판 속에서, 그들은 짝을 구하려고 서로서로 얼굴을 익히는지 비뚤거리며 돌아다닌다. 이들은 일부일처를 고집하는 동물 중 하나다. 무엇을 보고 결정하는지는 알 수 없으나 수백 마리가 결국 자기 짝을 찾아 서로 어울린다. 부리를 맞대고 얼굴을 비비며, 파라다이스 꽃순 같은 발그스레한 입술을 벌름거린다. 눈을 지그시 감고 뺨과 목을 애무한다. 봉숭아꽃 같은 불그스름한 볼이 앙증스럽다. 살점을 도려내는 듯한 매몰찬 바람이 이들의 사랑을 시기하는 양, 눈 조각 얼음 조각을 마구 퍼부어댄다. 그래도 그들의 사랑은 매정한 남극의 얼음을 다 녹여낼 듯 따스하기만 하다.

이들은 무엇 때문에 배부르고 자유로운 바다를 멀리하고, 굶주림과 죽음을 무릅쓰고 여기까지 와서야 사랑을 구하는가. 어려움을 겪은 자만이 참다운 기쁨을 알 수 있다는 것. 서로 희생할 수 있다는 것. 이러한 사랑의 참뜻을 알려주려는 것인가.

두 달이 지나면 어미는 알을 낳는다. 그 알을 얼세라 깨질세라 엉기적엉기적 서툰 걸음으로 수놈에게 건네준다. 그리고는 먹이를 구해오기 위하여 죽음의 길이 될 수도 있는 120km 얼음길을 되돌아간다. 알을 인계받은 수놈은 알을 품고 부화시킨다. 발톱 위에 얹고, 배아래 부분의 연한 살과 털로 덮고서 시속 160km의 눈보라 광풍을 맞는다. 선채로 또다시 두 달을 견딘다. 먹이 하나 없이 허기진 배로 눈 부스러기만을 먹으면서 겨우 갈증만을 달랜다. 그렇게 넉 달을 지내는 것이다.

드디어 새끼가 부화했다. 그러나 어미는 아직 돌아오지 않았다. 수놈은 위(胃)에 마지막 남은 뭔가를 억지로 뱉어서 새끼를 먹인다. 버틸 수 있는 시간은 단 하루 이틀뿐이다. 이 시간 내에 어미가 돌아오지 않으면, 그 귀한 생명은 얼음과 함께 사라져 간다.

모성애, 부성애, 생명의 고귀함이 함께 어우러지는 자연의 조화를 본다. 나만을 위하여 살아가고 있는 자신이 한없이 부끄럽게 느껴지는 순간이다. 이러한 사랑이 자기에게 이익이 될 것을 계산하여서 이루어지는 것은 아니리라. 고통과 굶주림 속에서 자연스럽게 이루어지는 것이기에 위대한 행위로 드러나는 듯싶다. 참다운 자유인의 삶이 이런 것일까.

넉 달 이상 굶주리면서 새끼를 보호하던 수놈은, 돌아온 암놈에게 새끼를 맡긴다. 암놈은 위 속에 간직해 온 먹이를 토하여 새끼를 먹인다. 수놈은 체중이 반으로 줄어든 허기진 몸을 질질 끌고 먹이를 찾아 떠난다. 휘몰아치는 눈, 얼음, 폭풍 속을 유령처럼 걸어간다. 넘어지면 배로 기어가면서 왔던 바다로 되돌아간다. 굶주린 배를 채우고 새끼에게 줄 먹이를 찾아가는 것이다. 바다는 얼어붙어 길은 더 멀어졌다. 더러는 기진맥진하여 눈 속에 파묻히고 만다. 살아남은 놈만, 마침내 '풍덩' 바닷물 속으로 뛰어든다.

펭귄 하면, 얼음판 위에서 검은 외투 같은 옷을 입고 떼를 지어 뒤뚱거리며 서성거리는 아둔한 동물 정도로만 생각했다. 그런데 그들이 돌고래처럼 물속을 자유자재로 노닐며 날렵하게 유영하는지는 몰랐다. 추위와 굶주림에 목을 늘어뜨리고 뒤뚱거리며 걷던 처절함은 어디 가고, 가볍고 날렵하게 날아가듯 헤엄친다.

잽싸게 물고기 한 마리를 낚아채는 모습에, 나는 '후유–' 안도의 한숨을 내쉬었다. 몸이 하늘을 나는 것 같다. 기쁨과 환희로 내 마음이 풍요롭다. 우리의 현실의 삶이 '얼음 위의 펭귄'이라면, 본향의 삶은 '바닷물 속의 펭귄'이 아닐까. 넓고 푸른 바다를 마음껏 누릴 수 있는 그런 '풍요로운 삶'이리라.

나는 많은 고난을 겪으면서도 불행이 나에게 다가오지 않기를 바랐다. 누군가가 이 고통을 해결해 주기를 원했다. 행운의 여신이 행복을 가져다주길 기다렸다. 그러나 이 어려움이 풍요로움으로 가는 과정일 줄이야. 아니, 어려움, 풍요로움 그 자체가 마음이 만들어낸 허상이 아닌가. 이것으로부터 자유스러워질 수만 있다면. 또 다른 차원의 '풍요로운 삶'을 살아갈 수 있으리라. 죽음의 고통을 견디고 푸른 바닷속을 마음껏 유영하는 저 펭귄처럼.

새끼 펭귄이 눈 속에서 뒤뚱뒤뚱 지척거린다. 엄마 아빠를 찾아 어리둥절한 발걸음을 옮긴다. 지상의 살아있는 것들은 저렇게 자신들의 방법으로 종족을 이어간다. 내가 살아온 어린 시절이 저 풍경 속으로 겹쳐 떠올랐다.

어느 가을날, 누드 비치에서

    코비드로 인한 방콕의 답답함을 풀어보려고 아내와 둘이 함께 떠났다. 1박 2일 샌디에이고 여행이었다. 대추가 발갛게 익어가는 10월이기는 하나 볕은 아직 따갑고 날씨는 더웠다. 발보아 공원의 넓은 주차장은 한산했다. 공원을 찾는 방문객도 띄엄띄엄했다. 박물관도 문을 닫았다. 코비드의 위력이 우리의 삶 구석구석을 흔들고 있었다.

    돌아오는 길은 해안 산책길을 택했다. '라호야 비치'는 언제 들려도 좋았다. 물이 빠져나간 자리에 무더기로 자란 홍합, 가시 발로 엉금엉금 기어가는 성게, 놀라 바위틈으로 재빨리 숨는 새끼 게, 얕은 웅덩이에서 어울려 헤엄치는 치어들을 바라보며 아내는 신기하다며 어린 아이 모양 좋아했다.

    '토리 파인 골프장' 쪽으로 올라오며 보니 'Black's Beach Trail'이 인터넷 등산 안내에 소개되어 있었다. 누드 비치로 허가된 곳이나 본인이 원하면 옷을 입어도 된다는 설명이다. 호기심이 일었다. 아내에게는 말하지 않고 그곳으로 차를 몰아갔다.

    주차장은 이른 아침인데도 파도타기를 준비하는 젊은 남녀들로 북적이고 있었다. 모래사장으로 내려가는 길은 가파른 절벽이었다. 잘 다듬어지지 않은 길이라 미끄럽고 위험했다. 아내의 손을 잡아주며 한 걸음씩 조심스레 내려갔다. 맑은 날씨라 멀리 수평선은 선명하고 작은 보트 몇 척이 돛을 달고 순풍에 미끄러져 갔다. 파도타기를 즐기는 사람들이 파도 위로 깜박깜박했다.

모래사장에 가까워지자 벌거벗은 채 해변을 걷는 사람들이 멀리 눈에 들어왔다. 젊은이들 한 무리는 수영복 차림으로 배구를 즐기고 있었다. 의아해하는 아내에게 여기가 누드 비치라고 말해 주었다. 여행을 다니다 보면 누드촌이 더러 있었다. 먼발치에서 벌거벗은 사람들을 어슴푸레 보는 정도였으므로 그런 거겠지 하고 생각하는지 아내는 대수롭지 않게 여겼다. 일부러 이리로 왔느냐며 나에게 짓궂은 눈길을 주었다. 나는 그저 씩 웃었다.

땀을 흠뻑 흘리며 절벽을 타고 내려와 모래사장에 들어섰다. 중년 백인 남자가 벌거벗은 채 물건을 드러내고 지나갔다. 아내는 얼굴이 홍시가 되어 얼른 눈을 돌렸다. 자기는 모래사장에 내려가지 않겠다며 옆길을 따라 남쪽으로 빠졌다. 나는 땀을 식히려 바닷물에 들어갔다가 오겠다며 곧장 바다 쪽으로 내려갔다.

해수욕할 계획이 없었기에 수영복도 준비하지 않았고 주머니에 손수건 한 장도 없었다. 난감했다. 오히려 잘 되었다는 생각이 들었다. 가난한 어린 시절 수영복은 언감생심일 때, 철없는 친구들과 냇가에서 벌거숭이로 멱 감을 때 말고는 처음이다. 지금 아니면 공공장소에서 어떻게 알몸이 되어 보겠나. 벗어도 괜찮은 곳이니 벗어 보기로 했다.

큰 모자를 벗어 모래 위에 얹어 놓고 웃옷부터 벗기 시작했다. 마지막에 팬티를 움켜쥐고 주위를 둘러봤다. 50대 부부가 도착한 지 얼마 안 되었는지 벌거벗은 채 2인용 작은 천막을 치고 있었다. 조금도 어색하지 않고 자연스러워 보였다. 한 남자는 누드로 해변 가까이 젖은 모래사장을 걷고, 또 다른 이는 색안경만 끼고 알몸으로 북쪽으로 걸어갔다.

코비드 때문인지 철이 지나서인지 해변은 한가했다. 내가 있는 곳이 누드 비취 남쪽 끝 자락쯤 되었나 보다. 지도상으로는 2km 정도 북쪽에 이정표가 표시되어 있었다. 줄이 그어져 있는 것도 아니고 테이프로 경계를 표시해 놓은 것도 아니었다. 거기서부터 남쪽으로는 벗은 사람의 왕래가 없었다. 모래밭에서 수영복 차림으로 배구 경기를 하는 젊은이들의 함성이 왁자지껄했다.

키가 늘씬한 아가씨 둘이 햇볕을 즐기러 나왔나 보다. 단발머리를 한 여인은 의자에 다리를 꼬고 앉아 있었다. 멀리 수평선을 바라보며 음악을 즐기고 있나 보다. 헤드폰을 머리에 끼고 있다. 신나는 리듬인지 상체를 들썩거렸다. 다소곳이 솟은 양쪽 봉오리가 출렁거린다. 다른 이는 긴 머리카락을 등으로 늘어뜨리고 엎드려 책을 읽고 있었다. 풍만한 육체에 흐르는 곡선이 잔잔한 모래 둔덕과 잘 어울려 한 폭의 그림이다. 자연 속의 자연이랄까. 주위 환경과 너무도 잘 어울리는 풍경이었다. 성적 매력, 자극, 음란 같은 단어가 끼어들 여지가 없었다.

바다에는 서너 명 남녀가 멱을 감고 있었다. 넘실거리는 파도가 출렁거릴 때마다 엉덩이가 드러났다. 나는 팬티를 벗어버리고 물속으로 첨벙 뛰어들었다. 아랫도리를 물속으로 가렸다. 기분이 야릇했다. 물결이 피부에 닿는 감각은 마찬가지일 터인데, 얇은 팬티 한 겹 차이에 느낌이 이렇게 다를 수 있을까.

공중목욕탕에서는 모두 벗고 있어도 약간 쑥스러울 뿐 이런 느낌은 아니었다. 좁은 공간이어서, 아니면 사람이 만든 벽이나 문 안에 갇혀 있어서 그랬을까. 파란 하늘 아래 멀리 수평선을 바라보며 넘실거리는 파도에 몸을 맡겼다. 감추어 왔던 귀한 것이 물결 따라 흔들린다. 나를 가려왔던 이런저런 것들이 흐물흐물 녹아내려 물속으로 사라지는가 싶다. 자연 속에 자연인이 된 기분이다.

모든 것을 벗어던지고 남의 시선을 의식하지 않는 자유로움이다. 나 자신과 하나 되어 편안하고, 잃어버렸던 나를 찾은 듯한 기쁨이다. 원시로 돌아가 자연과 하나 됨이랄까. 이런 기분은 처음이었다. 사람은 지각이 들면서 몸을 가리기 시작했다. 종족 보존을 위해 생식기를 보호하려는 본능이었을까. 창세기에 따르면 아담과 이브는 에덴동산에서 벌거벗었으나 부끄러워하지 않았다고 했다. 선악과를 따 먹고 나서야 은밀한 곳을 무화과 잎으로 가리려 했다.

육신을 가리기 시작하면서부터 마음도 숨기려 했나 보다. 『나로 살아가는 기쁨』의 저자 '아니타 무르자니'는 이렇게 말했다. "이 세상에 태어날 때 나는 웃고 사랑하고 내 안의 빛을 밝히는 법밖에 몰랐다." 그런데 인생은 심각한 거라고 그만 웃으라 했다. 그래서 웃음을 거두기 시작했다. 아무나 사랑하면 상처받기 쉽다고 더는 사랑하지 말라고 했다. 주목 많이 받아 좋을 것 없으니, 빛을 들어내지 말라 하여 빼어나기를 멈추었다. 그리고 나는 시들고 쪼그라들더니 죽었다. '삶에서 중요한 것은 웃고 사랑하고 내 안의 빛을 환하게 밝히는 것임을 죽고 나서야 배웠다'라고 임사체험에서 고백했다.

인간은 언제부턴가 몸을 가리기 시작했다. 문명이라는 굴레를 뒤집어쓰고 자신을 감추고 방어하며 살아왔다. 빅토리아 시대에는 피아노, 책상, 의자 등의 다리까지도 심지어 천으로 감싸고 가려야 했다고 한다. 얼마나 잘 숨기고 가리고 변장하는가에 따라 교양의 정도를 평가받으며 살아왔다.

어쩌면 나는 나보다 잘난 사람을 닮아가느라 나의 평생을 보냈는지 모른다. 부모 말씀 따르고, 선생님 가르침을 본받으며 사회 규범을 지켰다. 훌륭한 사람의 발자취를 밟으려고 노력했다. 나는 온데간데없고 나 아닌 누군가가 나를 점령해 갔다. 둘은 내 안에서 쉬지 않고 다투면서 나를 버렸다. 나 아닌, 짜깁기한 내가 나라고 여기며 살아가고 있는지도 모른다.

이제부터라도 자신을 찾는 데 여생을 보낼 때가 되었나 보다. 그래야 늦었지만 나를 나답게 온전하게 창조한 신에게 덜 미안하지 않겠나. 신이 나를 창조하면서 '이주혁'에게만 원했던 삶을 찾아서 멋있게 살다 가겠노라고 다짐이라도 해야 할까.

어쩌다 누드촌, 누드 모임, 누드 행사 등을 신문이나 인터넷에서 볼 때, 나는 이런 무리를 이상한 사람으로 생각했다. 음란, 외설, 동성연애, 성적 문란 등의 단어가 함께 떠올랐다. 오늘 하루 짧은 시간, 우연한 경험으로 새롭게 눈을 떴다. 삶에 시달리고 머리가 복잡하면 여기라도 달려와서 벗고 싶다. 모래 속에 조개처럼 온몸을 바닷바람에 맡기고 포근한 품에 안기어 잠들면 어떨까. 잃어버린 나를 찾을 것만 같다.

옷을 벗는다는 것은 단순한 물리적인 행동만이 아니다. 습관에서, 고집에서, 고정 관념에서, 사회적 관습에서 벗어나는 자유로움이다. 자기 발견에 접근하는 길일 것 같다. 깊은 수준까지 자기를 발견할 수 있는 일종의 수행은 아닐까.

모래 위에 벌렁 누웠다. 파란 하늘에 갓 태어난 구름 몇 점이 둥실둥실 어울린다. 가슴을 어루만지며 아랫도리로 스치는 바람이 한결 부드럽다. 이런저런 생각이 철썩이는 파도 소리에 흩날려 사라진다. 볕이 따사하다. 그대로 한 줌 모래로 녹아내릴 것 같다.

문득, 엉뚱한 생각이 모래 위에 반짝한다. 기도드릴 때, 불공드릴 때, 명상할 때, 알몸으로 하면 어떨까.

이주혁 수필집

벼랑 끝에서 한 걸음 더

발행일　2024년 5월 30일

지은이　이주혁
펴낸이　안혜숙
디자인　임정호

펴낸곳　문학의식
등록　1992년 8월 8일
등록번호　785-03-01116
주소　인천광역시 강화군 강화읍 남문로 11 숭조회관 201호
　　　　서울 중구 수표로6길 25 501호(서울 사무소)
전화　032.933.3696
이메일　hwaseo582@hanmail.net

값 13,000 원
ISBN 979-11-90121-53-8